# 京華煙雲

下

煙雲

# MOMENT IN PEKING

林語堂——著

王聖棻、魏婉琪——譯

# 京華煙雲（下）煙雲



（編按：本書章節名為編輯所取，非原書所有）

# 第三部 秋之歌

故萬物一也。是其所美者為神奇，其所惡者為臭腐。臭腐復化為神奇，神奇復化為臭腐。——《莊子・外篇・知北遊》

# 第三十五章　離婚

在紅玉過世前不久，姚家收到一封寫給「靜宜園主人」的信，信是用漂亮的蠅頭小楷寫的，寄出的地點是長江邊一個叫安慶的小鎮。寫信的人說，他就是陳媽當年失散的兒子，在當地的報上讀到了那篇小說。當時北京是知識份子生活的中心，北京的各類週刊或《北京日報》副刊上的文章經常被全國各地的地方報紙轉載。

陳三這封信寫得很短，但信中另附一封給他母親的信卻長達千餘字，信裡把他被迫從軍之後的事大致描述了一次，他曾經逃跑、換過好幾個雇主、自學讀書、考進警校，如今他在安慶當警察，每個月薪資八元。他拜託姚家老爺，要是他母親回來，就把這封信讀給她聽。他還說他正打算辭職，只等湊足旅費，就北上找他母親，需要的旅費大約是三十元。

莫愁和立夫看了信，非常興奮，立夫對自己寫的小說有這樣的結果得意極了，立刻給陳三電匯了四十塊錢。他們熱切地等著他來，很想知道陳媽的兒子會是什麼樣子。「看他那一手小楷，那麼小，又那麼工整，」環兒說：「他這自學可不簡單！現在已經沒多少人能寫這樣的小楷了。」廢科舉之後，寫這種小楷幾乎成了一種過時的藝術。這是一種需要耐心也能培養耐心的寫字方式，必須注意正確的寫法（相當於英文的標準拼法），還需要有極度冷靜的頭腦。奇怪的是，警界普遍鼓勵用這種蠅頭小楷寫字，每天和每個月的報告上字越漂亮的人，升職的速度就越快。「然而，他一個月只掙八塊錢，我懷疑，有部份的錢可能被拖欠了，」立夫說：「一個月薪水四五十塊錢的政府職員寫得還沒這麼好。而且他字句簡單明瞭，只有比較文雅的用詞上有幾個小錯誤。」陳三是在姚夫人過世後幾天來到姚家的，當時姚家上上下下都忙著辦喪事。他被帶去見了姚先生，一見到他，他立刻跪下感謝姚先生對他母親的照顧。姚先生趕緊把他扶起來，要他坐下，但他還是站著。

他身材高大，膚色黝黑，前額寬寬的，嘴唇稜角分明，下巴的形狀很好看。他穿著一套用警服改出來的西裝，把鈕扣換了，識別標籤也撕掉。他買不起帽子，又不能戴舊警帽，就頂著個剃得光光的頭來了。他站得筆直，肩膀又寬又結實，眼睛和臉上大致相貌都看得出他母親的影子，說起話有明顯的漢口口音。「你娘是個偉大的女人，」姚先生說：「你爲什麼從沒寫過信或託人帶過話給她呢？」陳三努力克制著自己的情緒，說：「我寫過的。但不知怎麼的，她始終沒有收到。革命結束之後，我到了湖北，又寫了一封信，這次信被退回來的時候附了一行字，說我娘已經離開老家，沒人知道她往哪兒去了。我想回家，但又沒有錢。我寫的每一封信都被退了，我還以爲我娘一定不在了。」「我們會幫你找到她的。這段時間你先跟我們住在一起，」姚先生說。陳三這個人不多話，就算他對和母親見面的日子越來越近有什麼情緒，也完全沒有表現出來。

他被帶到立夫的院落，立夫、莫愁和環兒都在那裡等著要看他。「你都發生了什麼事？告訴我。」莫愁說。「小姐，這說來就話長了。」他說：「在軍隊的時候，我得扛一百多斤的東西。那時我還很年輕，我們一天得行軍一百里……我病倒了，又好起來……我兩條腿都腫了，有一次我整整七天沒東西吃，就只是工作，隨時可能死在路邊，結果有個好心的村婦給我東西吃，收容我，救了我的命……我身體好了之後，就到漢口去拉車。後來走了運，有位老爺雇我幫他拉私人黃包車。又過了幾個月，這位好老爺離開了漢口，我換了幾次雇主，最後我決定想辦法自立，就去當了警察。」「你成親了嗎？」「沒有。窮人哪有時間考慮成親這種事，」他回答。接著他問：「你們有我娘的相片嗎？」莫愁回答：「很抱歉，我們沒有。」的時候，他顯得非常失望，沉默不語。莫愁很小心，沒有立刻把他母親為他做的衣服包裹拿出來給他看，免得他太傷心；但這時環兒卻站了起來，一言不發地走進裡間，拿出那個藍布包，直接走到他跟前，說：「這是你娘給你做的衣服。」

她的聲音有點發顫。陳三不解地站在那兒，這位衣著講究的姑娘離他這麼近，他有點尷尬。她解開結，替他打開布包，抬頭看了他一眼，便走開了。陳三看到母親為他做的衣服，這是他在小說裡讀到過的，他突然像孩子似地哭了起來，淚水滴在那些衣服上。立夫和莫愁很感動，過了一會兒，莫愁才說：「你娘一直想知道該把這些衣服送到哪兒去你才能收到，你應該好好留著它們。」陳三忍住眼淚，說：「這些衣服我永遠不會穿的。」這時他們聽見隔壁房裡傳來抽泣聲，環兒又不見了。莫愁驚訝地看著立夫，但他們繼續說起其他的事。「你願意和我們一起做事嗎？」立夫說：「我們會給你時間，讓你去找你娘。但你還是得有個工作的地方。我知道你不想當下人。」「只要能留在我娘工作的地方，我什麼都願意做，」陳三說：「要是您能給我點差事做，我就萬分感謝了。我娘很可能會回到這兒來。」立夫問他認得多少字，因為打算給他一份文書工作做。但最後還是按照他自己的想法，讓他當了花園的警衛，因為他說他能用槍；其實他是個神槍手，還在警隊的射擊比賽拿過獎。姚先生說，他們向來不需要警衛，但同意讓他做。

陳三回了自家村子一趟，回來之後說，他娘一年前曾經回去過，但又走了。白天他通常無事可做，但他很勤快，總會來問莫愁有沒有什麼活要他幹。立夫拿書給他讀，偶爾也要他抄寫手稿，但也交代他，別像繡花那樣過度費心。

陳三再也沒找到母親。他變得鬱鬱寡歡，不僅拒絕穿母親給他做的衣服，甚至連類似的藍色布料都不肯上身，終身如此。他帶了一個昂貴的皮枕套，約有兩尺長，就跟抽大煙的人在旅行時拿來裝煙具，同時又能當枕頭用的那種東西一樣。他還把衣物也收在裡面，上床睡覺時就枕著。到了晚上，不需要巡園子的時候，他就在他娘做針線的那盞燈下埋頭苦讀，鑽研立夫借給他的書，像是存心懲罰自己似的。因爲他母親那盞燈是環兒拿來給他的。在門口他住的小房間裡，他掛了一塊兩尺高的木牌，上頭有兩句話，是他自己寫上去的，字寫得很努力，很工整，引自一首很有名的詩：

樹欲靜而風不止，
子欲養而親不待！
陳三焚香敬書

有時他也會想起那個拿衣服包給他的姑娘，過了一段時間，他才知道那是立夫的妹妹。要是他在莫愁的院落裡遇見她，她會跟他說話，但他會盡量避開她。莫愁對立夫說，自從他登了寫陳媽那篇小說之後，環兒話變得更少了，她絕口不談母親替她說親的事，儘管她已經二十二歲，適婚年齡都過了。她似乎常常在沉思，臉上有種陰鬱而悲傷的表情。顯然早在她見到陳媽這個神秘的兒子之前，就對他有了一種虛幻的愛慕，如今眞的見到了他，他也確實沒有讓她失望。

而另一方面，陳三完全拒絕和丫鬟們調情，好像他是個厭惡女性的男人。莫愁後來才得知，他在漢口做家僕時，曾經有個丫鬟追求他，爲了躲開她，他辭職了。

＊＊＊

隔年春天，暗香經常悶悶不樂，喜怒無常。這種變化和一些其他的徵兆都逃不過木蘭敏銳的眼睛。

如今暗香的地位比起其他丫鬟要高些。連桂姐和曾夫人都知道襟亞有意於她；但因爲素雲現在和他已經有名無實，曾家人也接受了這種情況，這總比他在外頭拈花惹草要好得多。現在暗香透過和其他人交流，也學會了有錢人家小姐的各種生活方式。她大部份時候都很快樂，很滿足，有時襟亞還覺得她相當漂亮。她穿著打扮都很精緻，只是平時還不敢放肆地戴上耳環鐲子，衣服也沒有小姐們剪裁得那麼好。按照當時的風氣，丫鬟的衣服都會模仿太太小姐，剪裁上夠時髦，但又不至於搶了小姐的風頭。高跟鞋在當時是太太小姐們的特權，北方的丫鬟們向來是不許穿的。暗香總是穿長袖上衣，爲的是遮蓋左臂上被之前的女主人用熨斗燙出來的紅腫疤痕。眾人看木蘭待她的樣子，再加上木蘭的影響力，對她的態度和說話方式幾乎和姚家姊妹平起平坐。但她依然是個丫鬟，她也從沒想過自己不是。曾經的艱苦磨練和經歷，讓她以非常膽怯的心情接受了這種更親切、更和善的生活方式。她逐漸適應新環境，也開始滿懷感激地接受人與人之間的正常禮節，但她覺得這已經超出她應得的部份。她更希望能讓別人高興，也更容易讓自己高興，以此表達她對自己社會地位提昇的喜悅。也因此，她從來也沒學會過上流社會那種華而不實的世故。在這世上，她已經習慣了坐在最末位，如今讓她往前挪，哪怕只挪了一個位置，她也是眞眞切切地打從心底高興的。

在這當中，襟亞的殷勤尤其令她受寵若驚。襟亞回家之後，木蘭曾經幾次問他，有沒有找到那個「山裡的姑娘」。隨著他和妻子越來越疏遠，他越來越喜歡蓀亞和木蘭，生活方式也變得和他們越來越像。有一天，木蘭暗示他暗香已經很接近他理想中的妻子了，他認眞地對待這個暗示，對這個姑娘多加了幾分關注，這才發現她單純的心和他妻子的性格形成了迷人的對比。她早就過了傳統的適婚年齡，這個年紀的姑娘通常都已經成親了。這是個她服侍的小姐和她自己都要面對的問題。

到了最後，襟亞追求的動作已經很明顯了，連錦羅都開起暗香的玩笑，說她是「山裡的姑娘」。有一天，桂姐對木蘭說：「我看襟亞對你屋裡的暗香挺好的。」

木蘭沒說什麼，只問了一句：「娘知道嗎？」「前幾天她跟我談過這件事，」桂姐回答：「你知道她怎麼說？她說：『我可憐的襟亞，我們眞不該給他配這門親的，弄得身邊也沒個人好好照顧他。假如他是認眞的，就該娶了人家。暗香看上去是個知足純樸的姑娘，這總比娶個外頭不認識的人要好。』長輩對這件事看法也很通情達理的。」「那爹呢？」「他還不知道。」「素雲那邊怎麼樣？這事兒看來很棘手。」木蘭說。「嗯，」桂姐說：「俗話說，男大當婚，女大當嫁。依我看，既然都開了頭，不如就順水推舟吧。暗香是個好姑娘，也是份好資產。與其讓別人佔了去，不如我們自己捷足先登。我這麼說，並不是因爲我自己也是丫鬟出身，只是，丫鬟不也是人嗎？我去跟他爹說。要是暗香不應該嫁給少爺，那我也不該嫁給他。再說，襟亞沒有後嗣，光是這個理由就足夠了。要是他爹同意，素雲也沒有拒絕的餘地。誰叫她不生兒子的？不過現在時機未到，我們還是應該先對素雲保密。」

當暗香在全然意外的情況下找到自己的父母時，事情變得更加複雜了。暗香六歲走丟，經歷了對一個孩子來說極度可怕的一切之後，她完全記不得自己的父母，連姓什麼都忘了。有一天，她和木蘭一起去城南遊樂園，路過了一個讓她勾起童年回憶的地方。那是古老運河的岸邊，河上有座石橋。老樹的枝條垂在岸邊，樹影映在黑紅兩色的小門上。暗香叫車伕停車，她走下車，環顧四周，腦子裡滿是兒時玩耍的畫面。她很確定自己小時候在這座橋上玩過，因爲橋上的石欄杆和石板的樣子她都記得清清楚楚。那低垂的樹枝、樹椿、門、門前的石階、門楣上方的太陽浮雕，都是她熟悉的。她激動得全身發抖，對木蘭說：「這是我家！我在這棵樹和那座橋上玩過。我很確定。」她們看了看門牌，這家人姓舒。「對的，對的！」暗香喊出聲來。「人家都喊我爹舒先生，現在我想起來了！」她有股衝進門去的衝動，卻又激動得全身發抖，不敢進去。她敲了敲門，回頭對木蘭說：「萬一不是呢？」

一個年輕的僕人開了門，暗香轉身看著木蘭。「請問這是舒家嗎？」木蘭問。「是的，您有何貴幹？」僕人打量了兩位小姐一回，認爲她們是有錢人。「您想見哪一位？」「如果這裡就是舒家，也許我應該要見的是舒先生。」暗香怯怯地說。「能勞駕您替我們告訴他一件事嗎？」木蘭說：「這位是舒暗香小姐，她正在找她的父母。你能不能進去問問你家老爺，他們是不是丟過一個叫暗香的女兒？」門關上了，暗香心裡七上八下，覺得這一刻比幾年都要長。

不一會兒，門又開了，走出一個駝背老人，留著長長的白鬍子，戴著眼鏡。他目不轉睛地看著眼前這個已經長大的姑娘，似乎認不出她來，而她也同樣認不得他。「你叫什麼名字？」他問。「我叫暗香。您丟過一個叫這名字的姑娘嗎？大約二十年前的事了。」「你多大？」「我二十五。」老人想了想，然後深情地說：「你就是我的暗香？」他遲疑了一會兒，才伸出顫抖的手去擁抱她。「我的女兒啊！」老人說。他轉頭喊家人出來，但其實沒有必要，一對年輕男女已經奔出來，看著老人和那個女孩相擁而泣。「這是你弟弟，這是你弟媳婦兒，」她父親說。暗香像對待陌生人一樣向他們問了好。「娘呢？」她問。「你娘……已經過世三年了，」她爹說。木蘭和女兒阿巒站在那裡，那家人請她們一起進屋，暗香的父親領著她們進去，但仍然握著女兒的手，像是害怕再次失去她。

他們忙著交流多年來未曾說過的一切，但分開的時間實在太久了，說起話來很生分。木蘭看出這種情況，沒坐多久就起身要走，說：「我先帶孩子回去，錦羅會照顧她的。」「那我什麼時候回去？」暗香問。「久別重逢，你們應該想慶祝一下，」木蘭溫柔地說。「你明天能回來把你們慶祝的情形告訴我嗎？」第二天，暗香回來了，跟木蘭說了她家裡的情況。「你還想在我們家工作嗎？」木蘭急切地問。「我不知道。我家對我來說好陌生。我回家了，我弟弟和弟媳似乎不怎麼高興。」「要是你願意，可以回去住個十天八天看看。阿巒現在不那麼需要人照顧了，我可以自己來。」

暗香回去了，不到十天又回來，說她要繼續和少奶奶在一起。她母親過世了，那裡已經不再是她的家。她弟弟是家裡唯一還在的兒子，父親已經老邁，弟媳是個能幹但惡毒的女人，家中一切都由她掌管，很不歡迎暗香。「她待我老父親也不好，」暗香說：「那天晚上，我爹想吃豐盛些，但她說這麼短時間內她做不出來。我爹堅持至少也要下點麵條，她就在廚房裡邊做邊嘀咕。他流著眼淚偷偷告訴我，說他這兒媳婦不孝。我弟弟聽說我還沒嫁人，看上去一臉煩惱，後來才說，因爲我結婚得花錢。」「你家人有錢嗎？」木蘭問。「他們是有些財產，但因爲我爹年紀太大了，錢都是我弟弟在管。我爹看東西已經不清楚了，他們愛吃什麼就給我爹吃什麼。我們這兒的丫鬟比我家裡當老爺的吃得還好。」「你爹說了要怎麼處理你的事嗎？」「他想給我說門好親事。」「你願意嗎？」「我不願意。」暗香斷然地說。「你怕素雲嗎？」「有時候我會想，一直單身下去總比睜著眼睛跳進火坑裡強。但要是二少爺對我好，情況也許就不一樣了。」於是暗香繼續留在木蘭身邊。她爹經常來看她，她弟弟卻一次也沒來過，能這麼輕易就擺脫掉她，他其實是很高興的。

兩個月後，木蘭發現暗香經常緊張兮兮，身子也不太好。她察覺到什麼，便問她：「暗香，怎麼了嗎？」

暗香看上去無精打采，嘆了口氣。「告訴我，是不是襟亞？」暗香羞愧地蒙著臉，說：「少奶奶，你一定要救我，我不敢違抗他。」「他說過要娶你嗎？」暗香點點頭。「他怎麼說？」「他說在他心裡，二少奶奶早就不是他的妻子了，他很寂寞。他說如果我願意，他會娶我。我不知道怎麼辦好，怕我爹會讓我嫁給別人。」「那就好。只要他站在你這邊，你就不必怕素雲了。太太和錢姨娘已經討論過這件事，二少奶奶沒生養，只要太太們都同意，爹也會同意的。」暗香抬起眼睛，神情如釋重負。「少奶奶，」她懇求，「我的身子如今已經是他的了，沒有回頭路。您一定要幫我。要是太太老爺不同意，我就只能一死了之了。」「別怕，」木蘭說：「我已經跟錢姨娘談過了。」「我會感激您一輩子，但是請務必替我守住這個秘密，別讓別人知道，連錦羅也別說。」「多久了？」「一兩個月了，」暗香說著，又低下了頭。「我們得快點才行。」木蘭說。

＊＊＊

襟亞和暗香的戀情，與妻子的疏遠，也反映在他對妻舅的態度上。他現在已經回到北京，在水利局工作，但已經脫離了懷瑜和他的圈子，這讓素雲非常失望。由於時局突然變化，懷瑜被趕下台。袁大總統去世，也讓鶯鶯和他六姨太交好的努力化爲泡影。幸虧復辟運動公開搬上檯面的時候，懷瑜遠在山西，否則他一定會跟保皇派的人一起倒台的。袁世凱死後，他無論公開或私底下都譴責袁世凱是個野心勃勃的老人，不懂得時代精神和「民主力量」。安福派掌權後，懷瑜又和交通總長曹汝霖①牽上了線，在部裡當了個委員。那段日子正是安福派聲勢最盛的時期，他同時擔任了三四個職務，每月薪水加起來超過一千五百塊大洋。

他對此並不滿足，他還有更大的野心。他看出，在這樣一個混亂的時代，誰掌握了槍桿子，能命令士兵，誰就握有眞正的權力。只有和軍閥緊密合作，才能成爲一個省的眞正統治者，擁有在此頭銜之下所意味的一切權力和經濟回報。對統治階級來說，中國的省分還是非常「富」的，意思是有許多油水可撈。直接控制一個省，比在北京政府任職還要好。很少有人知道，就算是熱河這樣的偏遠省分，統治者也能從這裡積累出幾千萬元的財富。

於是懷瑜和鶯鶯準備從天津一位姓吳的將軍那兒下手。這位將軍被鶯鶯迷住了。有人說，懷瑜是正

①曹汝霖（1877—1966），字潤田，清末民初政治家，新交通系首領，親日官員之一。一九一七年向日本興業等銀行借款五百萬日元。一九一八年三月兼任財政總長，又向日本大宗借款，充作軍餉。一九一八年秋，不惜喪失山東鐵路主權，向日本再次借款。是釀成「五四運動」的導火線。

式把鶯鶯獻給將軍當情婦的，這是一種傳統政治策略；也有人說鶯鶯依然是他妻子；但不管哪一種說法是眞的，其實都沒有差別，因爲鶯鶯成爲吳將軍的情婦是件公開的事，她坐吳將軍的車出去，在吳將軍公館裡一待就是好幾個星期。這樁醜聞有種虛張聲勢的味道，而且素雲也牽連其中，只是不那麼引人注目就是了。

就在這時，一場政治風暴正在全國醞釀，起因是因反對聲名狼藉的安福派而產生的一場學生運動。安福派的政客都非常活躍，他們貪污、陰險、不擇手段，但就個人而言卻都很親切能幹，在他們得勢的短短兩年間，臭名昭著的惡劣活動記錄，讓他們在現代歷史上成爲「極度腐敗」的代名詞，例如王克敏②任財政總長期間商議的「西原借款」。這個王克敏就是民國二十七年被日本人選來當北京政府傀儡頭子那個人。儘管這些借款都是以非常合法的重建名義借的，比如修建鐵路、開礦、救濟飢荒、預防瘟疫或購買軍火，但政府依然很窮，各局處、學校、學院和駐外人員的薪資經常遭到拖欠。每一筆貸款都有一個藉口，以此建立一個新局處，接納數以百萬計的官員之子、兄弟、姪子和門徒，這些人當中有許多還在其他地方兼任職務，甚至從來也沒在辦公室出現過。

但「新文化運動」現在已經產生了效果——中國青年政治意識的覺醒，以反抗北京統治階層和政府的形式表現出來，而執政者依然奉行「做一天和尚敲一天鐘」的哲學——這是一個擺明了對國家沒有權威，提不出任何方案擺脫政治分裂和金融混亂的統治階層和政府，最糟糕的是，他們對中國不抱希望，對自己也沒有信心。

民國八年五月四日，三千名學生走上街頭，燒毀了曹總長的房子，毆打另一名親日官員，引發全國罷工，迫使政府換屆，中國代表團退出巴黎和會。這一天，是青年中國直接參與政治事件和國家命運的開端。

這場運動的中心議題是日本歸還山東問題，日本在一戰期間佔領了青島。由於爆發了五四運動，山東問題在巴黎和會上無功而返，後來在民國十年的華盛頓會議上才得以解決。儘管中國在一戰時是英法兩國的「盟友」，還派出了十萬名勞工去法國，但中國卻受到了這兩國的背叛，它們簽訂了密約，把山東出賣給日本。但中國安福系政府和日本之間也有密約，做的是同樣的承諾。一年前，來自日本的資金從天而降，以西原貸款的形式落入安福政府手中，日本外相要求中國駐東京公使章宗祥同意把之前德國在山東的所有權利轉交給日本。爲了獲得兩千萬元的貸款，安福政府答應了，這位中國駐東京公使還寫下了「欣然同意」四個字。當這件事在巴黎和會上曝光時，連中國代表團都啞口無言。

中國被出賣的消息經電報傳回中國，安福系的領導人——特別是曹汝霖、駐日公使章宗祥，以及前駐日公使、當時擔任幣制局總裁的陸宗輿等三人，立刻成了全國怒火瞄準的對象。

五月三日，山東被賣給日本的消息見報了，而安福政府也發了電報給參加巴黎和會的中國代表團，表示同意割讓山東。這時已經有人打算在七日舉行一場大規模的學生示威，警察正在搜捕領導人。一位錢姓女學生被捕，於是領導人決定更改示威日期，第二天就舉行示威。下午一點鐘，來自十三個大專院

②王克敏（1876—1945），字叔魯，浙江杭州人，民國政治人物、銀行家、外交官，日本傀儡政權「中華民國臨時政府」的首腦之一。

校的學生和各界代表聚集在天安門前，舉著各式各樣的標語，寫著：「打倒漢奸！」「歸還山東！」「廢除二十一條要求！」一名姓謝的學生走上講台，當著眾人的面咬破自己的手指，用鮮血在一面白色的橫幅上寫下：「還我青島」。

但這場示威遊行看起來卻更像是給「賣國賊」曹、章二人辦的一場葬禮，因為當中有一對白布輓聯，上頭寫著：

賣國求榮，早知曹瞞遺種碑無字；

傾心媚外，不期章惇餘孽死有頭。

遊行隊伍原本打算穿過東交民巷使館區，但由於協商後未獲得進入許可，群眾無法達成目的，便湧向賣國賊曹汝霖官邸。當時曹汝霖正在和被召回擔任外交總長的章宗祥商討進一步的中日談判問題。官邸門禁森嚴，門都閂上了。有些學生翻過圍牆，警衛被學生的愛國訴求說服，開了後門。這時曹已經逃走，章躲在院子裡的木桶中，被人發現拖了出來，眾人認出他的日本仁丹鬍，痛毆了他一頓。他們沒找到叛徒頭子，非常失望，先砸壞了門窗和家具，隨後便放火燒了房子。

傅先生當時是教育總長。教育總長是所有內閣職位中「最窮」也最不受歡迎的一個，因為沒什麼錢，學生惹的麻煩又多，安福系便把這個職位留給了他們圈子以外的人。示威人群散去時，總共有三十二名學生被捕。有傳言說這些人會被處決，北大會被解散。釋放學生的談判失敗後，傅先生和十四位大學校長一起遞出了辭呈，最後學生們終於獲得釋放。

事件發展至此，對學生來說是一次徹底勝利。這場運動迅速蔓延，各大城市的商會都參與了愛國行動，因而產生了全國性的罷工。六月十日，聲名狼藉的曹、張、陸三人被免職，二十八日，中國在巴黎的代表團退出巴黎和會。

懷瑜到六國飯店③去見逃到那兒去的曹汝霖。面對全國民眾的憤怒，曹和其他人決定到天津的日本租界暫避，懷瑜也跟著去了，但心中另有盤算。沒多久素雲和鶯鶯也去了。襟亞問妻子爲什麼要去，她回答：「不干你的事。」

素雲走後隔天，她同父異母的妹妹黛雲來看木蘭。黛雲如今已經是個十七歲的姑娘，和自己的父母一起住在北京。令人驚訝的是，她爹牛財神在六十歲時突然拋棄了妻子馬祖婆，不僅帶走了大部份的錢，還公然反抗她，回到了比她年輕得多的黛雲生母福娘身邊。黛雲是個極爲激進的女孩，是在一九二〇年代成長的典型一代。很巧的是，腐敗官員的後代若不是跟隨父母的模式，就是成爲徹頭徹尾的反叛者，聲討起他們父母的生活方式也是最不肯妥協的。在新思潮的鼓舞之下，身爲一個從內部反抗的人，黛雲以這種徹底和信念譴責所有官員和家庭生活。由於家庭關係被認爲是一種「封建」觀念，她談起父母、同父異母的姐姐、嫂嫂和同父異母的哥哥懷瑜時有種特別的坦率。她心思單純，對父親也很忠誠，但她很樂意承認她父親那些不義之財是怎麼來的，也同意在革命來臨的時候，她父親也是該被槍斃的腐敗官員之一。她說起話來大剌剌的，一點也不像個千金小姐，頭髮剪得短短的，穿著一件白色上衣，一

③ 六國飯店（Grand Hôtel des Wagons-Lits），一九〇五年，英國人帶頭融資，吸收英、法、美、德、日、俄的資本，改建原來僅有外文名稱的酒店，定名為「六國飯店」，六國飯店在政治上享有特權，治安由六國軍警憲兵輪流值守，中國軍隊及員警不得干涉，不少軍政人士在此居住。

條剛蓋過膝蓋的黑色短裙——就是一般女學生最普通的打扮。木蘭覺得自己好像在聽一個難以置信的家庭故事。

「哈！」黛雲說：「我哥聽說章宗祥被我們學生打了，就躲起來，門上門，動都不敢動一下。第二天早上，曹汝霖要他去飯店見他，他把鬍子刮了，喬裝打扮之後才敢出門。你知道曹章兩個都是留日本仁丹鬍子，我們的人就是這樣才把躲在舊桶子裡的章宗祥認出來的。我哥回家的時候，就告訴我嫂子，他們可能有危險了。」「哪個嫂子？太太還是姨娘？」木蘭問。「我說的當然是我嫂子。另外那個，我只叫她鶯鶯。你眞該看看我哥爲了我參加了示威，結結巴巴罵我的樣子。他說不知道那些學生會幹出什麼事來，爲了安全起見，他們也應該搬到六國飯店去。你知道他跟我爹一樣說話口吃，一激動起來，那對厚嘴唇就跟條魚一樣吧唧吧唧的——我們全家人都有那樣的厚嘴唇，包括我自己在內……好吧，他就那樣結結巴巴、語無倫次地拚命說，我就坐在那裡，靜靜地微笑，然後他轉過來對我罵：『你們這些男女學生，不好好唸書，不尊重政府！』」

「我說：『我當然不會尊重一個叛國的政府。你贊成我們把山東賣給日本嗎？』我試著跟他講道理。『你對政治瞭解多少？』他這樣對我說。『至少我知道賣國是不對的。只有那些良心都黑了的人才會贊成把山東交給日本。』他對我更生氣了，說：『都是你們這些女學生——和男孩子一起在街上遊蕩，跟妓女一樣，不知羞恥。』我也火大了，回敬他說：『你自然會認爲一個女孩子爲了愛國行動在街上遊行是不知羞恥，但我至少不是天津的窯子出來的。』你眞該看看鶯鶯轉過來那張臉，我嫂子驚訝地睜大了眼睛看著我！」「你居然眞敢這樣說？」木蘭問。「我怕什麼啊？他拿我沒辦法。我不要他的錢，又不想當什麼富家小姐。我要自食其力。反正我從來就沒喜歡過鶯鶯，直接喊她名字就是因爲我不肯叫她嫂子，她倒該怕我才是。」

「你知道鶯鶯跟吳將軍的事嗎？是眞的？」木蘭問。「哈！」黛雲回答：「他們喊我們共產黨，共妻共夫，我哥和那個吳將軍共用一個女人，他們才是共產黨呢。我也不需要替他們守什麼秘密，因爲這件事兒京津兩地每個人都知道。他把鶯鶯介紹給吳將軍當情婦，等吳將軍不要她了，他就再收回來。她對這事兒還挺得意的呢。有一天，懷瑜當著我和他妻子的面跟鶯鶯說，有個朋友問他這件事，你知道她說什麼嗎？她說：『讓他們說去。他們就是嫉妒。多少社交圈裡的女人想讓吳將軍多看幾眼還求之不得呢！』這也是實話——你別不信——他和鶯鶯受邀到吳將軍家吃晚飯，飯吃完，我哥就推說有事兒，微笑著走了，留下鶯鶯在那兒跟吳將軍打麻將、過夜。去年春天她在吳將軍家待了七八天，事情就是從那時候開始的。」

「你覺得素雲也有份嗎？」木蘭問。「你可以跟我說眞話，這事兒只有你我知道。我得保住我二伯的名聲。」「這我就不知道了，」黛雲說：「我只知道她們在天津不管去哪兒都是一塊兒的。」「你嫂嫂還在北京嗎？」「還在，和孩子們一起守著房子呢。沒人會欺負她。」木蘭覺得牛家的這個小叛徒簡直有意思極了，要她沒事常來看她。這就是當時的中國。很難說是老一代還是年輕一代更令人困惑，所有的價值觀都崩潰了。老人無能而腐敗，年輕人叛逆而粗魯。但老年人對中國或自己都已經失去了希望，年輕人卻對未來充滿了巨大的熱情。如果連年輕人都沒有了希望和熱情的權利，誰還有呢？他們揚棄了一切，顯得粗魯無禮，自然是不文雅，但他們有滿腔熱血，他們的心是正確的。

五四運動不過是一系列學生示威活動的開端，每當國家有了緊迫的危機，或者政府中過於冷酷的老一代人做的事激怒了熱血過度的中國年輕人時，就會出現示威。和往常一樣，老的抱怨小的不讀書，小的抱怨老的管不好國家。老人和年輕人之間的衝突表現得越來越強烈，老一輩毀滅性的犬儒主義自然會在年輕人當中激起反叛。直到後來國民黨運用這股年輕人愛國主義與熱情的巨大力量，才在民國十六年的國民革命中成功推翻北京政權。

但也正是這些學生示威活動改變了木蘭和我們故事中其他人的生活。

＊＊＊

木蘭難免會和妹妹及立夫談及鶯鶯的醜事，黛雲到花園來的時候也會去看他們。「你哥哥為什麼要做這種事？」立夫問：「他也幹得夠風光的了。」「他？」黛雲說這個字的時候口氣很輕蔑。「這些狗官不賺到一百萬是絕對不會滿足的。穿長衫的必然得依賴繫皮帶的。他要巴望著更大筆的財富，就得先賣了自己的姊妹或是老婆，先當上某個軍閥的舅爺才成。」「你能寫的呀，」黛雲說：「何不掀了他的底？」「你得小心點。」莫愁對立夫說。「我不怕，」立夫說：「全國都恨透了那幫人。」「但安福系有很多人現在還握著權力。而且在某種意義上，他也算是我們的親戚。」他妻子說。「你太封建了，」黛雲說：「他還是我同父異母的哥哥呢。」「你真的不介意嗎？」立夫問。「介意？我還會給你提供所有的材料。」木蘭在一旁看著，什麼也沒說。

「照理說，是該把這些狗官的皮全給揭下來，」莫愁說：「不過你也該考慮到他是你親戚。你不能用自己的名字。爲什麼不讓別人去寫呢？」「要是沒人阻止他們，這些狗官是不會罷手的。」立夫說。「你是個生物學家。爲什麼不專心地去盯著你的蟲子跟顯微鏡呢？」他妻子說。「我的蟲子？」立夫回答：「我只知道兩種蟲。第一種：已經成了某軍閥舅爺的那種；第二種：渴望成爲某軍閥舅爺然而還沒成功的那種。這些就是我的蟲——正在蛀蝕中國的寄生蟲。」「立夫，」木蘭說：「這種事兒你看得少，所以覺得驚奇。天曉得這樣的寄生蟲根本無處不在。你知道有個因爲促進東西方文化交流，得了法國政府勳章的大人物，他得以發跡，是因爲給袁大總統獻了個姨太太嗎？」「那又不一樣，」立夫回答：「他可沒把自己的姨太太獻出去，只是買下了他知道袁世凱喜歡的歌女送給他。這是有區別的，他還沒有那麼厚顏無恥。」莫愁見阻止不了立夫，也只好立下妥協條件。立夫要用筆名，眞名只有編輯知道。懷瑜、鶯鶯和將軍的名字也要巧妙地隱藏起來。鶯鶯改爲燕燕，因爲「鶯鶯燕燕」是個很容易看出來的成語。懷瑜改爲卞璞，取古人卞和發現了大塊美玉的典故。

立夫寫好了故事，讓陳三謄出來。他模仿傳統說書人的風格，對鶯鶯的豔麗風情描寫得極盡細緻妖冶。故事沒有說明是虛構還是事實，但鶯鶯的形象呼之欲出。懷瑜的日本仁丹鬍在文中一再出現，還明確表示他是曹姓賣國賊的下屬兼幫凶。

故事刊登在北京的一家報紙上，有些讀者在猜測，也有些人一望即知，「燕燕」就是鶯鶯。

怪的是，當鶯鶯把這篇小說拿給吳將軍看的時候，吳將軍卻笑了起來。「眞是太噁心了！」鶯鶯說。「不過這故事裡對你的魅力倒是挺恭維的呢，」將軍說。他對於自己被描寫得那麼浪漫風流，到了這個年紀還能跟年輕女人調情，心裡反而暗自高興。「我看不出有什麼好抗議的，只是個故事罷了。」

對這篇揭底文字最火大的是懷瑜，但他又覺得不管做什麼公開行動都很尷尬，因爲這等於承認自己就是故事裡的那個卞璞。他寫信給北京的一個同事，要他調查這件事，並且要求編輯道歉——或者至少發表一篇編輯台聲明，說這篇東西完全是虛構的，對當代人物沒有任何影射。然而他朋友卻對這件事一笑置之，並沒有認眞採取行動。那人去問編輯作者叫什麼，編輯是立夫和傅先生的朋友，拒絕告訴他。他說，如果懷瑜堅持自己就是卞璞，也許可以用誹謗罪提訴。但懷瑜不可能這麼做，因爲這麼一來，他就會引起更多的關注，而且這位編輯背後還有傅先生暗中保護，儘管這時他已經辭去了教育總長職位，但還有一些有影響力的朋友在。於是懷瑜只能徒勞地搥胸頓足，懷疑這件事和他同父異母的妹妹黛雲有關。幾個月後，懷瑜就找出了文章的作者是誰，發誓非報復不可。

當時北京有許多「新聞通訊社」，它們成立的唯一目的，就是從某政府集團那裡領取每月補貼，然後什麼也不做，或者像正規、制度化的敲詐機構一般存在，每一個政府領導人都喜歡和這些通訊社保持良好的關係。每來一筆新的日本借款，就像北京金融沙漠中落下的甘霖一樣讓它們雨露均霑，因爲政府會小心翼翼地把「油水」分派給所有機構，有些通訊社不管什麼來源的補貼都要拿，甚至同時拿兩個不同政治派系的補貼。有個通訊社是屬於安福系的敵對派系的，看到立夫寫的故事之後，覺得這是個可以給曹章集團沉重一擊的機會，於是他們寫了一篇類似的故事，用的是懷瑜和鶯鶯的眞實姓名，卻隱去了將軍的部份，只提了「某位」將軍。懷瑜在北京的朋友事先聽說了這個故事，因爲當時它已經成了晚飯後閒嗑牙的流行話題，他曾經試圖賄賂那家通訊社，但被拒絕了。

第二天，北京許多報紙都刊登了全文。故事中三次提及懷瑜的妹妹素雲，而且還是個名聲極差的角色。將軍這次是眞的生氣了，也在他人勸說下準備採取行動。把這件事鬧大不會有什麼好處，但還是得施予某種程度的懲罰，以滿足他們的報復心理，也給將軍添點面子。將軍不能要求段祺瑞直接採取行動，因爲他自己是奉系的人，而奉系和直系兩派的將軍當時正在聯手對付段祺瑞領軍的皖系人馬。但是他寫了一封私信給京師警察廳吳廳長，要求關掉這家通訊社。吳廳長是安福系的親密盟友，採取了行動。通訊社被勒令關閉，但編輯毫髮無傷，因爲他立刻用新名字開了另一家通訊社。唯一的結果就是北京的八卦圈有了更新鮮的嚼舌素材，而鶯鶯這件事也成了全國性的醜聞。

素雲和這個醜聞的牽連產生了更立即的影響。黛雲來到花園，說了她爹看到這篇東西之後的反應。「他正在看報紙，越看臉就越白。我跟我娘跟他坐在同一間屋裡，因爲我們剛吃過早飯，而且我已經先看過了，所以知道裡頭都寫了些什麼。我說：『爹，這兒還有一份報，也登了同樣的東西呢。』他不想看，扔下報紙，喉嚨裡咕噥了一聲。『看看你哥哥姐姐都幹了些什麼好事兒！這對我們家來說有多難堪！我知道這都是鶯鶯搞出來的，不是懷瑜。』他看見我在笑，就盯著我。『你這小壞蛋，』他說：『你笑什麼？』我說：『爹，我們也得考慮一下自個兒。哥哥跟那姓曹的賣國賊共事，也不是件光彩的事兒。』『你怎麼知道姓曹的是賣國賊？』他問。『如果全國的人都喊他賣國賊，那他就是賣國賊。』我說。我爹嚴厲地看了我一眼，不說話了。我試著迎合他，就說：『你的孩子也不全都是壞孩子呀，爹。要是我想當軍閥的姨太太，您會同意嗎？』他驚訝地看著我，說：『不同意，我怎麼能同意？』我回答：『我只是開個玩笑。您老是說我哥哥姐姐跟他們的娘一個樣兒。』『沒錯，』他說：『都是那個老太婆的種，我跟這事兒一點關係都沒有。』他恨透了懷瑜和素雲的娘。他就這麼繼續痛罵他的老妻，我跟我娘靜靜地坐著，聽著他咒罵我的另一個娘。當然，我自個兒的娘暗地裡挺樂的。」

這件事對襟亞的影響更切身，直接涉及了曾家的名聲。「那故事是誰寫的？」襟亞來問蓀亞和木蘭。「誰曉得呢？」蓀亞說，木蘭沒說話。暗香知道作者是誰，但什麼也沒說。「我想是立夫寫的，」襟亞說。木蘭問：「你爲什麼會這麼想呢？」「只是感覺。他向來討厭懷瑜。」「就算是他好了，故事裡頭也沒有關於二嫂的內容啊！」木蘭說。「別怕，」襟亞說：「從現在起，我和她再無瓜葛。我想在報上登個啓事，斷絕和她的一切關係。」他瞥了暗香一眼，暗香抬起頭，臉上難掩喜悅。但蓀亞說：「二哥，要這樣做，你得徵得爹的同意。我們正努力不讓他知道這件事。我們不知道他聽到之後會怎麼樣。他現在病得厲害。」「這事兒太難辦了，」木蘭說：「要是他知道咱們家的名聲也受了牽扯，可能會和素雲徹底決裂，就像你希望的那樣。但另外一方面，他現在這麼虛弱，這麼做，弄不好就是催命了。然而，要是我們這會兒不讓他知道，他事後曉得，一定會責備我們，因爲這關係到家族名聲。」「這一步遲早要走，」襟亞說：「要是我不跟那個女人一刀兩斷，她會把我拖累得更慘。我上班的時候要怎麼面對同事？我要跟她離婚，跟暗香結婚，我不會讓暗香做小的。」暗香聽見這話，便走出了房間，木蘭也想起，這樁婚事可不能拖太久。「暗香也是人家的女兒，」木蘭說：「你得正正經經娶人家過門才行。依我看，你先跟娘和桂姐商量一下吧。」襟亞去找他母親，說他想娶暗香爲妻，並且決定和素雲離婚。曾夫人知道素雲醜事曝光給家庭帶來了恥辱，也懷疑暗香可能出了什麼事，雖然木蘭並沒有告訴她眞相。她覺得也許她能讓這個家免受雙重醜聞攻擊，便和桂姐決定讓丈夫知道這件事。

曾先生這段時間多半都躺在床上。說來也怪，一向虛弱的曾夫人反倒比她先生活得更久。桂姐準備從襟亞沒有子嗣這點入手，曾先生似乎很願意考慮這樣的問題。

曾夫人和襟亞一起進了房間，她說：「我想我們家老二受的罪也夠了，沒人照顧他。二媳婦兒又沒給他生個一兒半女的。」「你有什麼想法？」曾老先生問。「木蘭有個丫鬟，叫暗香，」他妻子說：「我們這些大人觀察了她好一陣子，覺得是個適合的姑娘，臉上也沒什麼怪樣兒。她可以當襟亞的賢內助，襟亞也同意了。」襟亞一言不發，全靠女人們替他說話。「那就收了她吧，」他爹說：「素雲答應了？」「爹，」襟亞說：「我娶暗香，是娶來當正妻的。她不只是個丫鬟而已。她已經找到了父母，家裡是有錢的……我要跟素雲離婚。」「爲什麼？」他爹問：「要是牛家不同意呢？」「他們非同意不可。」「爲什麼？你要用什麼理由？」襟亞看著他母親，她說：「我們也不想讓你知道這件事，你可千萬別心煩。就當她跟咱們沒關係就是了，這樣對咱們家名聲也好。」「怎麼回事？」父親問。「我們盡力不讓外人知道這件事，但是沒有用。如今咱們越早跟她脫離關係，對咱們家和兒子就越好。牛家現在也沒有反對的餘地，因爲事情已經在報上登出來了。」曾先生轉過臉來，太陽穴上青筋暴跳。「我就知道，」他說：「又是她跟那個歌女一起搞出來的事兒。報上都寫了些什麼？」

襟亞盡可能把已經登在報上的故事修飾得不那麼刺激，簡短地告訴了他父親。他父親要求看那張報紙，襟亞把報紙遞給他，他透過水晶眼鏡仔細讀著那篇東西，雙手因爲虛弱和憤怒不住地顫抖。「牛家那個婊子！」他哼了一聲。「我們家是走了什麼霉運，清清白白的家聲就這樣被她給抹了黑！直接休了她！在報上登個啓事就行，不用擔心牛家了。」過了一會兒，他又說：「襟亞，你最好說你跟她已經多年沒聯繫了，把時間拉到一年、兩年或三年前。就說咱家幾年來已經跟牛家沒任何關係了。洗清你的名聲，也洗清你爹娘的名聲。不，等等！這啓事要用我自己的名義發出去。拿紙筆來。」於是父親便在妻子和桂姐面前口述了一則啓事，宣布自己的兒子自此與素雲離異。然後他想了想，又給素雲的父親牛老先生口述了一封信，說自己這麼做確實不光彩，但他不能讓曾家的清白家聲被玷污，請他原諒。

他怒氣消了，躺在床上喘著氣，筋疲力竭。「襟亞，」他對兒子說：「我們給你說的這門親事是不好，委屈你了。但我們眞的不知道情況會壞到這等地步。現在我們要給你好好地辦。把暗香帶來，讓我看看她。這次我們可不能再犯錯了。」雪花一直在外間聽著，所有的消息都聽見了，她聽見老爺說要帶暗香來，便趕緊跑去祝賀她，然後把暗香帶去見老爺。

暗香來了，後面跟著木蘭和蓀亞。她向曾先生鞠了一躬，低頭站在那裡，老爺看著她。「你會縫紉燒飯嗎？」老爺說。「會的，老爺，」暗香回答。「能讀寫嗎？」暗香紅了臉，一直不說話。「她能讀《百家姓》，還能寫所有水果蔬菜的名字。」木蘭說。「你能忠誠地侍奉我兒子，照顧他的飲食起居嗎？」暗香太害羞了，沒辦法回答這樣的問題，頭垂得更低了。但曾先生認爲，這樣的羞怯和謙虛正是一個姑娘家最好的回答。他看著她那張低著的臉，片刻之後，他簡短地說：「我同意了。」「趕緊跪下叩頭，謝謝老爺呀！」桂姐說。暗香跪了下來，在地上磕了三個頭。「也該給太太叩頭才是。」桂姐說。暗香又跪下，向襟亞的母親叩了頭，然後桂姐便領她出了房間。

啓事第二天在報上登了出來，他們派了一個媒人去拜訪暗香的父親，做正式的安排。

媒人告訴暗香的父親，說新郎父親病重，希望能早點看見他們結婚，婚期就訂在下週。她弟弟和弟妹聽說她要當曾家正式的兒媳婦了，現在待她親切得不得了，想方設法急著討好她。

襟亞和暗香兩人都非常高興，隔天專程來看木蘭，感謝她的幫助。因爲幸福，暗香看上去格外漂亮。「好啦，」木蘭說：「現在你是我的長輩了。你得叫我木蘭。」「我怎麼喊得出口啊？」暗香說：「你年紀比我大，讓我喊你姐姐吧。」「可我還是得喊你二嫂。」「別搞這些了，」蓀亞說：「就喊名字吧，跟姊妹一樣。」「我會喊她姐姐；她喊我名字，」暗香說：「這事兒也眞奇。你第一次在山東發現我的時候，我簡直要喊你再生父母呢。我的人生多奇怪啊！好像其他人的人生是像河一樣順順地流，我的人生就是猛地跳起來又轉向，跟九龍瀑布似的。這變化太快，也太出人意料了。」「好人自有天佑。」木蘭說：「我有個建議。既然現在你已經是少奶奶，就不必再穿長袖衣服遮手臂上的疤痕了。它應該會提醒你你如今多有福氣，讓你更快樂才是。」但暗香還是繼續穿著長袖襖衫。襟亞愛她，對她格外溫柔，特別是對她過去的苦難，對他來說，那紅紅的疤痕就是她艱辛過往的象徵，他經常親吻它。他也喜歡把它當成一個珍貴的秘密，只有他才能看見它、觸摸它。

暗香則經常伸手去撫平襟亞額上的皺紋，像是一種回報。這些皺紋是在他不幸的婚姻生活最後幾年間形成的。在愛情的魔力下，一段時間後，暗香就讓這些皺紋消失了。

# 第三十六章　犧牲

啓事見報第二天，曾先生就收到了牛老先生的來信，信中措辭比他想像的要溫和得多。當然，如果老牛現在還當權，絕無可能這般示弱，即使是現在，他也預想到應該會在素雲家人那邊碰上一些困難或不愉快。令他意外且安慰的是，牛先生在信中說，給兩家帶來這樣的恥辱全是他那不肖女兒的錯，也只輕描淡寫地提到，要是能私下安排離婚事宜而不是在報上公開，說不定更好，因爲這樣讓他很丟臉。曾先生對這封溫和的信非常滿意，於是又口述了一封客氣的回信，說要不是素雲的事已經被人公開，他必須爲家族聲譽澄清，也就不會刊登這則啓事了，他爲此表示遺憾，請牛先生見諒。

幾天後，懷瑜寄來一封措辭嚴厲的信，裡頭附了一張天津報紙的剪報，刊登人是牛素雲，說自她嫁進曾家以來，就因爲天生不能生育遭到公婆憎恨，夫家的人都對她態度惡劣，她實際上是靠自己的錢生活的，因此對她來說，能離婚眞是太好了。這則啓事讓人覺得是她不想和丈夫共同生活，也在公眾面前重新平衡了雙方的面子。事實上，素雲對曾家那則啓事簡直氣瘋了，認爲那根本是公開羞辱。但鶯鶯說服了她，讓她從另一個角度去看這件事。鶯鶯說，現在的女人已經不再會因爲離婚而覺得丟臉了，爲了社會地位繼續和丈夫在一起才是沒道理，正式離婚後，她會擁有更多自由。於是她默認了這件事，並且在報上登了反駁聲明。

懷瑜的信一開頭就爲他妹妹辯護，說那些廉價、不負責任、帶有偏見的報紙上登的東西根本不可信。他妹妹的行爲無可指摘，在所有人當中，她的夫家理應是最不該相信這種煽動人心謠言的人。然而曾家非但沒有出面幫忙澄清，反而在這個時候宣布離婚，等於直接支持這個毫無價值的謠言。他說，當今這個道德混亂的世界裡沒有正義，人們把黑說成白，把白說成黑。他會自我克制，不爲自己辯護。人性本惡，但他眞沒想到他們居然這樣落井下石。是的，他會逆來順受，吞下這種侮辱，因爲他面對老天，問心無愧。但總有一天，連不能說話的啞巴屋瓦也會翻身，他發誓牛家將從此視曾家爲死敵。後會有期！

曾先生看了這封信，更生氣了，但他沒有回信。

從此以後，素雲完全適應了她哥哥的新圈子，鶯鶯一直黏著那個姓金的股票經紀人，雖然始終也沒嫁給他。懷瑜成了吳將軍的機要秘書兼得力助手，將軍心思單純，一切行動都由懷瑜爲他出謀獻策。懷瑜和姨太太與妹妹很快就隨著將軍前往東三省，直到民國十三年奉系軍隊入關之後才回到天津。

懷瑜事實上等於拋棄了他的妻子和五個孩子。黛雲很同情懷瑜的妻子，說服自己的母親收留了他們。牛老先生很愛孫子，也很疼他們，懷瑜的孩子們這才開始了正常快樂的童年。兩年後，獨自住在天津胡同的一間小房子、成了窮困棄婦的牛老太太喝外國來蘇爾消毒水自殺了。懷瑜和素雲當時人在東三省，只有牛老先生、懷瑜的妻子和孫兒們參加她的葬禮。曾經叱吒風雲、全北京無人不怕的馬祖婆，就這樣結束了一生。

素雲醜事曝光和離婚這件事給了曾先生相當大的打擊。懷瑜那封傲慢的信他不屑回覆，卻還是在家裡咒罵了素雲和她哥哥好幾天，他妻子反而勸他不如寫封信罵回去，然後就把這件事拋到九霄雲外，總比在家裡生悶氣好，他這樣發脾氣懷瑜根本不知道，傷不了他一分一毫。但這時曾先生的病情突然惡化，某天早上，他中風了。大家把那封信的事忘得一乾二淨。曾先生中風的病況略緩些之後，襟亞和暗香便在他病榻前舉行了婚禮，只有少數親戚在場，新郎新娘先向雙方父母鞠躬，然後夫妻交拜，其他的慶賀活動都在大宅外舉行。因爲襟亞這是再婚，所以儀式比前一次要簡單。

但在喜宴上，曾夫人卻是最歡喜的一個，彷彿她兒子這第二次婚姻彌補了她長久以來感受到、想到過的所有錯誤。因此她成了這個場合的主角。雖然也老了許多，但她還是把自己打扮得齊齊整整，完全符合她五十歲女性應有的體面。雖然頭髮有四分之三都已經花白了，但那天眾人看到的，依然是一個嬌小而美麗的女人。

最讓她高興的是，如今她的三個媳婦都是她喜歡的，而且她們似乎能相處得很好，這在一個家庭裡是非常重要的。婚宴結束之後，桂姐坐在女眷桌，說：「我從來沒見過哪一家像這樣的。三個媳婦兒一個帶著一個，就跟家養馬引著野馬進馬廄一樣。老大引來老三，老三又帶來老二。」

眾人都笑了起來，暗香的弟妹看上去很害怕，很不自在，也格格地陪笑。「就是啊，」曼娘說：「要不是我，木蘭可能早就飛走了。是我腿快，才抓住了她。」「才不是，」她婆婆說：「別把功勞盡往自己身上攬。木蘭是你公公發現的。」「誰也不能否認暗香是我發現的。」木蘭得意地說。「既然如此，」快樂的婆婆說：「你們就應該跟姊妹一樣相處。我有個主意。老大和老三從小就姊妹相稱，你們三個不如就結拜了。曼娘最大，是大姊，木蘭第二，暗香最小，就是三妹，雖然她是二媳婦兒，以後就免了這二嫂的稱呼吧。」這樣的提議，如果是婆婆親自提出，是沒有人能反對的。於是桂姐離開了自己的座位，親自爲所有人斟酒，慶賀三個兒媳結爲金蘭，祝她們永遠相處和睦。

曾夫人那天喝得有點醉。

木蘭在女性情誼方面的需求就這樣得到了滿足。只有錦羅對暗香突然升格有點小小的不快，但她說，每個人的命生來就是注定的，她只能用這種話自我開解。

曾先生在襟亞婚禮後只撐了兩個月。他的糖尿病又加重了，身體越來越虛弱，躺在床上直喘氣。臨死之前，他把子女兒媳都叫到身邊，對他們說：「我命不久矣。我死了之後，你們要繼續平靜和睦過日子，和現在一樣孝順你們的娘。減少下人的數量，年紀大了的丫鬟就嫁出去，不要再像從前那樣奢侈。給我辦個體面適當的葬禮，不要奢華太過。只要你們的娘還在，就把大宅留著，之後可以把它賣掉。時代變了很多。現在你們還得請傭人，這樣一座大宅裡請了這麼多傭人，每個月要花費一百多塊錢。別忘了『男主外，女主內』的原則。要是不分工合作，家庭是不可能發達興旺的。曼娘，你年紀最大，應該做榜樣；但是木蘭，你是最能幹的，應該幫著承擔所有的責任。愛蓮，你婚姻很美滿，我沒什麼好擔心的。麗蓮，你相信婚姻自由，想要自己挑丈夫。我要警告你，不要犯錯，很多新派女孩就是這樣愛上了迷人的草包，或者根本不結婚。聽你娘的話，讓我們這些大人爲你做選擇，你就不會後悔了……。現在正是艱難時期，國家大亂，孩子們，你們要非常謹慎，不要給自己惹上麻煩。在共和國統治這十年間，我們經歷的戰爭比滿清統治下的一百年還多。往後還有更糟的混亂要來……」

他還想再說，但已經精疲力竭，他停了下來，只加了一句：「凡事小心。」

接著他把孫子們叫來，祝福了阿宣和阿通，以及孫女阿鑾。然後他往後一靠，伸出兩根手指，好像在說，這麼多年過去了，還是只有兩個男孫。對一個即將離世的老人來說，安慰實在太微不足道。於是桂姐彎下腰，低聲在他耳邊說暗香已經有喜了。老人臉上浮現微笑，嚥下了最後一口氣。

他這麼快就過世，有兩個原因。桂姐的說法是，素雲的醜聞曝光大大加速了這個過程，因爲他收到懷瑜的信後第三天就中風了，而且有人看見他一次又一次仔細讀著報上那篇文章。另一個理由是，襟亞再婚讓他心滿意足，他才得以毫無罣礙地離開這個塵世。

葬禮辦得很隆重。他們做足了準備，發了長長的訃聞，雖有父親遺命，但孩子們出於對父親的敬愛，依然想花一大筆錢爲父親辦葬禮。他一生正直誠實，無論紀律和文化上都自律甚嚴。他歷任侍郎、幫辦及其他知名官職，然而終身所得不過十萬元，相比之下，如今共和國一個小官半年就能搜刮到這筆錢，這一事實通常被視爲他清廉的充分證據。另外，他的子女們認爲他在生命最後一段極爲悲傷，是爲了家庭才犧牲了自己的生命。他的昔日同僚紛紛從遙遠的地方趕來弔唁，山東會館也辦了盛大的哀悼活動。他滿清時代所有的袍服頂戴都拿了出來，他戴著官帽，掛著朝珠腰帶，穿著官靴官服，風光下葬。

＊＊＊

木蘭現在是雙重重孝在身，因爲她母親和公公幾乎在一年之內相繼去世。但自然自有它的補償法則，爲生死提供了適當的尺度。木蘭在曾先生死後一個月懷了孕，因此在第二年，她的孩子就在暗香生產後五個月出生了，這是不符合正統儒家思想的。幾百年前，有個墨守成規的儒家學者在日記中寫了一段懺悔和自責的文字，因為他在為父母服喪期間「是夜與老妻敦倫一次」。雖然現代中國已經不再重視這些小事了，但曾夫人在儒家環境中浸淫多年，也算得上一位儒家主義者，對兩個兒媳接連生產還是暗自吃驚。而且暗香婚後七個月就生了，雖然孩子個頭很小，但誰也不敢公開談這件事。然而增加的孫兒孫女總是這個家的重要生力軍，暗香生的是男孩，木蘭生的是女孩，他們都是這個家庭生活和興盛的標誌。因此，儘管曾夫人是個儒家信徒，她還是發自內心地高興。

而隨著紅玉和姚夫人去世，姚先生又去了山裡某座不知名的寺院之後，花園已經不再是年輕人盡情玩樂的地方了。不知道為什麼，這個沒有命名的青年俱樂部就此被成員們遺忘，當這群無憂無慮的年輕人不再偶然小聚，俱樂部也就不復存在。老人去世了，年輕人不是各自分散就是結婚了。姚家姊妹感到一股奇特的悲傷，和一種清醒的責任感。紅玉死了；阿非和寶芬結婚出國了；巴固和蘇丹結婚了，由於姚家姊妹都有孝在身，現在很少去看他們，而是開始了自己的俱樂部活動。老作家林琴南往南方去了。多納修小姐偶爾還是會來拜訪他們。畫家齊白石有時會替在店裡的華太太帶個信來，他是個閒散的人，最愛坐在花園裡。曼娘的乳房出了毛病，但她不肯給任何一位醫生檢查，無論中西醫都不行；幸虧木蘭有位鄉下姑媽推薦了一種秘方膏藥，及時在惡化前把她治好了。

立夫的時政文章開始變得越來越多。除了一篇關於科學和道家的長篇大論之外（這是從他岳父最喜歡的主題衍生而來的），他只寫當前的問題。多納修小姐答應要把這篇文章翻譯成英文，卻始終沒能譯完。這是一種科學神秘主義，根據他從心愛的生物研究中感受到的生命奧秘寫成。他還寫了一篇簡短概述，叫做〈植物的感覺〉，修正了傳統的「感覺」和「意識」概念，並將它們擴展到對所有動植物共有環境的感知，像是螞蟻感覺風暴即將到來的確切證據。他指出，有意識的生命顯然不是人類特有的。他還擴大了「語言」的定義，不僅僅侷限於某種情感表達，因此他開始相信一朵花確實會「笑」，深秋的樹林也確實會「哀嘆」。他還提到我們折斷樹枝或剝掉樹皮時樹的「痛苦」。這棵樹會覺得被折斷樹枝是一種「傷害」，被剝掉樹皮是一種「侮辱」、「羞恥」或是「一記耳光」。樹的視覺、聽覺、觸覺、嗅覺、進食、消化和排泄方式都和人類不同，但在生物作用上並無二致；也能感覺到光、聲音、熱和空氣流動，當得到或得不到陽光或雨水時，它就會「快樂」或「不快樂」。這一切都和他源自莊子的道家神秘主義不謀而合。接著他又回頭批評人類的傲慢，以及人類對「感覺」、「情感」、「意識」和「語言」的壟斷。這只是一篇短短的綱要，原本應該可以發展成更完整的哲學論述，但他一直也沒能動手。

這是一種科學的泛神論。莊子寫道：「道在螻蟻，在稊稗，在瓦甓，在屎溺。」立夫告訴妻子，孩子出生後第一天，母親的乳房就會分泌一種黃色的殺菌液體來保護寶寶。你可以稱之為上帝，或者道。這「道」就在母親的乳房裡。不要以為這樣的奧秘只存在於人類身上，最低級的生命也具有完美調節的本能。細菌利用了連最先進的科學家也難以掌握的化學知識，把這項工作作得簡單、完美、無懈可擊。當人類拿蠶絲賣錢時，最好的絲依然只能由蠶產出；唯一防水防風雨的固體膠水依然產自蜘蛛；螢火蟲依然發出效能最高的光。這就是莊子所謂「道在螻蟻」的意義。

莫愁從丈夫老是掛在口中的染色體、荷爾蒙和酶當中也懂得了一些東西。但他的科學背景也反映在他對政治的態度上。對科學的深入瞭解使他對西方深深敬佩，因此他的政治觀點自然屬於進步一派。這從他對整個段祺瑞政府，尤其對冷酷又徹底腐敗的安福系政客的不耐上看得出來。

木蘭常來找他們討論一些生意方面的事情，像是全面節省開支、鞏固現金流，以及洪水對災區茶葉草藥供應的影響。莫愁做起生意來比她父親更投入，逢年過節還設宴請店裡的伙計們吃飯，這是她父親幾乎沒想到過的。立夫建議把一些有名氣的補藥裝瓶銷售，就像西方的成藥那樣；但木蘭反對這樣做，認爲改變銷售方式太荒謬了。人們已經習慣了老藥草那熟悉的樣子，不會去吃沒有實際型態、無法辨認是什麼東西做出來的藥片。想像一下，買人蔘的人再也不能檢查人蔘的紋理、色澤和形狀會怎麼樣？想賣人蔘提取物，必須透過大規模的廣告宣傳、更換所有的員工以說服公眾，還要和被煙火燻黑的老招牌，深受喜愛的木刻印刷標籤、藥店的藥香，和研缽研杵的叮噹聲告別！他們本來就生意好，又爲什麼要想辦法賣更多茶葉和草藥呢？立夫放棄了這個話題，因爲他其實對這個並不怎麼感興趣，這只是他的一個「想法」而已。

但隨著黛雲頻繁來訪，這一小群人也經常談起當前的政治。立夫的叔叔聽說他現在過得很不錯，便開始寫信跟他要錢，還送了一個兒子到北京唸書，費用也由他出。由於莫愁父母都不在了，立夫在姚家花園裡也不再像是個「外戚」，他的堂弟就被安置在花園其中一間房裡。

這群人在學生運動中變得活躍起來。中國的年輕人普遍對政治破產的北京政府都懷有反抗意識。多半認爲如果要推翻軍閥統治、建立眞正的現代化政府，就必須進行第三次革命。國民黨爲重建中國提供了完整綱領，吸引了有政治意識的大學生。北大依然是激進主義的中心，因此尤其被政府憎恨。校內有些教授是國民黨員，另外有一兩個是公認的共產黨員。報紙和週刊上出現了明顯的變化，從相當不具體的改革主義和對西方所有事務的模糊熱情，變成對社會和政治問題的嚴肅討論。使用的陌生外國術語越來越多，觀點也更趨激進。年輕活躍的學生加入了國民黨或共產黨。他們公然而挑釁地批評政府的作爲，政府意識到自己的弊病和公眾輿論的力量，容忍了這些人，只是偶爾還是會有一些政府官員在畢業典禮上發表演說時，把所有不喜歡政府作法的年輕人都稱爲「共產主義者」或「蘇維埃特工」，國民黨成員則被指責爲「赤色份子」和「危險思想份子」。

這股政治浪潮席捲了立夫、木蘭、黛雲以及環兒和立夫的堂弟，也些許影響了莫愁。要是蓀亞在場，就可能會用他任性戲謔的言論給他們熱烈的討論「潑冷水」，而莫愁也因爲經常和他聯合起來掃他們的興，而被貼上了「保守派」的標籤。莫愁經常會說：「那樣做有什麼好處呢？」環兒生性陰鬱，平素沉默寡言，但她卻沒有錯過她那一代人的政治覺悟，她的新想法常常令他們感到驚訝。

立夫的同事和朋友開始到他家裡來拜訪，有時也會在花園裡辦聚會。這個具有新政治意識的團體和紅玉去世前花園裡的團體不同，和巴固蘇丹創辦的唯美主義藝術家俱樂部也不同。陳三已經被立夫提拔，成爲這個家中管帳的總管，但依然擔任守夜人，每晚睡前都要在花園裡巡一圈，有聚會時也要出席，而且還要做會議記錄。環兒曾經向陳三示愛，但被拒絕了。有時她會和他吵得很厲害，不管什麼問題都和他唱反調，態度異常激烈。她母親很想把她嫁出去，但立夫卻說，這對環兒行不通，而且如今的女孩子就算二十好幾了也不急著結婚。然而一段時間之後，立夫注意到情況不一樣了。環兒和陳三兩人開始在大多數事情上有了共識，環兒不再對陳三的話有異議，而且似乎總傾向於贊同陳三。而陳三雖然表面上依然沉默，似乎離一切浪漫的糾葛都很遙遠，但他也開始關心環兒了。事情是這樣的：有一天，她給了她一本書，又問他爲什麼這麼沉默寡言。「各人有各人的處境，」他簡短回答。「這我懂，」環兒說：「如果是我，我也知道我會怎麼想，要是……你知道我們有多喜歡你娘。」陳三從來沒和別人說起過他的母親，對此總是閉口不談。「你知道，她還在這兒的時候，她的一舉一動都感覺像在自己家裡，我們希望你也能這樣。」環兒繼續說。因爲忍不住說了幾句富含感情的話，她低下了頭。

「謝謝你，小姐，我也得謝謝你哥和你娘，」陳三說：「請恕我失禮。我已經習慣了一個人，因爲從我被抓去當兵、和母親分開之後，我就一個人生活在這個世界上，無親無故。我看世界的方式自然也和你不一樣。」「你不知道，」環兒說：「你娘和你不同。她也是一個人，但是她和我們每個人都說話。她待我很好，把我當成她自己的孩子一樣照顧。」陳三對這個話題很感興趣，開始問他母親在家裡都做些什麼，平時又是如何生活的。環兒把他母親如何照顧她嫂子和娘的情況告訴他，還說自己和他母親也常常不分早晚一起聊天，說時稍微把次數誇大了一點。「你也可以這樣的，你知道，這樣你在這裡也會跟在家裡一樣，」她接著說：「如果你有什麼東西要補，可以送到這兒來，我們家的老媽子會替你補的。」「我怎麼敢？我只是個受雇做事的，哪敢這樣放肆。」「那就要看你怎麼解釋禮貌這件事了，」女孩回答：「你知道，我把你娘留給你的衣服交給你，你連謝都沒謝過我一聲。」他看著她，想起第一次看見這個穿著講究的姑娘把衣包交給他的情景，當時她淚眼模糊、聲音顫抖。他覺得，她對他母親的依戀是發自內心的。

「你將來想做什麼？」她突然開口問。「嗯，我是個守夜人，要是沒人幫，我能做什麼？」他說。「我知道你是個孝子，」她表情嚴肅。「你一生的抱負就是報答你母親的恩情。但報親恩的眞正方式是成爲一個好人，在社會上出人頭地，光宗耀祖。要想做到這一點，就不能老是悶悶不樂地把自己排除在人類社會之外。」陳三拿著書回到自己房間，開始認眞思考那個女孩和他說的話。他不知道自己這樣一個守夜人，可能會和主人的妹妹有什麼關係。但在他們那個團體的非正式聚會上，在許多政治討論當中，他聽到了一些關於婚姻觀念的隨意閒談。他們大多數傾向於認爲婚禮是多餘的，因爲婚姻必須建立在愛的基礎上。環兒提出了自己的看法，她說結婚證書只在打官司的時候有用處，因此沒有必要。「這也不是什麼新鮮事兒了，」立夫說：「你還記得畫家鄭板橋是怎麼嫁女兒的嗎？某一天晚飯後，他帶著女兒去散步，和她一起去隔壁村子拜訪朋友。然後他就對女兒說：『這是我朋友的兒子。你就留在這兒過夜，當個好媳婦兒。』說完，就拿起手杖，自己回家了。」「所有的婚禮都是封建的。」黛雲說。後來因爲立夫和他妹妹之間某件奇特的事情，立夫成了公認的「共產主義者」，不然至少也是個有著危險思想的極端激進份子。

一天過午，他說天氣很好，想出去走走，便叫他妹妹和她一起去西山，也叫陳三和他們一起去。他們上了山，來到一座林中的寺廟，在那裡一直待到太陽落山，然後在寺廟散步。那時是四月下旬，傍晚的天空彩霞燦爛。那兒有條上坡的森林小徑前，周圍環繞著高大的松樹，立夫停下腳步，對他們說：「環兒、陳三，我要你們結爲夫妻。我們要免去所有儀式。森林、飛鳥、雲彩和我都是你們的見證。在絕美的夕照映襯下，走過松林間的小徑，來到山頂的亭子裡，在那兒親吻彼此，你們將擁有一對男女所舉行過的最莊嚴、最美麗的婚禮。廟裡有間屋子，是我給你們預定的。」

「哥哥！」環兒的黑眼睛睜得大大的，直直望著他。「照我說的做。」立夫說。「娘會怎麼說呢？」「我還以爲你是個新派女孩呢，」立夫說：「你說過你不相信結婚儀式的。照我的話做吧，我知道你們是彼此相愛的。」環兒從小就習慣聽哥哥的話，這時也順從了。陳三太驚訝了，完全不知所措，只是一遍又一遍地喃喃自語：「我不配。」但他也不敢違抗。立夫抓起他的手和他妹妹的手握在一起，說：「現在，我祝你們倆幸福。」害羞的環兒就任由陳三握著手，和他一起走上森林小徑。立夫站在那裡看著他們，直到他們走出林子，身影在夜空中只見輪廓。他們走進亭子，停下腳步。立夫看見陳三遲疑了一下，伸出雙臂摟住環兒，吻了她低垂的臉。立夫想，要是她把臉迎向陳三，這場婚禮就跟他想像的一樣完美了。

這是一場和道家自然主義協調一致的婚禮——它是對文明的否定，對極簡的回歸，對儀式的摒棄，幾乎到達了某種荒謬但合乎邏輯的極限。

等到陳三和環兒下來，已經不見立夫的蹤影。「哥哥！」環兒喊著：「你在哪兒？」「少爺！」陳三喊道。立夫不見了。他們走進寺廟後院時，聽見了廟裡的鐘聲，後來他們才知道，立夫給了一個和尚錢，讓他為他們敲鐘，隨後便匆匆離開了山門。於是陳三和環兒就在山頂的廟裡度過了新婚之夜。

這個計畫立夫事前只告訴了莫愁，等到他很晚回到家，而妹妹卻沒有回來的時候，他才把這件事告訴他驚訝的母親。第二天一早，當「新郎新娘」回來的時候，在大門口迎接他們的是震耳欲聾的鞭炮聲。

他們看上去一臉傻氣，就像一場惡作劇的受害者。立夫和莫愁出來迎接兩人，把他們領進母親院落的客廳，他母親在那裡接受他們的鞠躬禮。在立夫的大笑聲中，母親堅持叫僕人趕早出去買幾尺紅綢，於是客廳一邊是環兒的房間，另一邊是母親的房間，兩邊的門都掛上了彩綢。

這樁婚事辦得太奇怪了，家裡的僕人忍不住把這事兒告訴了外人，於是事情就這樣上了北京的某份報紙，爲茶館裡的閒話提供了絕佳的素材。找到陳媽兒子這件事一直是個秘密，只有少數朋友知道，但現在他回來這件事也和他不尋常的婚禮一起成了公眾話題。

立夫也因此成了公認的極端激進份子，還被某些人稱爲共產主義者。這場婚禮是一種異乎尋常的創新，只有在混亂的中國才可能出現，當時的激進份子甚至都準備好要比現代西方更激進了。那時，錢玄同教授還譴責姓氏這東西是一種過時的時代錯誤，帶有家族制度的有害心理，淹沒了「個人」的存在，於是徹底揚棄了自己的姓氏，自稱「疑古玄同」。

* * *

民國十三年秋，阿非和寶芬從英國回來了。他畢業之後還在巴黎待了一年，寶芬在那裡學畫。他們還沒有孩子，但寶芬已經有孕。此時兄弟姊妹終於大團圓。比起立夫，阿非和蓀亞更親，因爲蓀亞從小就是他的朋友，性格又隨和，而立夫和他說起話來總是比較抽象而學術性。第二天，寶芬帶著夫婿回到父母身邊，和他們住了三天。然後他們又去了紅玉墓前——只有他們兩個人——看見墳墓周圍栽下的柏樹苗已經亭亭如蓋，都很欣慰。

莫愁院落的正前方就是紅玉以前住的院落，如今是立夫在用，把這裡當成他的書房和實驗室。莫愁對這件事有點迷信，認爲用紅玉的院落不吉利，但立夫不聽，因爲他這個書房離莫愁的院落實在近，很方便，她也就讓步了。她嬌慣立夫，鼓勵他爲研究購買最昂貴的參考資料和設備，所以他這個私人參考書圖書館，在生物學以及相關科學方面可能是所有北京家庭中最好的。莫愁又生了一個兒子，當立夫工作的時候，她不准僕人和孩子進入實驗室。到了晚上十一點鐘，她會固定給他端來一杯牛奶和幾塊餅乾，放在他桌上，不說一句話又離開。他在夜裡工作的時候，莫愁從不眞的睡著，因爲她有一種某些女人特有的能力，看似睡了，卻是再細微的聲音也聽得見，所以立夫說她是「寐而有覺」。

莫愁希望他能全心全意投入他的蟲子研究。有時他也會埋頭實驗，在實驗室一待就是幾個星期，但之後，他對時事等其他事物的興趣又會再次冒出來。

莫愁認爲自己也加入他的政治小圈圈比起不接觸更能引導他，所以也會參加那個團體的聚會。她爲丈夫暗自擔心害怕，但又不能告訴他。

阿非回來之後不久，就到立夫書房去跟他聊天。書房裡有張沒上漆的大桌子，上頭亂七八糟地堆滿了試管、顯微鏡、字跡潦草的紙張和翻開的書。「跟我說說這場戰爭的事吧。」阿非說。「哪一場？在北京這一場？東南那場？還是南方？或者華中？還是西邊遠些那場？戰爭太多了，」立夫回答。「我說的是北方正在打的這場。」「嗯，全是意氣之爭。」立夫說。「你說『意氣之爭』是什麼意思？」「他們在爭奪北京這個無用的空殼子。雖然無用，但北京還是『中央政府』的所在地，控制它的人要是死了，訃聞上的頭銜清單上可以多出四到八個字，當然還有些額外的收入，但除此之外就沒什麼了。這主要是一場關於他們各自訃聞頭銜能有多長的戰爭，看看哪個死人聽見人家宣讀他生前榮譽時，會在棺材裡笑得更久。」「但是，到底是誰和誰在打呢？」「這要細說起來，你會搞糊塗的。」立夫說著，拿出了四樣東西：兩把鉗子、一隻鉛筆，和一張吸墨紙。

他像個教授一樣解釋著：「我們把這四樣東西當成四個軍系，把第二支鉗子當成第一支鉗子倒戈後或由它衍生出來的產物。我們用A、B、C、D來稱呼他們。A這枝鉛筆呢，是奉系；B是第一支鉗子，是直系；C這張吸墨紙，是安福系；D這第二支鉗子，是基督將軍馮玉祥的派系。你不在這四五年，就是他們彼此在打來打去。」「一開始，A和B聯手打C，然後A和B打贏了C之後開始內鬥；接著，當A和B打第二次仗的時候，D從B當中脫離出來；現在，D和A在C的支持之下聯合起來對付B。恐怕D這次是要成功了，於是不久之後，A就會和它現在的敵人B聯合起來打它現在的盟友D。」「於是安福系又隨著段祺瑞重新得勢再度崛起。逮捕他們的命令才下來沒多久，不過一兩年時間他們又被赦免了。基督將軍才剛回到首都，現在吳佩孚又得前頭打奉系，背後打馮玉祥，兩頭作戰了。」「你挺信任馮玉祥啊？」「沒錯！他手下的兵從不騷擾人民，拿了什麼東西一定給錢。馮玉祥受命和奉系作戰；但是他去時故意拖延時間，一面走還一面讓士兵修路，好讓他能戲劇性地迅速回程發動政變。他包圍了總統官邸，內閣也辭職了，只有那個安福系的王克敏逃掉，躲起來了。」這場讓立夫用如此尖刻口氣描述的戰爭，結果是直系將軍打了敗仗，奉系有一部份軍隊回京，奉系的影響力開始在關內蔓延。抽著大黑雪茄、摟著俄國姨太太的「狗肉將軍」張宗昌則控制了山東。

不久之後，立夫受到某件事的激勵，加入了國民黨。民國十三年十二月三十一日，國民黨創黨人孫中山來到北京，受到了北京民眾的熱烈歡迎，尤以各級學校師生爲最。不幸的是，幾個月後，他就在醫院裡過世。他的妻子，也許是中國有史以來最偉大的女性，也隨侍在側。在孫中山葬禮上，人民的激動情緒是無法完全解釋明白的。中華民國的國父去世了，他葬禮上群眾聚集的盛大場面，只有他在辛亥革命後不久回到中國那次得以比擬。他的遺孀穿著喪服，跟在他的靈柩後面，全國人民都和她一起爲失去一位偉大領袖而哀悼。老老少少流著眼淚站在街道兩旁看著他的靈柩經過。這證明了國民黨的群眾力量，嚇壞了政府。立夫也被孫中山葬禮深深感動，因而加入了國民黨。

這次群眾聚集兩個月後，五月三十日，有幾個鼓吹民運的國民黨人在上海被英國警察擊斃。國民黨的政治、學生和勞工組織的全部力量都發揮了作用。學生們在各大城市街上宣布罷工並宣講，以喚醒群眾。

所有學校都罷課了，街上每天都有人遊行、集會、張貼標語和宣講。立夫和他的小團體也都參與了活動，立夫的實驗室變成了宣傳機構，大捲大捲的紙堆得高高的，準備寫海報。連莫愁也被這股熱情感染了。陳三和環兒出門到街頭給民眾演講，陳三騎著自行車到處跑腿。木蘭自己沒做什麼重要的事，只在各種瑣碎小事上幫忙。

北大的教授和作家們分成兩個敵對的陣營，目前提出和論戰的問題是群眾運動或喚醒群眾是否必要或有用。新文化運動的領導人已經過時了，成了反動派。他們意外地喚醒了群眾，卻直到現在都還沒準備好——他們被自己召喚出來的鬼魂嚇壞了。除了共產黨人陳獨秀教授之外，他們對群眾是又怕又恨。

當時有一份週刊，是「紳士們」的喉舌，曾經公開嘲笑這場運動。這群「紳士」多半畢業於英國和美國的大學，素來相信統治階級，相信他們高人一等的智慧和祕密外交，卻對群眾有種本能的不信任，認爲只要把國家大事交到他們自己手裡就萬事大吉。他們有超群的智慧，不會受到衝動年輕人廉價的衝動示威阻礙，絕對能把中國從軍閥和帝國主義中拯救出來——儘管他們並沒有具體地說明要怎麼樣才能做到這一點。一個叫吳沙的人對喊口號和貼標語的行爲大加譏嘲，他說，當這些男女學生把一張海報貼在牆上之後，他的情緒就能因此得到釋放，熱情也就從此消失了。另一位作者是個大「科學家」，雖然曾經和軍閥交好，但在其他方面還算得上是眞誠的好人，他寫道：「勸化一百個拉洋車的，不如感動了一個坐洋車的。」於是一場風暴便落在他頭上。但公眾的反對卻使他頗爲得意，認爲這表示他的智力超群。這讓立夫大爲光火，他寫了一篇尖酸的文章公開攻擊這位「科學家」。立夫生氣的時候幾乎不選擇措辭，有什麼感受就寫什麼。許多人認爲這次這場以兩份發行量最大的週刊爲代表的論爭，其實是兩群人之間的宿怨。

立夫親耳聽到的一些事讓他變得非常憤世嫉俗。有位在敵對陣營週刊撰稿的作者爲天津某報寫社論，他認爲對安福政府的批評算是相當大膽了。然而在某次聚會時，那人的朋友卻對他說，他對政府抨擊如此猛烈，未來政府說不定會把他「納入體制」，前途一片大好；這位作者也報以微笑，顯然把這話當成了朋友眞誠的祝福。

立夫對莫愁說：「那些作家都是妓女。一旦進入政府，就會跟其他人一樣。現在他們擁護言論自由和新聞自由，等到他們掌權了，第一個要壓制就是這些自由。」「你爲什麼對他們這麼反感？」莫愁問。「因爲他們都把寫文章當成當官的手段。這是個老傳統：『學而優則仕』嘛，這話是《論語》裡說的。他們把去軍閥家裡喝酒當成一種榮耀，不管那人是誰。他們個個都在政府門前徘徊不去，每一個都是。就像那位科學家一樣——爲什麼他不好好爲他的科學努力呢？」「你又爲什麼不好好爲你的實驗努力呢？」莫愁取笑他。「那不一樣，」立夫說：「我寫文章又不是爲了要訛詐什麼。群眾得有人喚醒才行。」然後他寫了一篇叫做〈文妓說〉的文章，文中充滿了對他所指對象的清晰暗示。文章刊出之後莫愁才看到，她很不高興。「不要太招搖，」她對他說：「你這是自己跳出來找打，招惹那樣的敵人沒有好處。你這樣子得罪人是爲了什麼？」「我只是在給龔自珍〈平均論〉裡的『盜聖賢，市仁義』寫一篇歷史評述而已。」立夫爲自己辯解。「這跟歷史八竿子打不著關係。誰都看得出來。」他妻子反駁。這是他們夫妻相處時最難調適的一點。立夫覺得自己已經很體諒妻子了，但一旦涉及他眞正想做的事，他就完全不顧及她的想法。莫愁對他個人舒適甚至異想天開的種種都可以讓步，唯有在寫攻擊文章方面是一步不讓。對於丈夫什麼該寫什麼不該寫，她的態度堅定而清楚。她在生活中的目標很明確——她要捍衛這個家和他們兩個兒子的幸福，並且保護立夫，不讓他因爲自己做的事受到傷害。

* * *

沒有學生階層的熱情政治工作和群眾的偉大覺醒，民國十五年到十六年的國民革命就不可能發生。但爲了讓這場革命成功，就必須流血，青年必須爲此付出代價。它爲木蘭自己的家庭帶來了悲劇，也瞬間改變了她整個人生。

暗香是家裡最後一個買來或打合同雇來的女僕，因爲後來僕人都必須按月雇用，按月支付工資了。暗香嫁給襟亞升格後，木蘭又請了一位阿媽幫忙照看孩子。她最小的女兒阿梅現在才五歲，兒子阿通已經十二歲了，因爲是男孩子，所以總是自己到處跑來跑去。她的大女兒阿鑾現在已經十五歲，和她美麗的母親幾乎是一個模子印出來的。

阿巒從小就是個體貼細心的姑娘；她在玩的時候要是聽見母親叫她，會立刻離開遊戲。暗香結婚之後，她本能地擔起了照顧妹妹的責任。當「大姐姐」不只是一個名詞，它還是一個對弟妹負責的明確道德觀。她現在上中學了，平時穿著就是一個女學生的樣子。她是班上的班長。木蘭不知不覺間讓阿巒接受了她從母親那裡受到的相同訓練。照顧孩子滿足了成長中女孩天生的母性本能，除此之外，阿巒可以感覺到和妹妹之間有一種同性間的聯繫，是和弟弟在一起時沒有的。所以即使沒有明確安排，阿梅放學回家，就自然而然地由阿巒照看。阿巒也會在沒人要她做的情況下主動幫母親忙。有時木蘭必須打發她去跟弟弟玩，但過一會兒她又會回到房裡來。女孩就是女孩。有時木蘭似乎比較偏袒兒子，但無論如何，她從不允許兒子像當年母親允許迪人那樣欺負僕人或姊妹。

阿巒是個快樂的孩子，她非常崇拜母親，但她對曼娘更感興趣，喜歡聽她母親的童年故事，尤其是和義和團在一起那段經歷。最不可思議的事，在她祖父的葬禮上，當時只有九歲的阿巒竟學會了成年女性慣用的那種有腔有調的方式撫棺哭泣，每個人都很吃驚。從集體哀哭中獲得慰藉，讓人感覺到加入了一個比自己更大的社會群體，這正是女性的本能。

阿巒和曼娘的兒子阿宣以學生身分參加了五卅遊行。由黛雲帶領的一群人打算在街頭表演一段戲劇性的短劇，比海報更有力地描繪了英國警察在上海射殺中國人的情景。最能引起群眾憤怒的一段，是英籍巡捕在證詞中所說英籍捕頭下達「開槍射殺」的命令，以及示威者逃跑因而背後中槍的事實。阿巒對這部戲和「關稅自主！」和「廢除治外法權！」等口號都很熟，她原本也想參加，但木蘭叫她別去。儘管如此，這群人還是在花園裡一個空曠的院子裡排戲，阿巒和母親去看他們。當巡捕開始開槍，學生們中槍倒地時，扮演群眾的女學生們碰上了不知道該怎麼哭的問題。「你們一定得眞的掉眼淚才行。」阿鑾對其中一個人說。「怎麼做啊？」那女學生問。「上場前切點洋蔥帶著就行啦！」阿鑾說。這主意太妙了，每個人都大笑，她母親也爲她驕傲。

然而，這樣的示威活動對政府來說已經成了眞正的麻煩。學生、示威勞工和警察在北京街頭已經有過幾次衝突。要是在示威活動中逮捕學生，只會引發更大規模的示威，要求釋放學生。這年十一月，數千人舉辦了「國民革命大遊行」，要求安福政府下台，並宣布召開國民黨主張的國民會議。之後竟以暴民方式襲擊了安福系領導人的住所，這些領導人當中有許多人在民國二十七年成爲日本佔領下北京和南京政權的傀儡首領，如王克敏和梁鴻志①。示威者多次公開要求推翻安福政府。他們之所以能這樣做，是因爲有基督將軍馮玉祥暗中保護，這些將領是同情國民黨的，他們的軍隊駐紮在北京周邊。段祺瑞當時是北京的實際統治者，而他的眼皮底下就有一大群對他充滿敵意的革命群眾。

隔年三月，日本砲艇和馮玉祥的士兵交火，引發了一場國際危機。其他派系現在正聯合包圍基督將軍，要把他趕出北京，和立夫兩年前對阿非說的話不謀而合。奉系艦隊計畫在天津攻擊馮軍，他布了水雷，封鎖了大沽口。有幾艘日本砲艇向堡壘開火，堡壘也加以還擊，代表八個外國列強的駐北京八國公使團向馮玉祥發出四十四小時限期「最後通牒」，要求在三月十八日中午之前解除對大沽口的封鎖，否

---

① 梁鴻志（1882—1946），中華民國政治人物，日本扶助成立的傀儡政權「中華民國維新政府」中的主要人物之一，二戰後因漢奸罪被處決。

則「關係各國海軍當局，決採取認為必要之手段。」這樣的外交干涉不啻於給奉軍可趁之機。日本要求中國政府道歉，將堡壘指揮官解職，並且賠償五萬元損失。

十七日，段祺瑞政府的衛隊和群眾代表發生衝突，有數人被刺刀刺傷。段祺瑞和安福系的領導人似乎被激怒了，決定要給這些煽動的年輕人好好教訓一番。

三月十八日，天安門前舉行了一場大規模集會，有來自各級學校、大學、勞工界和工商組織的代表，他們手裡的白色橫幅在晴朗的藍天下飄揚。他們再次要求關稅自主，堅決反對列強的最後通牒。台上有幾位國民黨教授在。

阿鑾吃過早餐之後就去上學了，她剛洗好自己的手帕，放了一條乾淨的在口袋裡，這是她每天的慣例。沒多久木蘭接到她的電話，說她們學校今天要參加遊行，她可能會晚一點回家吃午飯。「小心點。」木蘭在電話裡對女兒說。「沒問題的，」阿鑾說：「我們校長說帶隊的人已經跟衛隊指揮官說好了會保護我們。再見。」這些話在木蘭的耳朵裡迴響著。女兒的聲音是愉悅而歡快的。十二點十五分，立夫打電話給木蘭，問：「阿鑾今天去遊行了嗎?」「去了，怎麼了?」電話那頭沉吟半晌，然後立夫說：「嗯，別太擔心，」木蘭聽見他掛斷電話的咔嗒聲。

立夫在示威前最後一刻從一個非常私密的消息來源得知，段祺瑞今天要來真的，這對示威群眾來說不是件好事。有些人看到武裝衛隊進入國務院，那正是示威者準備遞交請願書的地方。

立夫和陳三奔出家門。他坐黃包車，陳三騎腳踏車。他要陳三先去找阿鑾，把她從人群裡接出來，他自己去找帶隊的人談。到了天安門，立夫發現大會已經結束，決議通過了，遊行隊伍沿著崇文門內大街向段祺瑞執政府走去。他在牌樓處追上了隊伍，但帶隊的人已經到了執政府。成千上萬的示威者和圍觀民眾擠滿了街道。立夫撇下了黃包車，沿著寬寬的泥濘人行道往前跑。

到達執政府入口，他從站在大樓外的數千名學生中擠了進去。他聽到一聲刺耳的槍響。因爲槍聲，學生們開始驚叫起來，往大門的方向湧去。這時段祺瑞的衛隊從埋伏的角落裡跳出來，他們手持刺刀、大刀和短刀堵住每一扇門，砍殺試圖逃跑的學生。接著聽到了更多槍聲。學生們遭到伏擊，受困當地，退路都被切斷。現場一片混亂，立夫看到可憐的男女學生被砍刺，在他面前的地上被踐踏。他看見一個身材高大、肌肉發達的警衛，他沒穿上衣，一邊張狂地笑著，一邊揮著一種叫鐵鞭的古老武器，這種武器是用刀片串成的，每個刀片有七八吋長，整根鞭子長約七尺。鐵鞭一揮，就能削掉鼻子、額頭、手和胳膊上的皮膚。人群依然往死亡之門擠去，警衛在後面拿著刺刀對他們又戳又刺。立夫被擠到人群邊緣，他看見一個警衛在他面前揮舞著一條沉重的鐵鍊，他把一切都交給命運，衝向自己可能的毀滅。鐵鍊狠狠地打在他的右腳踝上，他以爲自己的腳斷了，但他還是繼續往前走，還踩到了幾個倒在地上的屍體。警衛們現在似乎已經累了，攻擊人肉靶子的間隔時間拉長，使的力氣也沒有那麼大了，只有揮鐵鞭那個人，隨著人群越變越小，他揮舞鐵鞭的空間反而更大了，而且毫無疲倦之色，他一個一個挑選著受害者，一邊有節奏地吼叫著，應和著他鞭子揮舞的死亡咻咻聲，此起彼落。

在得以進入大院的約三百人當中，有四十八人當場死亡，近兩百人受傷。幸運地被夾在中間又在其他人保護下逃出來的不過五十人上下。

出了大門，立夫一瘸一拐地走了幾步，便摔倒了，他爬起來，又一瘸一拐地走了幾步。他周圍躺滿了受傷的男女學生，崇文門大街擠滿了驚恐的民眾。黃包車來來去去，載著受傷的男孩女孩，個個身上和臉上都淌著血。曾經在蔚藍天空下耀眼地飄揚著的白布橫幅如今在人行道上被人踩踏，沾滿了污泥和鮮血。

立夫感到一陣劇痛，他發現自己的右腳還在，但鮮血已經把他的長袍和鞋襪染紅了。他叫了一部黃包車回家。

陳三走在立夫前面，當時到了大院門口就進不去了。有人告訴他，阿鸞小姐學校的隊伍在前面，很可能在裡頭。他聽見槍聲，看見學生們被攻擊時，他又跳上腳踏車衝回來告訴木蘭發生了什麼事。姚家距離執政府並不遠。

飯桌已經擺好了，等著阿鸞回來，木蘭正在餵阿梅。她看見陳三的臉色，陳三還沒開口，飯碗就從她手裡掉了下來。「發生了什麼事？你說話呀！」也在房裡的蓀亞問。「警衛對學生開槍了！我和立夫哥去找阿鸞，但是我進不去。」「她在哪兒？」木蘭問。「我不知道。那裡亂成一團。學生都在想辦法出去。你知道，我不是想嚇唬你，但是我聽見裡頭有人在尖叫——」「馬上跟我們走，」蓀亞喊道：「立夫呢？」他們立刻坐著黃包車出發了，滿心希望看見正在回家路上的阿鸞。當他們到達大屠殺現場時，那裡就像一個廢棄的戰場。一些膽小的店主已經關了店門。警衛們完成了他們崇高的任務，已經離開了。有幾個學生的親人正往大門裡走，蓀亞認出了一位美國教授，他在尋找他的學生。「像這樣的大屠殺，」那個美國人說：「不管在美國哪座城市，都會立刻引發革命的。」蓀亞和木蘭沒有時間聽他說話，也沒時間回話。他們走在一地屍體之間，那裡除了三十多具男孩屍體之外，還有大約十五具成年男子的屍體。他們以怪異的姿勢躺著或靠在牆上。蓀亞看見有具屍體坐在另一具屍體上，未瞑目的眼睛盯著他看，他移開了視線。接著他又被壓在兩具屍體下的一個還在動的人嚇了一跳。木蘭一具又一具地看著女孩的屍體，沒發現阿鑾，心裡升起一絲希望。

接著她看到院子轉角靠近一個突出平台那兒放著兩具新棺材。當局想的眞周到，連棺材都準備好了！但他們只肯給兩具！當她走近時，她看見其中一具棺材裡躺著阿鑾小小的身體。

木蘭大叫一聲，撲倒在棺材上。

蓀亞彎身去摸女兒的臉和手，感覺猶有餘溫。她在棺材旁邊中槍，有人剛剛才把她放進了棺材。她嘴角流出一股新鮮的血。蓀亞扶起她的小身軀，抱著她坐在地上。木蘭悲痛地哭著說：「啊，我的孩子啊！」「還有希望嗎？」木蘭握著孩子依然溫暖柔軟的手問道。蓀亞掀開她的眼皮，她的眼皮就這樣一直睜著，一動不動。他解開她的衣服，她脖子上有一處槍傷，裡頭的衣服都被血染紅了。美國教授走了過來，什麼也沒說，只是彎下腰看了看女孩的瞳孔，聽了聽她的心跳，便搖搖頭走開了。

木蘭跌坐在地上，嚎哭著：「我的孩子！我的孩子啊！」她的臉貼在女兒臉上，動也不肯動。

阿鑾學校的校長走到他們跟前，想說些什麼，但似乎說什麼都沒有用了。除了阿鑾，他還有一個學生被殺。他還不知道總共有多少人受傷。他認爲，因爲阿鑾是最小的學生，在學校隊伍中站在最前面，所以是第一個中槍倒地的。

木蘭依然不肯動，緊緊抱住女兒的屍體。

蓀亞站起來，要陳三叫黃包車送他們回家。眼睛因爲悲傷而失了神的蓀亞抱起死去的孩子，校長和陳三扶起木蘭，回家去了。

莫愁、環兒和珊瑚急忙趕到木蘭身邊，說立夫已經回家了，但腳踝受了重傷，不能走路，不得不上床躺著，他們已經請了醫生。

對手無寸鐵的愛國男女青年進行伏擊，這場史無前例的屠殺震驚了全國。三十三天後，段祺瑞的安福系政府倒台。四月二十日，段祺瑞辭職，安福系政客躲進了天津的日本租界。但安福系在執政的最後這段日子留下了讓革命中國永誌不忘的東西，到了民國二十六、二十七年，他們又在日本刺刀的支持下再度在北京登場。

阿巒只是一個小女孩，卻無意間成了殘忍殺人犯的犧牲者。但在僅僅三個月之後爆發的革命中，還有許多愛國青年因爲希望有一個重生而革新的中國，有意識地獻出了自己的生命。

# 第三十七章　逮捕

剛受到女兒過世的打擊時，木蘭變得非常沉默，問什麼都不回答，甚至連哭都不哭。遺體安放在祠堂裡。曼娘過來陪在木蘭身邊。她兒子阿宣沒有參加那天的示威，因爲他念的是稅務專門學校，由海關總司管理，控制比純粹的中國大學要嚴格。阿鑾同校的女孩和幾位學生代表前來致哀，但木蘭沒有見他們。

那天晚上，木蘭在蓀亞和曾夫人堅持下喝了幾口湯，很早就上床躺下了。午夜時分，她丈夫和僕人都聽見她突然嚎啕大哭的聲音。

第二天，她沒有起床。她丈夫聽見她在夢中語無倫次地說著話，她發燒了。她偶爾會睜開眼睛，環顧一下四周，然後又閉上。

她從小就很受命運的眷顧，不像妹妹那樣深切地感受到母親去世的痛苦，也許是因爲她婚結得早，而且母親長期臥病期間都是妹妹在服侍的緣故。相比之下，父親離家對她的觸動更深。但這是她第一次從心底感到悲傷。她甚至對殺害阿鑾的人沒有怨恨。她的女兒死了，這是唯一有意義的事實；至於是什麼導致了這一切，那無關緊要。

她的思緒在她童年和近年生活的景象中飄飄蕩蕩；看上去微不足道卻意義重大的時刻，在她面前快速而無序地一幕幕出現。她在花園裡摘花，曼娘正在教她怎麼把鳳仙花泥做成染指甲的染料。她在曼娘的院落裡煮花生羹，曼娘在繡鞋子。蓀亞來了，她給了她一碗花生羹，他很喜歡。她看見了那個拳民女人，和她關在同一間牢房裡的暗香，以及她在大運河上上船的情景。這情景對她來說異常鮮明。曾夫人和她的三個孩子坐在船頭，然後曾先生穿著短襖短襪，手裡拿著水煙筒出來見她。她可以看見咧嘴笑著的蓀亞，還有曾先生手裡用手帕包著的幾塊髒兮兮的刻字甲骨。她的思緒又從那些甲骨文轉到她童年時喜愛的玉刻和琥珀小動物收藏，轉到他們逃難前她和父親關於這些寶貝的談話，轉到關於有福氣和沒福氣的教訓上。要是沒有福氣的人發現了這些被埋藏的動物，它們就會變成小鳥飛走。但是它們依然是她的。還有她非常喜歡的那隻雕工精緻、蹲著的白玉小狗，還有綠色的翠玉小豬和大象。還有兩隻猴子，其中一隻在另一隻的耳朵裡找虱子，另一隻閉著眼睛，張著嘴，歪著頭，顯然覺得癢。一隻猴子永遠在挖另一隻的耳朵，而另一隻永遠覺得癢！是啊，它們是活的，它們永遠不會老，永遠不死！昨兒個阿鑾還跟它們一起玩呢。阿鑾在哪兒？阿鑾死了嗎？景色突然一片漆黑。然後，她眼前那空無一物的黑暗中出現了乾枯的褐色苔蘚，形狀和顏色都清晰可見，她凝視著一塊巨大的石碑，上面沒有字。這是秦始皇的碑，她和立夫在一起，在泰山頂上。立夫爲什麼這麼沉默？她想把那塊古碑上的苔刮掉一點，立夫說：「不要！」

泰山日落時，她和立夫站在無字碑前的那一刻，一次又一次地回到她眼前。

他們一直在談永恆和生存，她告訴他，這塊石頭之所以能經過歷朝歷代，是因爲它沒有凡人的激情。有激情的生活，也有沒有激情的生活。地球轉一圈，他們也跟著地球轉了一圈，然後看見太陽升起，但它們依然站在石碑前。

然後她和立夫站在山上的柏樹林裡。啊，那珍貴而短暫的時刻！立夫踢著她坐的樹樁，森林裡的清風把一縷髮絲吹到她額頭上，她一撩頭髮把它掃了回去。撩頭髮這個動作對她是有意義的，但究竟是什麼意義她又說不出來。她正在跟立夫說，她見到他三次，都是在山裡，這事兒眞奇怪啊。

蓀亞聽見她在夢中說：「我們現在在山谷裡了。我們現在在山谷裡了。」

過了一會兒，他聽見她說：「我的甲骨！我的甲骨！」

蓀亞以為她在說夢話，但她的眼睛是睜開的，話說得很清楚：「把我的甲骨拿給我！」她丈夫走到她身邊，很擔心她是不是瘋了。「你要什麼？」他問。「我的甲骨。放在外頭的櫃子裡。我好久沒跟它們玩了。」他心裡七上八下，出去拿了甲骨給她，那是她嫁妝的一部份。

木蘭拿起其中一塊，說：「他們好老了。四千年。在我們出生之前好久好久。」「是啊，」他呆呆地說。「我從來沒好好研究過它們，」她哀傷地說。「你能答應我，好好研究它們嗎？」「好，妹妹，只要這樣能讓你開心。」「你知道，這上頭寫的是幾千年前皇帝們的事。」「你餓不餓？」「我不餓。那些皇帝是活過的，你知道─他們眞的活過，結過婚，然後死了。」蓀亞再次擔心木蘭眞是瘋了；她眼裡含著淚水。「我那些玉雕的小動物呢？」她說，茫然地望著他。蓀亞又去了，把所有的收藏都拿到她床上，木蘭認眞地看著它們，一個個把玩。

她整個下午都沒有發燒。他們給了她一顆黑色丸藥讓她平靜下來，還熬了可以疏肝解鬱的湯藥，到了晚上，她終於安穩地睡著了。

＊＊＊

立夫躺在床上，一個多星期都沒辦法行走，但莫愁下午來看了木蘭。

隔天早上她又過來，發現經過一夜好睡，木蘭的燒已經退了，但她話還是不多。她一直在談古時候的事，對眼前的事情不感興趣。被問到什麼時候辦葬禮時，她只簡單地說：「準備好了就辦。」「學生團體想知道葬禮日期，準備派幾百個代表來參加，」莫愁說。直到這時，木蘭才厲聲地說：「他們想把我死去的女兒弄成英雄？不，阿巒是我的，我不會讓外人參加她的葬禮……妹妹，你要從我這次經歷中記取教訓。絕不要讓孩子長大之後參與公共事務，把他們留在你自己身邊。」莫愁接著說：「今天的新聞說，整個內閣都請辭了，承認他們對學生的死有責任。有來自南方的電報要求逮捕審判段祺瑞。」但木蘭對這一點都不感興趣。她似乎有了新的價值觀。那天她起床，和往常一樣照顧她兩個年幼的孩子，在準備阿巒的葬禮時，她表現得出奇鎮定莊重。再也沒人見過她哭。她的哀愁比淚水更深，像個女王一樣忍受著悲傷。

她對自己那些玉石收藏和甲骨的新興趣並不是曇花一現。她又把它們全擺出來，放在臥房的桌上。它們對她而言充滿了精神意義，讓她想起過往快樂的時刻和童年，但也讓她想起了時間和永恆。在她看來，瞬間和永恆是一體的。這些無生命的物體也正象徵著不朽的生命。那些甲骨代表著活在四千年前的王和皇后，代表著王子的生與死，代表著遙遠過去的戰爭、死亡，和祖先的犧牲。儘管其中有許多甲骨文其實是神諭，但它們對她的意義既不是宗教的，也不是歷史的，而是哲學的，神秘的。

＊＊＊

阿巒簡單的葬禮結束幾天後，木蘭突然說了一句讓蓀亞吃驚的話：「現在我不想住在北京了。」他認爲，這表示自從阿巒死後，這座城市對她來說變得無法忍受。因爲，隨著第一週的極力克制和葬禮結束，他每天早上和下午都看見她自個兒到一個房間去哭一會兒，他知道她是獨自去哭的，沒讓人看見，也不受打擾。於是他說：「妹妹，我知道你很難承受。過一陣子，你就會好點了。」「不，」她回答：「我想過太平日子。這個世界太混亂了。到處都有戰爭，而且越來越逼近北京。我只想和你，和孩子們簡簡單單地生活在一起。我再也不會讓小孩子離開我的視線。我會親自教他們……我們不能找個地方——像是南邊的杭州——在湖邊有個簡單的家嗎？」她口氣很認眞。「但是娘和我們所有的親戚都在這裡，還有這座大宅，」蓀亞說：「再等一陣子，我們看看情況。」「我只是想過太平日子，」她又重複一遍。「難道就沒有一個我們能自己住的地方嗎？」於是他說：「我們再好好討論一下，看我們能做什麼。」立夫剛能走路，就來看木蘭。幸運的是，他的傷口癒合了，沒有什麼併發症，就是有些小塊骨頭和肌腱受傷了，之後他一輩子走起路來都有點跛。他拄著手杖走了進來，木蘭滿含悲傷地抬頭看著他，片刻無語。接著她硬逼著自己開口，衷心地感謝他，謝他在那恐怖的一天努力想找阿巒，想救她。但他不願意談自己，只說他很遺憾沒能參加阿巒的葬禮。

他仍然很痛苦，很激動，他大聲說道：「你們知道嗎？又有六七個學生在醫院裡傷重而死。有些人對這起謀殺案的態度讓我無法理解！」

他隨身帶著一份最新的週刊，他拿給他們看，說：「你們能想像嗎？那些『公正人士』居然把責任推到學生領袖身上！這篇文章的作者說，教授和學生領袖沒有權力犧牲年輕學子的生命。他說，如果他們事先知道政府的態度和可能採取的行動，他們就應該對死亡負責；要是他們不知道，那就是無能。他還暗示，有些領袖其實是共產黨。政府在逮捕聚會領導人的命令中也是這麼說的！和政府同聲一氣！而政府呢，當然也錯了，這篇文章的作者說——也錯了！政府並不是殺人犯，僅僅是『也錯了』而已！多麼優秀的司法制度，多麼冷靜、公正的作風啊！我知道衛隊總司令鹿鐘麟①向他們保證過他們是安全的，鹿也不知道段祺瑞的衛隊想幹什麼。那是個秘密陷阱，一個埋伏。那些領袖怎麼會知道自己正在帶這些學生去死呢？這個作者現在居然說這種話，為政府減輕罪責！根本就是個無賴！」

立夫怒不可遏，氣得臉都紅了。「立夫，」木蘭說：「說話還是要當心點。現在的情況是，一個愛國的人送了命，還可能會被說是傻瓜。」但立夫回答：「我還有好多話要告訴你們。幾天前，九所國立大學的校長聚在一起開了會，起草並發表了關於大屠殺的聲明。你知道發生了什麼事嗎？九個大學校長裡，有四個反對要政府對這起案件負責。這些校長自己就是政客。他們光討論措辭就商議辯論了兩個小時，想弄出一篇既不會觸動政府敏感神經，又能在某種程度上表明他們也很震驚的陳腔濫調，他們用了像是『殘忍的警衛』和『非人道的武器』之類的詞語，口氣這麼溫和，政府想必十分高興。『一方面呢……但從另一方面來說……』噢，多麼平衡、合理、公正的觀點啊！這些大學校長也都在考慮著自己的飯碗呢！」

木蘭很為他擔心。「北京也不適合你們住了，不是嗎？」她說：「住在這兒，只會讓你越來越生氣，尤其你還有一群這樣的同事。」「我已經寄了一篇關於大學校長的文章出去，也是對那個作者的回應。」「你寄了！」木蘭驚叫：「我妹妹答應了？」「她不知道這回事。」「立夫，你克制一點，」蓀亞說：「最近時勢不好，還是謹愼爲上。」「這一定是安福系人馬最後一次公開行動，難道你看不出來？」立夫說：「全國都感到震驚。這個政府已經死了，那場大屠殺就是它的自殺。」「你怎麼知道新政府就會更好呢？」木蘭悲傷地說。立夫沒有回答，只是往窗邊那張擺放著甲骨和小玉獸的桌子走去。木蘭的目光跟著他。

「立夫，」她說：「我跟你說句認眞的。你看看那些小動物，它們內在的涵義比你所有的文章和政治都多。它們可以讓你平靜下來。」立夫拿起幾塊古老的骨頭，開始審視那些遠古銘文。不到半分鐘，他的臉色就不一樣了，一種奇妙的喜悅讓他的臉亮了起來。「你說過你想去西藏的，」木蘭緊緊地盯著他。「這事兒我從來不知道。」蓀亞說。「我遇到他的第一天，他這麼說的，」木蘭說。「很久以前的事了，是吧？」「所以呢？」立夫說，微笑著放下手裡的骨頭。「你爲什麼不去研究一下這些甲骨文呢？一部介紹它們的偉大作品正等著被寫出來。我知道你愛這些東西。我也一直叫蓀亞去研究它們。不要碰政治。」立夫一瘸一拐地走回來坐下，輕聲地跟他們聊了一會兒，又拄著枴杖一瘸一拐地走了。

＊＊＊

①鹿鐘麟（1884—1966），字瑞伯，河北定州北鹿莊人，中華民國國民革命軍高級將領，也是馮玉祥手下的「五虎將」之一。

這時北京正迅速陷入無政府狀態。直奉聯軍步步進逼，基督將軍的軍隊依然控制著首都，安福政府在段祺瑞領導下開始密謀反抗他們，準備歡迎直奉聯軍。這個陰謀曝了光，鹿司令改變態度包圍了段祺瑞官邸。段和安福系政客逃往東交民巷使館區。當奉軍逼近時，鹿鍾麟把軍隊撤出北京城以避戰。接著安福系政客再度露面，但直隸軍司令吳佩孚將軍發了電報，要求立即逮捕安福系政客，並且監視段祺瑞。絕望之下，安福系官員便試圖向奉系軍閥獻媚，還派代表到天津歡迎奉系少帥，但他拒絕接見他們。在遭到雙方拒絕之後，安福系意識到他們的政治生命已然結束，四月二十日，段祺瑞辭職。

北京處於一種奇怪的狀態，這個政府沒有領導人。「共和國大總統」曹錕已經被軟禁了一陣子，卻忘了他早在兩年前就辭過職，又通電辭職了一次。段祺瑞不得不為自己發明了一個「臨時執政」的頭銜，以取代「大總統」之名。如今段辭職了，這兒不但沒有大總統，連臨時執政也沒了。

四月十八日，奉系軍隊開進了這座城市。這是「狗肉將軍」張宗昌的部隊，他統治山東，但權力如今已經擴展到北京。他手下的兵開始拿著一文不值的「奉票」去買東西，幾乎引發騷亂。他們拿著連五分錢都不值的一元鈔票去買一包煙，還要求找回九角七分錢外加香菸。商店都關門了，商業活動陷入停滯。士兵還強佔民房，老弱婦孺只好往郊外逃。

這位狗肉將軍人稱「三不知」。他不知道自己手下有多少兵，不知道自己有多少錢，不知道自己有幾房姨太太，包括中國和俄羅斯的。他那高大的體格，手上又大又黑的雪茄，還有嘴裡下流的髒話，加在一起，給人的感覺就像頭會說人話的大猩猩。但事實上，他確實結合了大猩猩的智慧和大老粗的單純心性。他會帶上一捲又一捲的鈔票，隨意送給任何有困難的人——不管她是俄羅斯女人或中國農民。他喜歡直截了當、乾淨俐落的交易，喜歡他能理解的簡單語言，對母親極為依戀。要是有文人用了他不懂的字眼，他就會罵罵咧咧地說：「你說的是什麼東西？咱不懂啦。」他喜歡打麻將，但他會邊打邊改遊戲規則，唯一不變的規則是他一定要贏。要是他手裡有個「雀兒」，「雀兒」是可以吃「餅」的，而要是他有個「餅」，那「餅」就可以壓死「雀兒」。他屬下對此完全同意，因為他們在麻將桌上的損失不過是一種為了取悅將軍而進行的精明投資。他有一種粗獷的幽默感，當他說到雀兒吃餅的笑話時自己也會聲如洪鐘地哈哈大笑。（然而，在麻將這方面，無獨有偶的是，大總統曹錕打麻將的時候，常常要連莊一整夜直到天亮。在當時的上流社交界稱為「曹錕連莊」。）

狗肉將軍來北京，為的是要「消滅共產黨」。他根本不知道共產黨是什麼。中國話裡常說共產黨是「共產共妻」。「我完全贊成共妻，但不贊成共產，」他這麼說。「東西是我的，怎麼會是你的呢？你只能拿屬於你的東西。東西是我的，你來把它拿走，要是你拿得走，它就是你的；要是我拿得走你的東西，那它就是我的。但是我們對女人必須公平。你一晚上又睡不了那麼多老婆，為什麼不讓她們去跟別的男人睡呢？」在這件事上，他確實說到做到。但是狗肉將軍是來消滅共產黨的。他討厭他們，因為他們不尊敬官老爺，又不愛自己的母親。另一件他討厭的事是讓未出嫁的閨女去公園。他本能地覺得，一但她們踏進了公園，就會變成「瑕疵品」。在他掌控的省分禁止這種行為。在北京，除了對抗共產黨，他還試圖維護公共道德，恢復尊孔。於是，他也禁止女孩子去公園或剪短髮，這是他反共政策的一部份。對他來說，短髮和共產主義是同義詞。

他把安福系的警察總監解職，換上他的自己人，一個叫李壽金的老派無知警官。他剷除共產黨的方法是「殺雞儆猴」，逮捕領導人以儆效尤。

這時國民黨領導人已經逃往南方加入了國民黨政府，而國民黨政府正準備北伐，推翻軍閥。當時有兩位編輯，邵飄萍和林白水②，他們持續發表直言不諱的社論，批評時局混亂和政府管理不善，結果兩人都因爲被指控爲共產黨員而遭逮捕。邵飄萍在晚上十一點被捕，凌晨一點鐘即槍決，未經審判。林白水最終也遭受了同樣的命運。北京知識圈被嚇壞了。有傳言說，大規模逮捕激進派教授和作家是有計畫的行動，他們很可能會被立即槍決。

一天，黛雲跑來告訴莫愁，說有人看到了一份黑名單，上頭有五十二個激進老師和作家的名字，而且她同父異母的哥哥懷瑜也回來了。雖然根據傳聞，立夫的名字不在黑名單上，但她還是來警告他一聲。據報，名單上大多數人都已經逃離北京，或者躲進了使館區的法國和德國醫院。使館區是中國警察進不去的安全區。而立場相反的那群作家，也就是所謂的「公正人士」，則被當局認爲是「安全的」，除了一兩個例外，黑名單上不包括他們。

莫愁聽到立夫的名字不在名單上，心裡就像卸下了一塊沉重的大石。因爲他寫了那篇關於大學校長的文章之後，她和他大吵了一架，還要他保證，以後在沒有事先告訴她的情況下絕不發表任何東西。因此，最近一個月他什麼也沒寫。

但她再次求他小心。「沒人知道這份名單的傳聞正不正確。而且名單說不定會改，會添。說不定你也會不經過審判就被逮捕槍決，連爲自己辯護的機會都沒有。」「可我又不是共產黨。」立夫回答。

「你要吃槍子兒可未必要是共產黨，要是他們看你不順眼，光這個理由就夠了。在這樣的一個世界裡，你還期待什麼呢？要是你不在乎自己的命，也想想我和孩子啊。」「我知道，我知道，」立夫說，對於她公然把自己的意願強加在他身上非常惱火。「我可以照顧好自己的。」她去了他的實驗室，翻遍了他所有已發表和未發表的筆記及論文。他沒有共產主義書籍，但有幾本書比較可疑，像是孫文的《建國大綱》，以及國民黨宣言和國民黨黨證的複印本。他們家裡有一本會議記錄，是不同的人寫的，大部份記錄出自陳三之手。在這些記錄中，莫愁發現了各種關於當前問題的文字。她看到裡頭有個人在捍衛祖先崇拜，便聰明地把它和另外幾篇無害的文章及科學論文放在一起。

那天晚上，立夫看見她花了整整一晚上在整理他的文件。這時她又有孕了，已經六個月。她坐在矮凳上彎腰翻看著滿地的紙張，呼吸沉重。他感覺到一個準媽媽沒說出口的嚴肅認眞，不禁心生敬意。「你打算怎麼處理這些東西？」他問。「謹愼起見，全部弄走。」她說。「你不能燒掉我的文件。」「我不會燒的。不過我要燒這幾本書和黨證。你知道，現在國民黨人也可能被認爲是赤色份子，會被槍斃的。」「槍斃，槍斃！他們又不能槍斃全北京的人。他們要怎麼把每個剪短了頭髮的女孩都槍斃掉？槍決邵飄萍和林白水只不過是嚇嚇其他人罷了。」但莫愁還是拿走了國民黨的書、黨證和會議記錄，連同她在環兒房間裡找到的幾本書一起燒掉了。她把他的論文裝進一個包裡收到別處去。

② 邵飄萍（1886—1926），中國新聞工作者，一九一八年創辦《京報》。被稱為新聞界全才。早年任《申報》的特約通訊員，後任《漢民日報》主編。林白水（1874—1926），中華民國初年政治家，獨立報人。林白水以筆鋒犀利而著稱，曾在民國初年的北京多家報刊發表過時事評論。一九二六年因在文中譏諷軍閥張宗昌而遭到殺害。

第二天早上，木蘭過來和妹妹討論情況。她也聽說了黑名單和懷瑜回來的事。她答應把立夫那包東西帶走，放在華太太的古玩店裡，又建議立夫最好暫時離開一段時間，等情勢明朗了再回來。

這時是上午十一點，姊妹倆和立夫正說著話，陳三突然衝進來，喊道：「警察來了！」姊妹倆嚇得臉都白了。「從後門跑，」莫愁喊。「跑有什麼用？」立夫平靜地說。「肯定是全包圍了。」四個警察幾乎是立刻進來。莫愁出去迎接他們，問：「請問有什麼事嗎？」「少奶奶，我們有逮捕令，要逮捕孔立夫，」警備隊長說。陳三往前一步，手按在槍上。「別做蠢事！」立夫喊著，一邊走出來。然後他問：「什麼罪名？」「我們不知道。那不關我們的事兒。你有話上庭去說。」「你們不能帶他走，」莫愁說：「他是個愛和平的公民，是個科學家。」「你可以上庭去解釋，」那隊長說。突然，他們聽見木蘭的聲音在裡間悲痛地哭喊：「你們不能抓他！不行！不行！」「你是要安靜地跟我們走，還是要我們銬你？」隊長說。「我沒有犯罪。我跟你們走。」立夫說。於是那隊長吩咐手下兩人和立夫一起去了，他自己和另一個人留下。

木蘭聽說立夫要走了，就哭著衝到門口，後面跟著的是立夫的母親和妹妹。立夫憂心忡忡地望了一眼哭成一團的女眷。接著他轉向陳三，要他立刻去找傅先生和畫家齊白石，他們有很多具有影響力的朋友。

莫愁楞楞地站在門口。她丈夫被帶走的時候，她的視線緊緊跟著他，胸中湧動著一股憤怒和強烈的災難感。但是當隊長問她：「他的書房在哪裡？」的時候，她依然平靜有禮地說：「跟我來。」她把警察帶到前院，然後進了實驗室。「你跟孔先生是什麼關係？」隊長問她。「她是我丈夫。」「他是做什麼的？」「我跟你說過，他是個科學家，生物學家。他研究樹木和昆蟲，跟政治沒有半分關係，他整天都待在實驗室裡。」陳三當過警察，熟知警察的各種手法，也跟著他們進了實驗室。

這個女子的丈夫被抓了，但她的冷靜給隊長留下了極深刻的印象。她給他看顯微鏡、玻片、標本，和她認爲完全無害的所有文件。

她拉開抽屜說：「這些都是他寫的東西。如果你想，就帶走吧。我告訴你，他是無辜的。」「你也該帶幾本書走，當證物上報。」陳三說。「你是誰？」那警備隊長說。「我也當過警察。」「你在這兒是幹什麼的？」那警察用兄弟般的口氣說。「我在這座花園裡當守夜警衛。孔先生的罪名是什麼？」「還不就是共產黨？」「怎麼可能？我們有這麼大一座花園，怎麼會去相信什麼財產共享呢？」莫愁說。「有人舉報他，」隊長說：「我想孔先生一定有不少有影響力的朋友，現在他正需要這個。」現在他似乎心情不錯。他指示下屬帶走幾份文件和幾本書，他對莫愁說：「夫人，很抱歉打擾您。我只是奉命行事。我知道一個人要是有您這樣的太太，是不太可能當共產黨的。您得請一些有影響力的朋友去替他說話。告辭了。」

莫愁和陳三禮貌地把警察送出門，又回到家裡。這時他們才發現木蘭暈過去了。環兒和立夫的母親用冷手巾給她抹額頭，想讓她醒過來。木蘭臉色蒼白，唇如死灰。阿非、寶芬和馮太太都進屋來了，裡頭一片混亂。

莫愁知道事不宜遲，便對陳三說：「快去找傅先生夫婦，請他們馬上過來。我打電話給華太太。」

她彎下腰看她姐姐，嘴裡說著：「阿巒過世，她心裡的負擔太重了。她這幾天臉色一直白得不行。」如此便從表面上解釋了木蘭暈倒的原因。

孔太太擔心莫愁會流產，對莫愁說：「你要當心，千萬別太激動。」「我很當心的，娘。」莫愁說。她一直相信懷孕期間，母親的想法會對心理產生影響。所以她會避免看醜陋或畸形的人，靜靜地做針線活，或者讀高尚人物的事蹟，盡可能往最好的方面想。她經常休息，彷彿在孩子出生前就已經和他住在一起了。

可是今天上午，她比以往更克制自己，一滴眼淚也沒有掉；她意識到，她必須採取行動。

華太太的店裡沒有電話，但對面的裁縫店有，她可以用。莫愁打了電話過去，請他們去叫華太太，華太太很快地接了電話，答應立刻跑去找那位姓齊的畫家，他家離她的鋪子只有十分鐘腳程。

這時寶芬進來，說：「我爹認識王士珍③。阿非，你最好趕快去一趟，叫我爹立刻和王老爺聯絡。」王士珍當時已年屆八旬，曾經是滿清時期的官員，如今在一個維持國家和平運動中努力拉攏各方軍閥，在無政府狀態下，擔任京師臨時治安維持會會長。這會兒莫愁又轉向姐姐。環兒問：「我們給蓀亞打個電話好嗎？」「別嚇他了，」莫愁說。「她只是得休息一會兒。」木蘭慢慢醒轉過來，可能是聽見了眾人說話，但依然一言不發。這時莫愁彎下身來和她姐姐說話，木蘭睜開眼睛，看見妹妹的臉就在她上方。「你現在好點兒了嗎？」木蘭環顧四周，看見了周遭的人，說：「我這會兒好多了。最近我心臟一直很弱。」「你可千萬要小心，」莫愁大聲說：「你這幾天看起來怪蒼白的。今天你進門的時候，臉簡直白得跟紙似的。」木蘭用無限溫柔的目光望著妹妹，然後又閉上了眼睛。沒多久華太太的電話又來了，說齊白石不在家，她給他留了話。木蘭終於能坐起來了，她說她要留下來和妹妹一起吃午飯，叫環兒打個電話給蓀亞，跟他說立夫被捕的事，讓他過來商量一下該怎麼辦。

蓀亞來了，見木蘭兩眼紅腫，臉色煞白。華太太也來了，她看了姊妹倆的樣子，什麼事都逃不過她精明的眼睛；她暗自佩服莫愁，在這種危急時刻還能如此鎮定。眾人吃午飯時，畫家齊白石晃晃悠悠地走了進來，說他會去見幾位朋友，說不定派得上用場。然而，在他認識的人當中，最有用的人就是前教育總長傅先生，而他本來就是立夫的朋友。下午，寶芬的父親來告訴他們，他見到了王士珍，他答應盡最大的努力把立夫救出來，事情看來很有希望。然後傅先生也來了，說他見到了立夫和警察局長，很確定不會有立即的危險。有共產黨嫌疑的案件將由警方和軍事法庭審理，但他說，立夫的社會關係這麼好，警長對此印象深刻。有人告發了立夫，但並不像一般案件那樣有個列名的原告。

六點鐘左右，黛雲來了，而到了大約晚飯時間，警察又來了，但這次隊長沒有來。新的帶隊人是個人矮貌醜、眼睛只有兩條線的下級警官。這次的命令是逮捕陳三和環兒。

蓀亞要求知道罪名。「我們只是來抓那對男女的，我們有逮捕令，」那人粗魯地回答。「如果他們是共產黨，就會被槍決；如果是愛和平的良民，自然會放出來。」環兒的母親哭了起來，說：「他們在同一天帶走我兩個孩子，我是走了什麼霉運啊？要是他們出不來，我也不想活了。」

蓀亞試著安撫她。那矮子警官看見黛雲，便說：「他家裡爲什麼有這麼多剪短頭髮的女人？這裡是

③ 王士珍（1861—1930），清末民初軍事將領、政治家。晚年從軍政前臺退居幕後，曾以京師治安維持會會長的身分調停北方各派軍閥，維護北京治安，推進慈善事業，為北京免遭戰禍貢獻很大。

共產黨的老巢嗎？你最好也跟我們來，回答幾個問題。」「什麼？想逮捕我？」黛雲憤怒地喊道：「你這軍閥養的走狗！」「很好，很好！」那矮子警官說：「看來你確實很想被抓，那我就恭敬不如從命了。」他轉向他的手下，喊著把兩個剪了短髮的女孩環兒和黛雲都抓起來。「你有什麼證據嗎？」蓀亞問。「當然有證據，」那警官說：「你以爲我們除了逮捕愛好和平的良民之外就沒別的事做了嗎？」陳三交出左輪手槍，自願被捕。這個新事態的發展使整個局勢變得險惡，全家人比之前任何時候都更擔心了。寶芬的父親說，王士珍保證在審判前不會有事，但這種時候他們不能冒險，於是當晚就決定保他出來。此外，他們還得把黛雲被捕的事告訴牛老先生。

那天夜裡十一點半，蓀亞、馮先生帶著立夫回家了。因爲王先生給警察局長寫了一封私人信件，立夫交了三千元保釋金之後獲得釋放。但另外三人保釋被拒部分原因是因爲王的信裡沒有提到她們，部分原因是陳三看起來可能是共產黨，而那兩個女孩留短髮，看起來也像共產黨。警局行事不合常規，自不待言。

所有女眷都熬夜等消息。木蘭在他們進門時第一個聽到了立夫的聲音，她喊：「他回來了！他到家了！」莫愁一整天沒流過一滴無用的眼淚，但當她再次看見丈夫的臉時，她衝上前抓住他的手，這才放心地喜極而泣。立夫向眾人解釋：「有人向新任警察局長密告我，我懷疑是懷瑜。」「那爲什麼要抓環兒和陳三？」「所以我才覺得這其實是私事，是和我們家有仇的人幹的，和黑名單扯不上什麼關係。大約三點鐘的時候，我又被帶上法庭，法官問我：『你把你妹妹嫁給了一個勞工，是眞的嗎？』我回答：『是眞的。我把她嫁給一個警察，難道警察不是人嗎？』其他站在那裡的警察聽了我的回答都笑了。

『有人指控你，把妹妹嫁給一個勞工，因此有同情共產主義的嫌疑。』『法官大人，』我說：『如果我還有別的妹妹，我會把她們嫁給您這兒的警察，至少他們都是自食其力的。我贊成人要自食其力，這算共產主義嗎？』那些警察都笑了。『不要無禮，』法官說：『我們正努力消滅北京的共產主義，別想奉承我們。』我就這樣被送回牢房，然後你們就來了。」「那樣的話，環兒和陳三也不那麼危險了，」馮先生說。「我不這麼認為。」立夫回答。「還有別的罪名嗎？」莫愁問。「在我受審之前什麼都說不準。就是我誹謗當局的事情有點問題。但只要有審判，我就不怕。幸虧你們找了王士珍來幫忙。」「環兒和陳三怎麼樣？」立夫的母親問。「我出來之前去看了他們。他們和一群年輕學生關在一起。環兒在哭，我跟她說那個矮個子警官說的不是眞的，他們的情況可能不嚴重。我跟陳三說，他唯一的罪名就是當過警察。」於是，隨著立夫平安歸來以及預計會有的公開審判，家人們都鬆了一口大氣，木蘭和蓀亞也回家了。

傅先生第二天上午去了警察廳，想瞭解環兒和陳三獲釋的情況。廳長向他保證，他們的案子很輕微，沒有危險，但拒絕保釋。

接著他看見想保釋黛雲的牛老先生也在那兒。沒有任何針對黛雲的證據，也沒有人告發她。「你是這個女孩子的父親嗎？」廳長問牛先生。「欸，是的。」「那她也就是牛懷瑜的妹妹了？」「當然。」「抱歉抱歉，我立刻放她出去。只是令千金看起來實在太像共產黨了。您應該教她一點行爲舉止。我們眞的很難分辨誰是好人家出身，而誰不是。」牛老先生深深地對他表示感謝，並道歉說：「你也知道，現在是現代社會了，作父母的也控制不了孩子。我這丫頭年幼無知，就是有點兒新派。」站在一邊的黛雲根本不讓父親爲她的年幼無知道歉。「你說的好人家壞人家是什麼意思?」她對那個廳長大叫:「你說的好人家,指的就是那些當大官、壓迫人民的人。如果你因爲我是牛懷瑜的妹妹才放我,我就不出去。」廳長笑了笑,看著牛老先生。「她說起話來就像個共產黨,」他說:「看在您的面子上,我放她出去。但我們牢裡關的全是這種年輕人。您最好教教她說話多加小心,不然下回再惹上麻煩,要再看您的面子就難了。」「告訴我,是誰指控了孔先生和他妹妹?」黛雲說:「是不是我哥牛懷瑜?」「這不干你的事兒!」廳長大聲說。傅先生和牛老先生及黛雲道了別,問廳長立夫的案子會不會在普通法院審理,廳長說:「不會。」「他的案子什麼時候審?我願意當他的辯護律師,」傅先生說。「大人哪,」廳長站起來,鞠了個深深的躬,說:「別折煞我們了。您知道,我們警察偶爾也得執行一些爲難的任務。要是大人您親自上審判席,我哪有膽坐這個位子啊?那位被告和您是什麼關係?」「他就跟我兒子一樣,」傅先生說。「我跟您保證,他會得到公正的審判。您知道他得罪了人,可能還寫了一些冒犯當局的東西。我們正在研究和他案件相關的文件,我跟您保證,我們會盡快安排他的審判。」傅先生把這些話說給立夫的家人聽,他爲他如此費心,立夫非常感激。

# 第三十八章　虎穴

四天後，五月十一日，立夫被傳喚出庭受審。審判在軍事法庭秘密舉行，不准親屬旁聽，但傅先生堅持要在場。原告是警察廳長。他仔細審閱了所有文件，準備了一份措辭謹慎的報告，因爲馮舅爺和警察廳長私下疏通過，所以指控不會太嚴重。立夫先受審，環兒和陳三關在候審室。

法官身材瘦小虛弱，一身軍服。傅先生在一旁坐下。初步審理結束後，法官宣讀了起訴書。「孔立夫，你被控寫文章反對政府，鼓吹邪說誤導人民，同情勞工。有共產黨的嫌疑。從你家和其他地方找到的文件中，我發現你的思想非常混亂，有時爲儒家辯護，有時又攻擊它。接著我們將逐一討論。首先，你在三月二十八日發表了一篇文章，指控政府殘忍屠殺學生，用語極具侮辱性，甚至連你自己所在教育機構的領導者都在攻擊之列。我知道你是個教授。」「是的，法官大人，」立夫回答：「那時我譴責了伏擊屠殺學生的行爲，現在我依然譴責。」「但你似乎在爲示威的領袖辯護。你知道那些人都是共產黨——或者國民黨——反正是同一回事兒。」「法官大人，」立夫說：「我不知道他們是不是共產黨。我只知道學生是因爲愛國才去示威的，我姪女，一個十六歲的女孩子，被槍殺了。我目擊了那場屠殺。但是，法官大人，我寫的文章不是在反對這個政府，而是在反對你們已經推翻掉的那個政府。吳佩孚將軍親自發了電報下令逮捕段祺瑞和安福黨人，內閣也總辭了。全國都在譴責這場大屠殺，不是只有我一個人。」「你用了『貪官汙吏』和『軍人篡位』這種字眼。你知道，在共和國統治下，我們國家處於混亂之中，我們軍人只是在努力恢復國家的和平與秩序。大人，您不這樣認為嗎？」他一邊說，一邊轉向傅先生，同時吆喝衙役給傅先生上茶。傅先生見立夫完全可以為自己辯護，便只是禮貌地點了點頭。

「法官大人，」立夫用一種略帶文言的做作口氣說：「夫官員者，有清廉，亦有貪腐；至於小吏，有污濁，亦有正直，即便在承平時期最賢能政府統治之下亦然。若我的意思是凡官員皆貪腐，便不需使用『貪腐』二字；若我認為小吏皆污濁，便不需使用『污濁』二字。故此用語，並非侮辱全體官員，此理甚明。」這法官似乎是個老派文人，只是不知怎地偶然穿上了軍裝。他看著這個被告，對他這有點誇張的回答頗為欣賞。但他只是清了清嗓子，又開始說：「你的思想似乎很不清楚。我看你是個忠實的儒家子弟，因為你贊成祭祖。這點對你是有利的。但你說『樹有知覺』又是什麼意思？你幾年前寫過一篇關於這個的文章。你怎麼能一邊提倡祭祖，一遍又談論樹的知覺呢？這是最矛盾不過的了……」立夫忍不住暗暗發笑，他沒想到法官會說這種話，然後法官又接著說：「你現在還是持這種觀點嗎？」「是的。」「我真為你難過。如果你是聖賢的忠實信徒，就不能任意廢除人類和鳥獸蟲魚之間的區別，要是你說樹有知覺，那你就是共產黨。我也讀過孟子。人之異於禽獸，在於我們有意識——有惻隱之心，是非之心。要是你給飛禽走獸甚至樹木一種『意識』，豈不是企圖把人拖到禽獸的位置去嗎？你甚至還說到樹木和動物的『語言』，跟那些新派教科書說的一個樣。熊說如何如何，狐狸又說如何如何，這些都是邪惡的共產主義教義，為的就是要讓人變成野獸。」

「法官大人，」立夫說：「請允許我解釋一下，這就看我們如何解讀聖人的話了。孟子見齊宣王，說『恩足以及禽獸』，史書裡也告訴我們，堯舜的宮廷樂師一奏起樂來，便『百獸率舞』。聖賢的美德連鳥獸都能感動。如果鳥獸是沒有知覺的，那麼聖賢帝王的美德又是怎麼觸動它們的呢？《周禮》還說過，要用沉祭和埋祭的方式祭湖神和林神呢！」這段話讓法官有點懵，說實話，他從來也沒讀懂過《周禮》，這是最難讀的一本經典。傅先生滿意地笑了。「你只能辯護你自己寫的東西，」法官說。然後他輕快地繼續說下去。「我們今天討論的是共產主義教條，不是古代經典，經典總會有不同的詮釋。你承認你在宣揚人、樹和動物都一樣，也就是人就像獸、獸就像人的理論嗎？你知道，這種理論很可能會在人民心中引發問題的。」「我是以一個科學家的身分在說話，法官大人，」立夫回答：「我只是說，人獸都有意識，但那是不同類型的意識。」

「這麼說，你承認人獸是一樣的了！但這件事並不重要，只不過表明你的思想是怎麼回事，讓公眾有多不安。你還有更嚴重的罪名。根據調查，你在某座山頂上毫無任何儀式地把妹妹嫁給了一個普通勞工，是真的嗎？」「是真的。」「那個勞工叫什麼名字？」「陳三。」「他是幹什麼的？」「他以前在安慶當警察。現在在我家當秘書兼守夜警衛。」「他娶了你妹妹之後還繼續當警衛嗎？」「名義上是的。」「這太不合常理了，」法官說：「你們把家庭秩序和主僕之別都混淆了，你們知不知道，這跟共產黨一模一樣。你們就是共產黨同路人。」「我相信人是平等的。孟子曰：『聖人與我同類者。』」「你妹妹結婚，證婚人是誰？媒人又是誰？」「我是唯一的證婚人。沒有媒人。」「這難道不是跟共產黨一樣，相信共產共妻嗎？」法官似乎打定主意要扣上共產黨罪名。「我沒什麼別的要說了。」立夫說。

法官下令把其他犯人帶上庭來。陳三和環兒出現了。「你叫什麼名字？」「陳三。」「這個女人是誰？」「是我妻子。」「孔立夫是你大舅子？」「是的，他是我妻子的哥哥。」「我認爲你們的婚姻太不正常了。你，孔環兒，你承認陳三是你丈夫嗎？」「是的。」「他在你哥哥家是做什麼的？」「他是帳房秘書，也是守夜警衛。」你是這家主人的妹妹，怎麼能讓你丈夫當下人呢？你嫁給一個普通勞工，難道不覺得丟臉嗎？」「我不覺得丟臉，」環兒回答：「他自食其力，沒什麼好丟臉的。」「你說的全是共產黨那一套。你們結婚沒有媒人。」「我母親同意的。我嫁給他是因爲他是個孝子。」「怎麼說？」「我丈夫是陳媽失散的兒子，陳媽以前在我們家花園幹活。她是個偉大的女人，而他是個偉大的兒子。」「你說你以前是個警察，」法官對陳三說：「告訴我，你是怎麼到孔家來工作的。」於是陳三說了他如何和母親失散，母親如何尋找他，以及他如何讀到了立夫寫的小說，決定上京，卻發現母親離開了。到最後，他越說越激動，法官似乎也被感動了。

他轉向立夫，說：「那篇寫陳媽的著名小說，是你寫的？」「是的。看在一個偉大母親和一個孝子份上，請開恩。」立夫說。這時傅先生插話了：「法官大人，我可以說點我知道的事嗎？」「當然可以。」「這位陳三是個孝子，」傅先生說：「他的不幸就是生在窮人家。我親眼看過他的房間。他就睡在她母親給他做的衣服上，而且他還發誓，再也不穿同樣的藍布衣服。他盡忠職守，爲人又誠實。我在他房裡看見他寫的：『樹欲靜而風不止，子欲養而親不待』。這樣的一個好兒子，不可能是共產黨。」法官聚精會神地聽著，最後他想做個大動作來表達內心的感動。他從座位上站起來，向陳三伸出雙手：「我很榮幸能認識一位孝子。您和您的妻子被釋放了。」陳三和環兒深深鞠了一躬，向法官道謝，兩人開心地笑了。

法官回到自己的座位，換上一副嚴肅的面孔，說：「孔立夫，你自己招認的，你宣揚了駭人聽聞的理論，擾亂公眾的思想。而且，你還把自己的妹妹嫁給下人，既沒有媒人，又沒有儀式，在荒郊野外結婚，就像不懂禮節和儀式的野蠻人。你的行爲已經接近共產主義了，儘管你本人也許不是共產黨。這段時間，人心已經夠不安了，我們必須壓制所有可能引起更多麻煩的人。我判你一年徒刑。但是，考慮到你對祭祖和孝道的支持，再進一步考慮到傅先生和你的關係，只要你保證以後不再傳播奇怪的理論，不再批評政府，我願意將刑期減爲拘留三個月。」立夫臉沉了下去。傅先生站起來請求寬恕並進一步減刑，但法官也起身，很有禮貌地說：「抱歉，我只能做到這個地步了。他得罪了人。如果您能引導他，以他的知識和才能，可以對社會國家做出偉大的貢獻。」傅先生明白法官從一開始就打算這麼做，是懷瑜要求給他某種懲罰。於是他也只是對法官的好意表示感謝，法官向傅先生鞠了一躬，便走了。

這時環兒、陳三和傅先生一起離開了，立夫要妹妹告訴妻子和母親不要擔心。傅先生說，他還是要努力爭取早日獲釋，但立夫也不需要擔心在牢裡不舒適。獄警們對傅先生印象深刻，也知道這名囚犯住在一座很大的滿人花園裡，所以一定會以禮相待，希望能收筆可觀的外快。

＊＊＊

這會兒全家人都在一起，等著立夫審判結束回家。莫愁看見傅先生和環兒陳三進門，心一沉，環兒撲進母親懷裡，放聲大哭。「怎麼樣？」母親問。「別擔心，孔太太，」傅先生說：「情況沒有我們想的那麼糟。他暫時被關起來了，但很快就可以出來。」「多久？」莫愁驚愕地問。「三個月。不過我們還是會努力想辦法讓他早日獲釋。」「什麼罪名？」傅太太也來了，問道。「近似共產主義的行爲。」「太荒唐了！」環兒喊出來。「我們在隔壁房裡也聽到了。因爲那篇關於『樹的知覺』的文章，就指控他提出荒謬的理論。」「恭喜你嫁了這麼一個丈夫，」傅先生對莫愁說：「他和法官來了場文學辯論，還辯贏了。他引用《周禮》，逼得法官立刻換了話題！」傅先生描述了審判情況和立夫的自我辯護。「這些其實都無關緊要，」他總結道：「法官打一開始就決定要判他有罪，他顯然是惹到什麼人了——大概是懷瑜。幸虧在那些文件裡，他們發現了一份對祭祖的辯護文字，這就確定他不是共產黨。他們認爲共產黨是不會主張祭祖的，不然他可能要判得更重。」莫愁很高興自己把那張紙留在實驗室裡，但她只是說：「我想更重要的是因爲有您在，傅伯伯。娘和我們全家人都得感謝您。」「彼此彼此。」傅先生說。

「都是我們的錯，」莫愁說：「我們應該給法官送點禮去的。我們還以爲警察廳長那邊打點好就行了呢。現在是花點錢的時候了。」傅先生答應會再使點力。木蘭只是神情陰鬱地坐在那裡聽著。「我們現在能做的，就是花更多的錢，讓他在裡頭過得舒舒服服的。」蓀亞說。「我們在警察身上花了五百塊錢。你現在怎麼打算？大小官員上上下下都得打點。」馮舅爺說。他先伸出四根指頭，然後又改成八根，不出聲地詢問莫愁的意見：「是這個，還是這個？」他的意思是四百還是八百。「我們花得越多，他就越好過。」「獄警倒是好對付，」莫愁說。「重要的是給他一個好房間、好床好被褥，還有好的食物。但如果我們想讓他早點出來，這就不是幾百塊錢的事了。」「這次就算花個幾千，也不是難事。」馮舅爺說。「現在不是考慮錢的時候。」蓀亞說。「被褥的事情簡單，」寶芬說：「我有十來條從來沒用過的新絲被和毯子。獄警要是看到一個囚犯有好被子蓋，他們就會待他好些。我們去看他的時候，也都得盡量穿得華麗點，給他面子。但是，獄警自然也會要求更多，我們得準備好給錢。」目前情況算暫時安穩，立夫至少性命無虞，家人們也平靜地接受了現狀，開始談論如何探監，確保立夫過得舒適。整個討論過程中，木蘭一句話也沒說。

當天下午，蓀亞和阿非便和莫愁一起去牢裡探望立夫，順便給獄警們塞了點錢。隔天，木蘭來找莫愁，把她拉到一邊，交給她七顆老珍珠，每一顆都有大顆青豆大小。這些珠子本來是鑲在一只蜈蚣髮飾上的，她把髮飾拆了，取下了這七顆珍珠。「妹妹，」她說：「這兒有七顆老珍珠，它們對我沒多大用處。我會去跟寶芬談談，這些珍珠和寶芬找到的那五顆大珍珠一模一樣。我想把這七顆加上，湊成十二顆，讓寶芬爹娘交給王先生，我記得色澤尺寸都是正好相配的……天曉得三個月之後會是誰掌權？你覺得呢？」莫愁看了看珍珠，又看了看姐姐，什麼話也說不出來。「妹妹，有什麼問題嗎？」木蘭說：「我們無論如何都要救他。」「我在想……不知道寶芬願不願意。不然我跟她買就是了。」「沒問題的，」木蘭說：「阿非當然願意。在這個家裡，珠寶對我們有什麼意義？」姊妹倆眼裡都含著淚水。她們去找了阿非和寶芬，阿非說：「當然可以，」寶芬也說：「這是個好主意。人都沒有了，珍珠又算什麼呢？我從來沒想到這寶藏會有這麼大的用處。」計畫進行得很順利。其實這時兩個家庭都還很富有，包括珊瑚、曼娘和暗香，每個人都拿出了自己的私房。

那天下午，木蘭和莫愁決定去探望立夫，看能不能讓他搬到更好的房間去。阿非和他們同行。環兒也想去看哥哥，但她母親說她剛從牢房裡出來，不讓她去。她們多帶了一個枕頭和一只熱水瓶，莫愁還從立夫書房裡拿了一本生物學書一起帶去。

她們先到典獄長辦公室去談安排房間的事。「他已經單獨住在一間不錯的房間裡了，」典獄長微笑著對這些富太太說。「但是，說不定過幾天我可以做點安排，好滿足各位女士們的要求。這要看是不是有房間騰出來。這事兒不好辦，不過我會盡我所能。」「我知道不容易，」阿非說：「但要是您願意多使點力，我們就感激不盡了。」典獄長通常是不陪客的，但他知道這些訪客很有錢，還住在大花園裡，所以他站起來，親自帶著他們進去。進去之後，他們經過一間朝南的空牢房，陽光透過鐵柵欄照進來。那間房沒有人住。「那個房間不錯。」莫愁說。「馬上就有人住了，」典獄長說。「是個好家庭出身的人。」木蘭知道典獄長這是故意刁難，想讓她出錢打通關，於是她說：「我們家也不差呀！」然後對他笑了笑。「說不定我可以安排，」典獄長說：「不過我得跟其他人商量一下。」他們走到立夫的牢房外，他見到他們喜出望外。他獲准穿著平常的衣服，在裡頭住了一夜，看起來並沒有什麼不好。木蘭轉過身，看見典獄長把他們交給另一個獄警，自己卻腳步緩慢地沿走廊走。木蘭急忙跟在他後面，他停下來，看了看四周。「您忘了什麼東西嗎？」他問。「不是的，」木蘭說：「您知道，要是您能安排我們家親戚住進那間有陽光的房間，我們會很感激您的。」那枚銀蜈蚣上原有十顆大珍珠，那天她已經給了寶芬七顆，剩下的三顆她用手絹包著，放在口袋裡。她打算把它們全都用掉。她從口袋裡摸出兩顆珍珠，藏在手心塞進典獄長手裡。

他看著手裡的珍珠，說：「喔，不行，我不能收您的禮物，夫人。我只是想爲您效勞。」「收下吧，別推辭了。您也得讓我們表達一下感謝之意呀！」木蘭說。「我會盡力的。」典獄長滿面笑容地說。她回到牢房，向牢房外一直在監視她的獄警走去。她把剩下的最後一顆珍珠塞到他手裡，若無其事地說：「牢房裡可眞暗啊。」「是啊，這兒照不到陽光。」獄警回答，握著珍珠的那隻手已經合上了。「你在做什麼？」她走進牢房時，阿非問道。「我去隔壁房間典獄長那兒給他提個醒兒。」木蘭回答。立夫從莫愁那兒聽說自己被捕的第一天，木蘭就暈過去了。莫愁和阿非剛剛還告訴他珍珠的事，莫愁說：「二姐拿出自己的七顆珍珠，湊足了十二顆。」「木蘭——」她朝他走來時，立夫喊了一聲，接著便停住了，沒再說話。過了一會兒，他才開口說：「我給你們添了太多麻煩，別爲我擔心，也別難過。」「要是我姐姐沒了丈夫，珍珠和玉又算什麼呢？大夥兒都在幫忙，而且都很樂意，」阿非說。「如果你知道你讓多少人擔心難過，今後就應該更加小心，」莫愁說：「眼下每個人都在出錢出力。珊瑚從自己的私房裡頭拿出了五十元，舅舅拿出了一百元，曼娘也出了一百元。襟亞和暗香覺得他們對這個家遭人嫉恨有責任，說要出更多，但我只跟他們拿了一百。寶芬也拿出了她的珍珠。」「別提這些了，」阿非說：「說到底，還是二姐貢獻得最多。」這些情誼感動了立夫，他淚眼模糊，望著木蘭，說：「謝謝你們，希望我值得大家這樣費心。」

就在這時，獄警走進來，說他們已經弄到了一個更好的房間，過來恭喜他們，接著便開始勤快地幫他們搬毯子、臉盆和一些私人物品。突然，附近一間牢房裡傳來一陣怒吼，眾女士都嚇壞了。「各位先生女士，這跟你們沒關係，」獄警一邊開門，一邊口氣愉快地說。接著他們看見兩個年輕男孩被領著走過走廊，臉色死白，一路走一路哭。他們被嚇著的顫抖還沒平復，便跟著獄警走到剛才看見的那間空房，他們進去給立夫鋪好床，整理好房間。窗外是一個空蕩蕩的窄院子。莫愁掏出二十塊錢交給獄警，說：「好好伺候我們家老爺，將來少不了你的好處。」

獄警感激地笑著，跟她保證不用擔心。

他們坐下來，聊起當時混亂到極點的時局。顏惠慶①打算組建內閣，以取代已經「辭職」的大總統代行職務。他受到吳佩孚將軍領到的直系支持，但遭到了張作霖領導的奉系反對。直系和奉系分別任命了敵對的駐北京警衛司令，但現在雙方已達成妥協，由吳佩孚將軍的手下王懷慶②上任。

突然他們聽到一陣槍響，接著是一片寂靜。眾人面面相覷，知道剛才看見的那兩個臉色發白的青年已經被槍決了。

＊＊＊

一行人到典獄長辦公室向他道謝之後，便回家討論下一步該怎麼辦。前滿清官員王士珍先生給司令寫了信，但還沒有回音。北京實際上依然處於無政府狀態。當時中國是軍閥掌權，和後來的日本政府一樣，沒有軍人的同意，就沒有辦法組閣。軍方才是真正的統治者，文官領袖只有得到他們的允許之後才能統治國家。由王士珍領導的京師治安維持會仍在運作，等待著敵對的軍閥同意成立政府，但他們遲遲無法達成協議。北京、天津和奉天之間帶信的中間人都快跑斷了腿，希望讓各方達成共識。而立夫能否自由，取決於要建立的這個政府是什麼派系。如果顏惠慶成功組閣，他的影響力就可能及於那些支持他的軍閥，讓他們批准提前釋放立夫。那個時候，王先生經常和顏惠慶見面，傅先生本人也認識顏。但儘管吳佩孚支持顏擔任新國務總理，但包括狗肉將軍在內的奉系卻反對他。有傳言說，兩派人馬即將在組建聯合內閣上達成共識，但目前顏惠慶的職位還無法確定，所以即使是這樣的小事，他也無法爲立夫家服務。

與此同時，北大有位姓高的教授也被捕了。他年輕漂亮的妻子來到奉軍司令部，懇求饒他一命。這位司令要求以一親芳澤作爲代價，妻子拒絕，這位姓高的教授也被槍決了。這消息在知識界引起了新的恐慌。除此之外，據說狗肉將軍已經被任命爲關內直奉聯軍總司令，一兩天內就要完全控制北京。這個頭腦簡單、直來直往的中世紀軍閥會選擇怎麼做實在無從猜測。京師治安維持會執行法律和秩序的能力已經不如段祺瑞政府，狗肉將軍治下的法律和秩序勢必會比治安維持會時更糟。

木蘭這時很絕望，她怕得不得了，整個人都不好了。她回到自己家時什麼也沒聽見，什麼也沒看見，她吃著晚飯，也不知道自己吃的是什麼。然後她走進自己的房間，又換上外出的衣服。「你在做什麼？」蓀亞問。「我要回我妹妹那兒一趟。我答應她要拿幾本甲骨文的書給立夫看，非送去給她不可。」「什麼？這麼晚她還要去監獄嗎？」「沒問題的。那些獄警靠著我們的油水可是肥了不少呢，」木蘭說。「你也去嗎？不然幹嘛打扮？」「我要陪我妹妹一塊兒去。」「那我陪你去。」「你就別忙了。讓阿非或陳三跟我們一起去吧。」「千萬不要太激動，你知道的。」蓀亞說。木蘭朝鏡子裡望了一眼，看

①顏惠慶（1877—1950），字駿人，中華民國政治家、外交家。一九二六年五月臨時執政段祺瑞失勢，顏惠慶曾代行臨時執政職，一個月後卸任。

②王懷慶（1876—1953），字懋宣，直隸省河間府寧晉縣人，清末民初軍事將領。一九二六年四月吳佩孚重新掌權，王懷慶任北京警衛司令（由衛戍司令更名而來）。之後在奉系壓迫下，同年十一月即被迫辭任。

到自己的眼睛出奇地靈動，水汪汪的，閃爍著狂熱的情感。她整理好頭髮，從書架上拿下兩本《殷墟書契》。「你覺得哪一本最適合他讀？」她問她丈夫。「拿羅振玉③那本吧，那是研究甲骨文最早的一本了。」蓀亞說。

她來到妹妹家時，莫愁非常驚訝，問：「姐姐，為什麼還出來，都這麼晚了！」「我帶了本書來，是我答應立夫要給他的。跟我去趟監獄吧。」「可是為什麼要這麼急呢？」莫愁問。「我答應今天下午要給他的。但是寶芬的親戚來了，我沒能去，我不想失信。」「都這麼晚了，我們還能進去嗎？」「我想可以。那些警衛已經對我們很熟了。」「那就叫陳三去給他帶個信，說我們去不了就行了。」「我都打扮好了，」木蘭很堅持，「我去看看，免得他缺了什麼。監獄那邊說不定有些消息。」「那就等我一會兒，我跟你一起去。」莫愁說。「你不能去，」孔太太說：「監獄裡頭那麼黑，又難走。萬一你在那黑黝黝的地方絆了一跤，你現在身子裡是兩條命，可不只是一條。」於是莫愁沒有去，由陳三陪著木蘭一起去。

到了監獄，陳三遞上要送的那包書。「太晚了，」警衛說：「典獄長都回家了，這違反規定。」木蘭打開包裹，讓警衛看看裡頭，全都是安全無害的書。「我們嚴禁私自送東西進去。每樣東西都得經過辦公室才行。」他說。「我們可以見他一會兒嗎？」她問。「不可能，」警衛說。「那我們明天再把東西帶過來，」木蘭說：「但是請跟那位囚犯說一聲，說我們來過了。」他們轉身離開，在監獄門口分頭走了。陳三本來想送木蘭回去的，但木蘭堅持不用，自己上了黃包車。她突然有股衝動想單獨見立夫一面，哪怕只有短短的五分鐘也好。和他在柏樹林那段談話讓她的生活更加充實堅強，她和他一起看了泰山上的日出和日落，對她來說，這意義大於一切。要是她能在深夜的監獄裡單獨見他就好了！要是他被槍斃了，這晚她將終生銘記！她想見他的衝動無法遏制，走了一段路之後，她把黃包車打發走，自己走回了監獄。「又是你！」警衛說：「你想幹什麼？」「請讓我進去一會兒，」她說：「我是個女人家，偷不走他的。我有很重要的事要跟他說。」她塞了一張五塊錢鈔票到警衛手裡。警衛看了看四周，說：「那就快點！進來，別出聲。就五分鐘。」木蘭跟著警衛走過伸手不見五指的大廳，穿過一條燈光黯淡的走廊，她的心怦怦直跳。「他會怎麼看我呢？我根本沒有來的理由。」她想。

他們來到立夫的牢房，警衛對看守的獄警耳語了幾句，示意木蘭進去。

立夫正在一盞小小的油燈下看書。見木蘭來了，他大吃一驚。木蘭面對他，覺得非常難爲情，可憐兮兮地望著他。「啊，木蘭！怎麼了？」木蘭朝警衛那兒指了指，要他說話小聲點。「我是給你帶消息來的。」她開口說。「坐下吧。」立夫用枕頭給她做了個座位。「今天下午我們得到了消息，但是沒辦法過來。」她結結巴巴地說。「什麼消息？」木蘭突然停住了，說不出話來，她的眼中盈滿了淚水，雙唇顫抖著，突然，她崩潰了，雙手摀臉哭出聲來：「噢，立夫！」她不敢哭得太大聲，怕被人聽見。警衛和獄警默默地從門上的洞監視他們。

立夫站在她旁邊，不敢碰她。但他彎下腰問：「你有什麼煩心事兒嗎？我在這兒一切都好，很舒服。」木蘭伸出手摸索著立夫的手，她低聲啜泣，說：「我知道我不應該來這裡。但是如果你死了……

③羅振玉（1866—1940），中國金石學家。在甲骨文和敦煌寫卷研究方面有傑出貢獻，是「甲骨四堂」之一。

我……」「是什麼消息？」立夫很清楚他妻子的姐姐，不可能毫無所感。但他只是溫柔地說：「是莫愁要你來的？」木蘭擦了擦眼淚，克制住自己，想了一會兒，然後抬起懇求的眼睛望著他，說：「妹妹和我今天下午本來想來看你，但是來不了。我想到那本甲骨文的書，就和陳三一起給你帶來了。時間太晚，他們不收外頭送來的東西，也不讓陳三進來，因爲他是男人。我跟他們說我是女人，他們就放我進來了。」她用拇指和食指做成一個圈，表示送了錢。「但是，到底是什麼消息呢？」「王士珍先生給司令寫了一封信。你覺得會有用嗎？」「就這個？」「他們說狗肉將軍幾天後就要掌管最高當局了……噢，立夫，我不知道——我好擔心你。要是你出了什麼事……」她的聲音越來越小，人癱在座位上，彷彿所有的力氣和意志都消失了。然後她又哭了起來。獄警敲了敲門。木蘭站起來，又拿出一張鈔票，走到門口懇求：「請再給我五分鐘。」

立夫看見她那對輪廓柔和的眼睛在昏暗的燈光下閃閃發光，那張鵝蛋臉是那麼的溫柔，卻又那麼英勇。「我原本是不該來的，」她說：「但是我忍不住要來看你。你沒生氣吧？」「生氣，不！你爲我做了這麼多，」立夫強自克制。「你拿出你的珍珠，救了我的命，我還得謝謝你呢。」他一時衝動，彎下腰來，握住她白皙的手，輕輕地吻了一下。「你知道，爲了救你的命，更大的代價我也願意付。我沒做錯吧？」她用懇求的口吻說。「怎麼會呢……？只是人們說不定會誤解。」他回答。「立夫，我考慮要離開北京。等你從這裡出去之後，你也應該帶著家人離開北京，埋頭做研究。你知道你的命對我妹妹很重要的——對我也是。」警衛又敲門了，木蘭站起來，伸出雙手握住立夫的手，說了再見。

她離開監獄大門，在那裡站了一會兒，猶豫不決，她往右轉，走了一小段路。她雙腿無力，心怦怦直跳，然後突然渾身發起抖來。她幾乎撐持不住，只好靠在路燈柱上，停下來喘口氣。一個路人停下腳步轉頭打量她，當她是街頭拉客的妓女。她被激怒了，繼續往前走。十碼外有部黃包車等在那兒，點著燈籠。木蘭一咬牙，叫了那部車。「到司令部！」她說。她的心越跳越響，跳得她以為連車伕都聽見了。高教授的妻子可以去為丈夫的性命求情，她為什麼不去為立夫求情呢？但是，她又該怎麼說明自己的身分？要是莫愁知道了呢？如果蓀亞知道了呢？最重要的是，事情究竟會怎麼發展？但有一件事她是確定的，就是必須立刻把立夫放出來，否則就太遲了。

她在司令部下了車。衛兵問她要幹什麼。「我要見司令。」「你是誰？」「我是誰不重要。我一定得見他。」衛兵們彼此看了看，笑了。他們進去報告司令，說有位他們以前沒見過的漂亮女士要見他。司令命令他們把她帶進一個房間。

木蘭顫抖著走進去，額上沁出冷汗。她努力讓自己鎮定。她知道自己漂亮，但司令會因為一個女人漂亮就聽得進她的懇求嗎？這個新司令的的作法會和那個槍決高教授的奉系司令一樣嗎？

司令進了房間，眼前這個絕色女子美得令他驚訝。「不許打擾。」他對衛兵喊道，衛兵走了出去，帶上了門。

木蘭雙膝往地上一跪，叩了頭。「司令大人，請您答應小女子一個卑微的懇求。」

司令笑著說：「起來吧。像你這麼漂亮的女人，用不著在我面前下跪的。」

木蘭抬起眼睛，站起身來，司令示意她坐下。「我是來為一個犯人說話的。他被誤抓了。他是個教授，但名字並不在激進教授名單上。他的一個仇家密告他，他因為寫過一篇〈樹的知覺〉，就這麼被關進了監獄。」司令聽著木蘭低沉悅耳的敘述，以上流的北京口音娓娓道來，不禁心醉神迷。「什麼？因為一篇寫樹的文章就被抓了？」司令吼道。「是的，」木蘭微笑著說：「一篇叫〈樹的知覺〉的文章，法官說那叫共產主義教條。」「怎麼可能呢？」司令用輕鬆的話家常口氣說：「好吧，把情況告訴我。我會好好待你的。」「嗯，」木蘭說：「這個人說……」「等等，這個人是誰？」「他叫孔立夫，現在被關在第一監獄。」「那你又是誰？」「我可以不回答這個問題嗎？」「哈！哈！所以這是個秘密囉。」木蘭鼓起勇氣。「我可以請您幫個忙嗎？」「那是當然，一位像你這麼迷人的夫人來求我，怎麼能不幫呢！」「我來這兒的事，請您保密。」「你不知道門鎖上了嗎？」司令哈哈大笑。「這並不好笑，是吧？」木蘭說。「你這是什麼意思？」司令臉色變了。「您知道，一星期前有個教授被抓了，他夫人去求奉軍司令幫忙。這個司令不是個君子——您也知道那些從關外來的滿洲人——這位司令對那位年輕夫人圖謀不軌，那夫人不從，結果她丈夫就被槍斃了。我知道您不一樣，這就是我來找您的原因。大家都說，吳佩孚將軍手下的人都是知書達禮的。」

司令聽著這個陌生女子說著這番不尋常的話，臉色漸漸變了。木蘭繼續說：「您知道的，要是沒有吳佩孚將軍，萬惡的安福系這會兒還在掌權呢。再看看那些奉系士兵，用那些不值錢的奉票跟百姓買東西！那根本就是搶劫。」木蘭就這樣利用了兩個敵對軍閥指派到同一個城市、幾乎同一個辦公室的兩個敵對司令間的個人猜忌。當司令命令警衛鎖門的時候，不能說這位司令完全沒有不高尚的意圖，但是他很容易被奉承，當木蘭提到另一位司令「圖謀不軌」的時候，他就自動變成了「高風亮節」。他剛搶到這個職位，對自己非常滿意。他嘻皮笑臉的表情消失了，擺出一副尊貴的樣子。「陌生的夫人—我不知道你的名字——但你知道，我來這兒，是來保護無辜百姓的。」「那就請您保護他。我們欠您的情難以報答。您只要寫張條子就夠了。」木蘭說著，又起身向他鞠了一躬。她有這樣的勇氣，連自己都感到驚訝。她進司令部，純粹是因爲走投無路，自己也不知道該怎麼出來。但現在她已經不怕了。

木蘭的鎮定和親切，讓將軍覺得很有意思。「沒這麼快。要是你能讓我相信他不是共產黨，我就放了他，你得先說服我。」「好吧，我告訴你，孔先生這個仇家是我親戚——其實也是孔先生的親戚——所以我知道。他是奉系的人，法官也是他們自己人。您能想像有人因爲寫了一篇關於樹的文章，就被當成共產黨嗎？」「聽起來不合理。但是爲什麼他會被判刑？」「他寫，樹也和動物一樣有知覺，如果我們折斷一根樹枝，樹就會疼；要是我們剝掉樹皮，就像在樹的臉上打了一耳光。」「這和共產主義又沒關係。」「但是法官說，他這是賦予樹木一種意識，所以把人拉到和動物草木同等。您也相信樹是有感覺的，不是嗎？」「這我不知道。」「噯，這又不是什麼新鮮事兒。我們都相信老樹會變成樹妖，沒人敢隨便砍倒它們。人們也見過老樹被砍之後流出血來啊。」「啊，當然，當然，」司令大聲說。「就算是泰山上的石頭都有靈氣。要說知覺，那是一定有的。」

「那您願意放孔先生了？司令大人，求求您了。」木蘭說著，故意露出一抹勝利的微笑。司令又問了一些細節，木蘭回答說，立夫是個科學家，名字並不在黑名單上，一切都是私人恩怨。「你說的私人恩怨是爲了什麼？」「嗯，都是我們家親戚之間的事兒。這個姓牛的涉及一件醜聞，我這位親戚孔先生揭發了他。姓牛的還有個妹妹嫁進了我們家，事情曝光之後，我家不得不離掉她。他給我公公寫了一封信，發誓要報仇，這就是他幹的好事。」司令看著她美麗臉龐上勝利的微笑，久久移不開目光，然後他咒罵：「你這是逼我當好人哪，」接著他喊了衛兵，一個衛兵進來了。「拿紙筆來。」木蘭站在司令面前，報上監獄的名稱和地址，心裡高興得難以形容。她建議在「釋放」之前加上「立即」兩字。簡直像是在對司令口授內容，他乖乖地照著寫下來。

木蘭收下那張紙條，又想跪下，但司令阻止了她。「現在我可以請你幫我一個忙嗎？」他說。「不管什麼都行，我哪敢不從命？」木蘭回答。「告訴我你叫什麼名字。」「我叫姚木蘭。」「今晚你贏了。我恭喜那位──呃──孔先生。我希望你知道，我在這裡是要保護無辜百姓的。」「我會把這事兒講給每個人聽。」木蘭說。「那，就不保密了？」司令笑著說。「不保密了，」木蘭露出大大的、感謝的笑容。她把紙條收進手提包，說：「那我得走了──萬分感激。」「你非得這麼快就走嗎？」司令遺憾地說。「是的，我非走不可。」司令送她到門口，命令衛兵禮貌地送她到大門，然後他轉過身，對著空蕩蕩的走廊咒罵了一句。到了大門口，木蘭要求借用電話。出乎意料的完全勝利令她興奮不已，她打了電話給妹妹。

「立夫就要放出來了……我拿到他的釋放令了……啊，我是二姐啊……我在王司令的司令部……別管我怎麼拿到的……蓀亞打過電話來？喔，這樣啊……你幫我打個電話給他……我現在就到你那兒去。」她興奮得連黃包車都嫌慢，便叫了部出租汽車。車來了，她想起了丈夫，叫司機先開到自己家去。那時剛過十點，蓀亞還沒睡，只是煩躁不安地待在房裡，幾乎都準備出去找木蘭了。他一小時前打過電話，發現莫愁並沒有去監獄，而和他妻子一起去的陳三已經獨自回來了。她在哪？他等了四十五分鐘，然後接到了莫愁打來的電話，說木蘭要回莫愁家去，立夫就要出來了。這時他看見妻子進了家門，非常興奮地喊：「立夫自由了！」「你上哪兒去了？」他問道。「直接到王司令的司令部去了。想看看釋放令嗎？」「我還以爲你去了監獄呢。」「可是他們不讓我們進去。我和陳三一起去的……立夫要放出來了，你不高興嗎？」「高興當然是高興。但你是怎麼弄到這個的？」她丈夫仔細檢視著那張釋放令，一邊問道。

「到妹妹家之後我會把事情的全部經過都告訴你。快來！出租車還等著呢，妹妹想必也等我等得很急了，我本來跟她說要直接去她那兒的，然後我想，我得先見你才行。」坐在車裡，蓀亞又問了一次，但口氣有點冷淡：「你是怎麼弄到他的釋放令的？」「直接去找司令本人啊。」「可你是怎麼讓他同意放人的呢？」「就跟他說理嘛。」「這麼簡單？」「當然。你以爲我怎麼了？」蓀亞沒說話。「我把他弄出來了，你連誇我一句都沒有。你不高興嗎，蓀亞？」蓀亞沉默片刻，說：「你是怎麼介紹自己的？是說你是我太太，還是什麼？你是怎麼想到要這樣做的？爲什麼不先告訴我一聲呢？我擔心你擔心得不得了，根本不知道你到哪兒去了。」「我完全沒有介紹自己。我做錯了什麼嗎？沒有吧？」「你知道這麼做很危險的。」「我非這麼做不可。蓀亞，拜託，離開監獄的時候，我突然有一種克制不住的衝動。我覺得，要是由一個女人直接去求司令，說不定會有點用。他是直系的，是懷瑜的對頭。我想對了。」「你這個小惡魔！」蓀亞半稱讚半諷刺地說。車子到了靜宜園，入口亮著燈，僕人們正在等他們。陳三在大門口。蓀亞叫出租車等著。

莫愁在通往她院落的走廊上迎接他們。木蘭把那張紙塞到妹妹手裡，說：「瞧！上頭有司令的大印。」莫愁在走廊的燈下看了內容，高興得流下了眼淚，說：「二姐，你是怎麼弄到的？」她帶頭往前跑了起來，但因爲身上多了個孩子的重量，她跑得很吃力。她向屋裡的人大喊，立夫自由了。「快告訴我們，你是怎麼做到的？」莫愁說。「這個嘛，離開監獄之後，我突然想起高太太去找奉系司令求情的事……」「你果然想到了！」蓀亞說。木蘭說出這話，自己也有點難爲情。「嗯，這讓我想到一個主意。我想這個王司令說不定會更通情達理一點。」「我眞佩服你的勇氣，」珊瑚說：「萬一不是呢？」「好吧，讓我把事情講完。我裝成一個陌生女人，要求見司令，於是我就被帶進去了。門上了鎖，大鬍子司令咧著嘴笑，我嚇壞了。我知道他很討厭狗肉將軍任命的另一個司令，所以我一開始就提到他那個對頭是怎麼把高教授槍斃的。我說那個司令不是君子，他想染指高夫人。你們眞該看看他那臉色是怎麼變的。他變得好正經、好莊重。這讓我很受鼓舞，我又稍微誇了一下吳佩孚將軍手下的軍官們，我看到他開始裝出一副正派樣，就一點也不怕了，和他說起話來也輕鬆多了。我只是告訴他，這案子就是個人恩怨，告密的人是我和立夫的親戚，所以我知道。然後他說：『我來這裡是要保護無辜民眾的。』於是我更進一步，請他救救立夫。我不知道他爲什麼這麼好對付。接著他要我說服他立夫不是共產黨，我告訴他，立夫被控罪的證據是一篇叫〈樹的知覺〉的文章。我知道他是個迷信的人，就跟他說老樹會成精，被砍倒了還會流血的事兒。他扯著大嗓門叫好，說：『當然，當然，樹當然有知覺啊。它們都能成精了！』我就這樣把東西弄到手了。」

大夥兒一直聚精會神地聽著，等木蘭講完，珊瑚說：「居然這麼簡單！妹妹，你眞的把《戰國策》讀得很熟啊。」「聽起來確實像《戰國策》裡的一段，」阿非說：「二姐總是有異想天開的點子。」「誰叫爹娘不把我生成男孩子呢？」木蘭得意極了。「木蘭，我明兒個一定要請你吃頓飯謝謝你。」立夫的母親說。蓀亞一直聽著木蘭說事情的經過，一開始還有些懷疑，但到後來也十分佩服，看到其他人反應和他一樣，這會兒他自豪地說：「木蘭不但値得孔伯母一頓飯，還値得立夫和莫愁兩個再請一頓飯。這簡直是入虎穴取虎子了。」木蘭望著蓀亞，露出如釋重負的表情，就像漫天密雲瞬間散了似的。「但我們得馬上讓立夫知道。我們今晚能把他弄出來嗎？我們可不可以打電話？」木蘭說。「有了司令的大印，我們應該隨時都能把他弄出來。」蓀亞說。「但是典獄長不在，」陳三說：「我們得先找典獄長。」於是蓀亞、陳三和莫愁在黑漆漆的深夜裡去了監獄。莫愁也想叫姐姐去，但木蘭覺得自己可能已經做得超過自己的本分了，於是違背自己的意願說：「我不去了。蓀亞，你進去的時候，應該讓我妹妹自己把消息告訴他。」

於是，她和大家一起在家裡等著立夫回來。

五月八日晚上十二點左右，立夫回家了。兩天後，狗肉將軍成爲北京一帶的直魯聯軍總司令。立夫在監獄中待了整整八天。

# 第三十九章　南遷

接下來一個月，木蘭得了痢疾，幾乎送命。如今她正進入人生最悲傷的一段日子。過去兩個月發生的種種耗去了她大量精力，她消化出了問題，瘦了很多。阿巒的死給她留下了很深的創傷，將近一年的時間裡，她一直沒能恢復她歡樂的天性。

這個家完全變了。只有一個人沒有變，就是曼娘。她也老了一些，但對木蘭來說，她依然是那個她從小崇拜、美麗善良的曼娘。她的養子阿宣已經大學畢業，在天津海關工作。他很愛曼娘，彷彿她就是他的親生母親，他學到了她優雅的舉止，看起來和他那一代的其他年輕人很不一樣。

襟亞在立夫被捕後怕自己惹上麻煩，恐慌之下逃跑了，直到局勢稍穩之後才回來。愛蓮和夫婿不住在家裡，但還在北京，偶爾會來看他們，現在她也是兩個孩子的媽媽了。她為妹妹牽線，讓妹妹嫁給了另一位醫生，所以桂姐現在有了兩個受過西方教育的醫生女婿。桂姐的頭髮已經花白，人也更胖了，但看到女兒都嫁得很好，也就不再擔心。身為一個已經當了外婆的人，她看起來相當年輕。她不喜歡到處走動，年輕時她忙裡忙外，這是如今她配享的特權。但她說起話來還是很犀利，常常會說些讓年輕人高興的話。只是和曾夫人比起來，顯然曾夫人老年時要更美一點。曾夫人雖然年老體弱，但五官依然精緻，聰明外露的小巧臉蛋，看得出年輕時必然是個美人。另外還有一個差別：曾夫人至今依然描眉撲粉，而桂姐在曾先生過世之後就不碰這些東西了。

木蘭兩邊的父母輩除了曾夫人之外都不在了，她覺得肩上的責任更重了。阿非已經成年，又有寶芬在身邊，照顧好自己不成問題。從英國回來之後，兩人都變得非常洋派，連寶寶都由一位新派護士照看。

立夫聽從他人建議，到上海去度了個假，因為北京充滿了不確定性，軍閥只要一時興起他就可能被捕。奉系軍閥的勢力越來越大。

立夫接下來要怎麼做還不確定。廣東國民革命軍開始北伐，黛雲、陳三和環兒都已經南下參與了國民黨的工作，這是個重要因素。莫愁認為立夫應該退出政治，致力學術研究，她的立場絕對堅定。她費了好大的勁才阻止他參加國民黨的北伐，但她畢竟是贏了。有些時候，莫愁決心一下，便堅如磐石，即使冒著鬧得不愉快的風險，她也只考慮自己的觀點，完全不理會別人的看法。她已經決定不讓丈夫從政，事情就是這樣。立夫一家準備南遷，這件事也多少算是決定下來了。

木蘭躺在床上，想著自己和身邊最親的人——蓀亞和兩個剩下的孩子。孩子還小，婆婆年事已高，身體又不好，家裡的責任全落在她身上，她很想離開這兒，但走不開。

蓀亞對她冷淡了，她很清楚為什麼。她在夜裡獨自去監獄探望立夫這件事上頭騙了他，而立夫因為害怕被誤會，甚至沒告訴妻子。但蓀亞在立夫獲釋第二天的宴會上聽說了木蘭送珍珠的事，當時大家都在為木蘭出力營救的事向木蘭敬酒。蓀亞知道，從金錢的角度來看，珍珠對木蘭來說不算什麼，儘管那珍珠很罕見，而且是她的嫁妝。他也知道木蘭和立夫是好朋友，她沒有理由不盡自己的一份力。但在立夫監禁期間，她顯然太激動，太不像她，擔心的程度也太過了。他們對彼此和以往一樣好，但兩人之間還有一些沒有說出口的芥蒂。

而且，蓀亞開始越來越關心錢，也做起了小型的企業投資。古玩店利潤豐厚，他對債券和其他投資變得越來越感興趣。現在他已經三十多歲，逐漸養成了一種專斷自滿的態度，非常不願意被人反駁。他年輕時那種輕鬆愉快的心情，對財富地位幾近詩意的蔑視，都已經一去不復返。他心靈上的變化莫名地反映在他臉上，讓木蘭很痛苦。她最怕的，就是在她丈夫的靈魂中發現這樣的渣滓。

木蘭生病時，曼娘來照顧木蘭，第一次看見他們吵架。「我還是想離開北京。」木蘭說。「你爲什麼就不能安生些？」蓀亞無禮地回問。「阿鑾剛過世時，我就跟你說過我要離開北京了。」「因爲你知道立夫要搬走了吧。」他說。木蘭哽咽了一聲。曼娘打斷了他們。「她人這麼虛，你得對她好一點。」「蓀亞，」木蘭抬起頭，懇求似地望著他，「你還記得幾年前我們說過，要放棄這種住豪宅的日子，到鄉下隨便哪個地方隱姓埋名，過儉樸的農民生活嗎？我說我願意做飯洗衣，只要你在我身邊。我想要平靜，爲什麼就得不到呢？」「可是，我們怎麼能這樣做呢？」她丈夫回答。「娘還在呢，而且年紀都那麼大了。我們怎麼能離開她呢？我哥哥和曼娘怎麼辦？你太感情用事了。」「噢，蓀亞，我還以爲你會懂的。」木蘭說。病中的她，聲音格外輕柔低沉。看著生病的妻子懇求他的樣子，他說：「好吧，我答應你。但是我們不能在娘年老的時候離開她。」「只要你答應，我就等。」木蘭溫順地說。「蓀亞，」曼娘說：「身爲你的大嫂，我說句話，你不會介意吧。你眞是瞎了眼了，你是世界上最幸運的男人，自己卻不知道。你有這樣一個妻子，想過小家庭生活，給你做飯、洗衣、教孩子——這是凡人能有的福氣嗎？可你好像一點也不感激。你不瞭解女人。你不知道失去阿蠻對她來說意味著什麼。」蓀亞這時像是心有所感，轉過身對妻子說：「妹妹，原諒我。」

然後曼娘又對木蘭說：「蓀亞說的也沒錯。出於孝道，我認為你們是不該在娘還在世的時候離開她。」

＊＊＊

木蘭身體好到可以出門的時候，阿非和寶芬在北京飯店辦了一場宴會。這場宴會有兩個目的。一是阿非見姐姐非常悲傷，也瘦了不少，想轉移一下她的注意力，於是便辦了這場聚會慶祝她康復。第二個原因是立夫剛「度假」回來，即將和莫愁以及母親一起搬到南方的蘇州去，他們在那裡有家茶館，立夫也在那裡租了一棟好房子。因為襟亞也回來了，所以請了全家。曾夫人、桂姐、曼娘、曼娘的母親、阿宣、蓀亞、木蘭、襟亞、暗香、素同、愛蓮、麗蓮，以及她的丈夫北京協和醫學院的王大衛醫生。姚家和孔家那邊則有馮舅爺夫婦、紅玉的兩個弟弟、阿非、寶芬、珊瑚、立夫、莫愁和博雅。這是場盛大的家庭聚會。

傅先生夫婦是宴會上唯一和大家沒有親屬關係的人。他們會在飯店用餐，之後跳舞。然而這一大群人裡頭，只有七個人會跳舞——男性是襟亞、阿非、素同和王大衛，女性是寶芬、愛蓮和麗蓮，剩下的人只有看的份兒。愛蓮和麗蓮嫁給了現代醫生，進入了說英語的圈子，她們的丈夫也以英語稱呼她們「Eileen」和「Lilian」。素同則自稱「Sutton」，大衛自然就是「David」了。

這是曼娘第一次到西式飯店吃飯，也是第一次看新式跳舞。要是她公公還在世，是不會讓她去的，但如今他已經不在了，她也非常想看看跳舞是怎麼一回事。對她來說，這次聚會打破了所有的先例。但她現在已經是個中年婦女，不再需要擔心青春的陷阱和誘惑，至少她自己和曾夫人都是這麼認爲的。

因爲這是一家西式飯店，阿非和寶芬便按照新派方式讓夫妻分開坐，這是篤信浪漫的外國人最荒謬最不可原諒的習慣。木蘭對這種坐法很驚訝，但阿非說：「要是我們在這兒不這麼坐，是要被人笑的。」而且，因爲他們坐的是一張又長又直的長桌，就不能像坐圓桌那樣自然地大夥兒一起聊天了。男士不和自己的妻子說話，卻和旁邊的女性說話，這實在是很不尋常的事。王大衛和幾位男士確實和身邊的女性聊了幾句，但其他人都沒有。女人們要不坐著一言不發，試著看看別桌的女人，不然就是隔著身邊的男性和另一位女士交談，這可以說是最不舒服的了。

寶芬的兩邊分別坐著立夫和傅先生，阿非的兩邊坐著木蘭和莫愁。曾夫人和傅太太面對面坐在長桌正中間。暗香對面坐的是曼娘，在靠近阿非那一頭。桂姐則坐在女婿王大衛旁邊。

儘管晚宴很熱鬧，但木蘭還是很虛弱，臉色蒼白，話也不多。她抽了一支煙，但並不喜歡。蓀亞試著和曼娘聊天，但這一切對曼娘來說太新奇了，怕弄錯了什麼鬧笑話，也不怎麼接話，蓀亞只好隔著桌子和母親及傅太太說話。

這個時期，中國女性突然拋棄了裙襖，穿起了所謂的「旗袍」。木蘭和莫愁自然也跟上了潮流。莫愁今天穿的是一件白色旗袍，但做得很寬鬆，因爲她肚裡的孩子已經七八個月大了。木蘭穿的是一襲桃紅旗袍，有三道窄窄的黑色滾邊。這讓她的身形完全不一樣了，甚至連她丈夫都彷彿發現了一個全新的世界。在穿襖子的時代，她天生的身體線條在腰線以下被襖子底端切斷了，但現在的長旗袍卻充分展現了她身形的自然完美。

一些走在時代尖端的女性開始穿胸罩，展現她們的胸部。曼娘為了這次聚會特地向木蘭借了一件旗袍，整個人看上去和平時完全不一樣。然而她卻全神貫注地看著那些穿新式晚禮服的人。她吃一口東西，迅速朝那些女人瞥一眼，又羞愧地立刻垂下眼睛，然後又抬起眼來。這時碰巧有個高個子金髮外國女人，穿著閃閃發光的晚禮服徑直從他們桌邊走過，當時曼娘正在用叉子把一小塊從餐點上削下來的食物送到嘴邊，高個子女人正好經過。她看到一整片裸露的後背出現在她面前兩尺處，叉子匡啷一聲從她手裡掉在盤子上。她小老鼠似的細細尖叫一聲，不由自主地倒吸了一口氣。那外國女人轉過頭望著她，一向怕洋人的曼娘抬起頭來，眼睛流露出恐懼的神色。

晚宴時就已經有人雙雙對對開始跳舞了。傅太太坐在曼娘斜對面，看見她的嘴唇因為興奮和驚奇不住顫抖，然後便見她眼睛一直低低地盯著面前的食物，好像連看著別人跳舞都不道德似的。直到晚飯吃完，大衛和素同進了舞池，曼娘才覺得自己應該可以去看看。麗蓮身段曼妙，舞姿優美。她跳完回到桌邊，臉紅紅的，看見曼娘微笑看著她。

阿非過來邀寶芬跳舞。寶芬的位子暫時空下了，立夫向蓀亞打了個手勢，示意他過來。立夫一直在和傅先生商量去南方的計畫。他進飯店的時候和蓀亞打了照面，覺得蓀亞對他很冷淡。這是他第二次注意到這件事，在他回來後第一次和他見面時，他也注意到蓀亞對他態度有變。但他就要離開了，辦這次晚宴也有部份是為了他，他還以為他們見面時蓀亞應該會多說幾句話的。沒有什麼比看見老朋友變得冷淡，或者和老同學久別重逢，卻發現自己的感情沒有得到回應更令他痛心的了。就像看著美麗的風景，自己激動不已，卻發現同伴無動於衷一樣。但對於風景，觀者還可以把這份激動留給自己；在友誼中，若是少了有來有往的回應，友誼也就不復存在，這就像是眼前的風景消失了，或者孩子看見自己的玩具弄壞了。因此，寶芬的位子一空出來，他就招呼蓀亞過來，加入他和傅先生的談話。蓀亞和往常一樣過來和他們聊天，立夫總算感覺好多了。木蘭看著舞池裡的人跳舞，眼睛卻不時往他們的方向看。

寶芬跳完舞回來，發現自己位子有人坐了，便走到蓀亞的位子。過了一會兒，襟亞來邀她跳舞。那天晚上她打扮得很漂亮，她是在場的女士當中最年輕的。襟亞穿著西服，因為他最近經常和歸國留學生打交道，他身材瘦高，舞步熟練，領著豔光照人的寶芬共舞。

擁擠的舞池裡，有中國人，也有外國人，有初次嘗鮮的，也有箇中老手。許多歐洲人擁著身材苗條、骨架嬌小的中國舞伴。奇怪的是，許多支持儒家思想的老官員和銀行家不但不反對，反而很喜歡跳舞。當中有兩位老先生，身著中式長袍翩翩起舞，尤其引人注目。其中一個身材圓滾滾的，穿著帶跟平底鞋在舞池裡四處遊走。以他來說，走路和跳舞已經沒有什麼區別了，除了他一隻胳膊伸著，另一隻胳膊摟著一位女士的腰。

當襟亞靠近那位肥胖老紳士時，他瞥見了他舞伴的臉，大吃一驚。是的，是素雲，他已離異的妻子！雖然他們分開才七年，但她已經變了很多。她顯然沒看見他，又消失在人群中。「怎麼了？」寶芬注意到襟亞突然停了下來，問道。「是她！」襟亞不動聲色地邁著步子，低聲說，「誰？」「我以前的妻子，素雲。」寶芬從來沒見過素雲，很想近點看看她。襟亞建議他們離開舞池，但寶芬說：「為什麼？

難道你怕她？」「不，只是不想尷尬。」他說。於是他們繼續跳，寶芬要他在胖老頭和他舞伴身邊跳。她瞥了素雲一眼，而當他們靠得非常近時，她發現素雲全身珠光寶氣，衣服也極昂貴，然而卻給人一種飢渴乾荒的印象，她那張再也無法高興起來的臉上有種枯槁的神情，看上去悶悶不樂。她眼周佈滿了深深的皺紋，臉頰泛黃。儘管眼裡銳利的光芒還在，表情卻是陰沉的，讓她刻意描繪的朱紅櫻桃小嘴幾乎成了個笑話。

他們靠得更近了，現在素雲看見她的前夫了。她的眼睛亮了一下，但也只是一瞬間，他們沒有互相打招呼的必要。她轉過身，挑釁地看了看襟亞身邊那個美得驚人的時髦女子。寶芬也回望了她一眼，看見了她胸前那枚碩大的鑽石胸針，臉上掛著說服不了任何人的做作笑容。那種笑，不管誰看了都會認爲這張臉再也不會出現幸福的表情。

寶芬小聲對襟亞說：「笑！笑開心點！盡量讓自己看起來很快樂。」

但是他們再也沒看見素雲，他們帶著令人激動的消息回到桌邊。「你確定嗎？」曾夫人問。「當然，」襟亞說：「我前任妻子，我應該還認得出來。她在跟一個穿長袍的胖老頭跳舞。」這話在半分鐘內傳遍全桌，每個人都伸長了脖子想看個究竟。但他們的桌子離得遠，又在角落，很難看見舞池。「那個胖老頭是誰？」木蘭問。沒人知道。阿非問了服務生，服務生說：「那位是吳將軍。」「吳佩孚不跳舞的吧？」阿非說。「不，這位吳將軍是奉系的。他們來了北京，住在這家飯店裡。」「跟他跳舞那位女士是誰？」木蘭問。「那是他的第五、第六或第七房姨太太吧。誰知道是第幾房？」「她和那位將軍住在一起嗎？」「不，他跟第三房半姨太太住一個房間，她住隔壁房。」木蘭、莫愁和暗香都豎起耳朵聽。「你的意思是？」有人問。「第三房半是他最喜歡的一個姨太太。她坐在另一頭，很時髦，也很漂亮。」「爲什麼叫第三房半？」阿非問。「這個嘛，她本來應該是第四房的，但她已經是別人的姨太太了，眞的，她公開跟他同居。他們三個一般都是一起吃飯的。」「第三房半不跳舞嗎？」木蘭問。「跳啊！」服務生回答。「那她今晚怎麼不跳？」「我哪知道？」雖然寶芬、愛蓮和麗蓮都跳了好幾次，希望能更靠近一點，好偷瞄他們，但素雲和胖老頭之後就沒再跳了。

半小時後，他們看見將軍從遠處角落站了起來，走出了大廳，後面跟著素雲和另一個女人，大家一致認爲那是鶯鶯。素雲出去的時候，還回過頭朝他們這兒看了一眼，似乎看見了他們。

既然那一批人走了，他們也就不必像之前，以爲對方聽得到他們說話似的那樣說悄悄話了。莫愁讓阿非去跟服務生多打聽些吳將軍和那兩個女人的情況，服務生過來了，表示十分樂意。他去問其他服務生，回來說，吳將軍三天前才到北京，和他同住一房的第三房半正是大名鼎鼎的鶯鶯。她是牛先生的姨太太，但已經被牛先生獻給將軍了，鶯鶯的丈夫現在則成了將軍得力的左右手。那個瘦女人不是別人，就是牛先生的妹妹。「您以爲他在將軍手下爲什麼地位這麼穩？都是一家人哪，」服務生總結道。「他們來這兒做什麼？」阿非問。「找樂子唄。他們靠大煙發了財，」服務生說：「天津日本租界最大的鴉片公司就是他們的。他們錢多得很，在天津還有幾家旅館，在日本人和將軍的保護下，人們可以在那裡抽大煙。我朋友的哥哥就在其中一家旅館做事，對他們可清楚了。我給你們講個笑話。這位將軍給每個姨太太都準備了一部私家車，那車在走私白粉的時候可有用著哪。女人最適合來回運送這種東西了。他們的車牌號碼都很簡單，每個警察都記得爛熟，所以他們很安全。那，這位『第三房半』的車牌號碼是

『303』。有一天呢，他們發現有人在上頭加了一個記號，成了『303 ½』，天津每個人都在談這件事。另外那個瘦女士被稱爲『白粉皇后』。您記著我的話，這種黑錢流出去和流進來一樣容易。她絕不會有好下場，但別跟任何人說是我告訴你們的。」阿非給了他一張一元鈔票，笑著打發他走了。眾人一直坐到十一點左右才回家。

＊＊＊

不只是莫愁堅持丈夫應該全心投入研究，連他母親甚至木蘭都認爲他不應該沾惹政治，因爲他天生不是那塊料。在三個女人包圍之下，他屈服了，民國十五年初秋，他們搬到蘇州，當時莫愁的寶寶還沒滿月。立夫住在城郊運河邊一座凌亂的房子裡，和他的書本及科學儀器爲伍。但他花在看書上的時間比做實驗要多得多。

在這座由橋樑和運河形成的古城裡，他埋頭於自己的研究——沒有哪一個城市比蘇州更適合做這件事了。蘇州人滿足於他們的傳統式生活、閒聊和「小食」，他們還通過了一條法律，禁止現代汽車進城。通過這條法律一年之後，蘇州的耆老們甚至反對將蘇州定爲省會，寧願把這份榮譽讓給鎮江，因爲成爲省會就意味著要駐紮軍隊，而且附近經常有戰爭的危險。蘇州居民很想，也很願意遺世獨立。

在這座波瀾不驚的古城寧靜角落裡，人們可能會認爲什麼都沒發生過。但立夫卻以一種奇怪的激情鞭笞著自己工作，常常弄得脾氣暴躁。這是有原因的，他對木蘭建議他研究的甲骨文很感興趣。研究這些古老的圖形符號，破譯其他學者尚未破譯的圖像和形狀，觀察比較甲骨文的變體，並且追溯它們在孔子時代後期的變化和演進，都是一種純粹的快樂。這項工作之所以重要，還因爲這些甲骨文代表了已知最早的中國文字形式，常常有助於揭示文字或宗教儀式的歷史，因而導致關於它們的理論被修正。每一位古文字學家都必須瞭解這一領域的最新研究成果，才能掌握最新的學術資料。立夫提出了很多精彩的建議。

但他工作的重要性並不能解釋他的暴躁，也不能解釋他對這份研究的熱情。對他來說，古文字研究是一種奇怪的感情用事，一種懺悔，一種逃避其他激情的方法。首先是國民黨對抗軍閥的北伐。陳三、環兒和黛雲現在都和國民黨軍隊在一起，國民軍在這些年輕黨工的幫助下，佔領了一個又一個城市，這些年輕的黨工走在部隊前面進行宣傳，爭取人民支持反對軍閥的革命。環兒從前線來的信通常都會遲到一個月，地址也封封不同，因爲他們一直在往北前進。幾個月之內，國民軍就攻下了幾個省，佔領了漢口。上海和蘇州依然由一個老軍閥孫傳芳①統治，立夫必須很小心，因爲同情國民黨的人很可能會被抓。在上海，有人因爲持有陌生人在街頭發給他們的國民黨傳單而被捕。立夫每收到環兒來信，都要仔細檢查信封，看有沒有被拆開檢查過或篡改過。她信中越是熱情地描述國民黨的勝利和一路上的同志情誼，立夫就越是不安。

其次是，眼前總是無法控制地出現木蘭的形象，一直困擾著他。他總是感覺到她在等他完成研究。他下定決心，要就這個主題寫出最透徹、最權威、最精彩的論文。古人稱之爲「破堤引流」；現代人稱之爲「昇華」。第一年，木蘭給妹妹的信通常都以問候立夫作結，但之後提到立夫的次數越來越少。他經常讓他妻子在寫給木蘭的信中轉達他的問候，也不知道木蘭讀信的時候是不是看得出這些話是他說的。

木蘭的話一直在他耳邊迴響：「以這個主題寫出最好、最精彩的書，哪怕要花上幾年時間。」他很想把這些話和木蘭的聲音從他的腦子裡抹去，就像木蘭在柏樹林裡把髮絲從額頭上拂開一樣。但它們還是一次又一次地出現，就像林間的微風把木蘭的頭髮吹了回來，還帶著一縷柏樹的芳香。

這些話是木蘭在他離開北京前一天對他說的。那時莫愁和立夫來看木蘭，蓀亞不在家。莫愁有提早收拾行李的習慣，所以他們有了一天時間可以自在玩樂。木蘭提議他們出發前，應該先到北京一個好一段時間沒去的地方走走。「再沒有哪兒比什刹海更好的了！」她說。那正是多年前木蘭和立夫看大水的地方，當時莫愁在家裡熨立夫的衣服，他們還沒有訂婚。如今他們去了同一家館子，坐在同一個露台上，而且碰巧是在一年的同一個時間，所以景色大致上也是一樣的，可以眺望遠處的鼓樓和北海白塔。

他們沒說多少話，卻是感慨萬千。木蘭有個習慣，就是牢記和立夫一起度過的特定時刻。她回憶說，上次他們來這裡的時候正好是二十年前，她父親和紅玉也在。她爹現在在哪裡呢？他已經離家七年了，要是他還活著，還要三年才能回來。她想起了紅玉已溺死，含著淚水對妹妹提起這件事，莫愁卻覺得她太多愁善感了。木蘭還說到自己想搬到南方去的渴望，以及因為年老的婆婆生病而無法成行的事。

就是那時，他們聊到了立夫在南方的研究計畫，木蘭跟他說了那些關於研究工作、令他難忘的話。

---

① 孫傳芳（1885—1935），民國北京政府軍上將軍。孫傳芳出身直系，也曾與皖系配合，後期投靠奉系。一九三五年被刺殺身亡。

立夫謝謝木蘭為了救他而做出的戲劇性努力，雖然用的也只是一般的套話，但他反思她那次冒險的含意時，感受卻越來越深。他記得那晚在監獄，在她去見司令之前，她對他說：「為了救你的命，更大的代價我也願意付。」要是那個司令也像奉系司令對待高夫人那樣對待她，會怎麼樣？木蘭會為了救他犧牲自己的名譽嗎？他一直認為木蘭是不受傳統觀念束縛的人，說不定她眞的會這樣做！這個問題他問不出口，但一直留在他的腦子裡。那是對愛的重大考驗，這段回憶是不可能抹去的，但它轉化了，成為推動他研究的部份情感能量。

立夫和木蘭對莫愁都很忠實。當木蘭的眼神和聲音在他工作中進入他腦海時，他常常有一種揮之不去的罪惡感。然而，靈魂深處依然有些隱密的地方，是社會譴責無法觸及的。

這一切莫愁都感覺得到，但不管對姐姐還是丈夫，她採取的是任何醜聞都無法影響他們的態度。她從來沒有表現出任何嫉妒情緒。多年前，木蘭在她訂婚前曾經跟她說：「妹妹，你比我有福氣，」現在她懂得這句話的意思了。但她太瞭解自己的姐姐和丈夫，對他們兩人都很有信心。所以當她收到姐姐來信時，經常會告訴立夫，木蘭現在在做什麼。姊妹倆會定期寫信，但莫愁寫得比木蘭更勤。

場景回到北京，木蘭和丈夫以及剩下的兩個孩子過著前所未有的平靜生活。一直忠心耿耿的錦羅和她丈夫依然在服侍他們。阿通上學去了，現在學校已經相當安全，因為經過三月那場屠殺，所有的學生示威都停止了。這時已是狗肉將軍掌權，老師和家長都不願意冒險惹麻煩。

木蘭安頓下來，開始了平靜的生活，雖不完全滿足，但也順從了。毫無疑問，她並不那麼快樂。她說服自己，在婆婆年老體衰的時候離開，既不合適，也不可能。北京對她來說已經失去了魅力，但她對自己的房子和院落已經像是對人生一樣熟悉了，她曾經向蓀亞坦承，眞要離開這座大宅，到南方去建立一個全新的家，她也會很難過的。

如今監獄那件事算是過去了，木蘭同意暫時留在北方，蓀亞對她的態度也一如既往。她對丈夫很滿意，除了他太在意錢之外，她說他「俗氣」。他生性溫厚，沒有什麼事能讓他長時間處於緊繃狀態。事實上，和他一起生活要比和立夫一起容易。他的個性圓融，而立夫的個性方正。他更實際、更客觀，沒什麼野心，他愛妻子，對孩子們也很好。立夫則認爲自己在家庭事務上讓妻子分擔更多責任，所以自己比較新派，但他確實不那麼樂天，說起話來也是抽象的部份多，有時甚至把工作看得比家庭重要。蓀亞經常和妻子一起去買東西，對她東挑西揀買東西的過程總是興味盎然——這在立夫幾乎是從來沒有的事。莫愁很瞭解丈夫的性格，她也適應得相當好。他一激動，她就保持沉默；等到他情緒放軟，容易讓步的時候，她就再次重申自己的意見。但這並不表示木蘭丈夫的問題比莫愁的丈夫少，這點我們稍後會看到。儘管立夫任性而衝動，但他給妻子帶來的，除了因文獲罪之外，也沒有更複雜的問題了。

現在，木蘭對自己的身體產生了一種奇特的愛戀。晚上沐浴的時候，她會讚嘆地看著自己的手臂和腿。她沉迷各種西洋乳霜、精品香水和細緻的香皀。她對自己的年輕美貌暗地自豪，又遺憾這樣的美轉瞬即逝。她還很年輕，小小的骨架讓她保有精緻的容貌，一頭秀髮濃密如昔，一般同年紀的女人都已經開始掉頭髮了。她開始穿胸罩，不再遮掩她豐滿的胸部。錦羅從一個奶媽那裡給她弄來母奶，她早餐後喝一小碗，晚上再喝一小碗，據說這有助於保持肌膚細膩光滑。

但她也明白肉體的美不可能永存，而且，偶爾她還會覺得自己既軟弱又愚蠢，因爲這具肉體，成了衝動和情感的奴隸。她從不後悔救了立夫的命，即使代價是顯而易見地讓自己更加絕望。但她知道那是衝動之下的行爲，也許愚蠢，說不定也算得上英勇，她認爲自己是個軟弱的女人。情感越是強烈，她就越覺得自己軟弱。如果立夫不是她妹妹的丈夫，她會怎麼做呢？她越感到自己是個凡人，就越羡慕那些玉石琥珀雕出來的小動物，那些半透明、不動情的小東西是眞正的永恆不朽。既然這個肉體給了她痛苦和快樂，她就讓自己沉浸在它的快樂中，以彌補它的痛苦，並且探索它所有的感官歡愉。所以有時她對蓀亞很熱情。但她的肉欲通常都帶有一種她無法描述的想像特質。

只有錦羅知道所有的秘密，包括她對立夫的感情，和她對自己身體超乎尋常的在意。

***

曼娘現在已經搬回靜心齋，這麼一來，妯娌三個住得就更近了，形成一個三角形，曼娘在後面的院落，木蘭和暗香在前面。曾先生過世之後，很多僕人都被打發走了，有些院落沒有人住，屋裡擺的盆花也少了，空地上那一小片花圃基本上也是自生自滅。然而，因爲僕人和聚會都少了，這裡也更安靜了，木蘭倒是很喜歡這樣。曾夫人年老體虛，總是感到身體什麼地方隱隱作痛，但她很高興看見三個媳婦和兩個兒子在她身邊和睦相處。她一直偏愛木蘭，而和自己親生母親比起來，木蘭也似乎更依戀她。

在她生病期間，曼娘忙著照顧她，有段時間由暗香負責管理家務。但她還是管不動下人，因爲她曾經和一些老僕人是同樣的身分。要說懂得服從的人就會懂得如何發號施令，這句話在暗香身上是不適用的。她甚至連對自己的兩個妯娌都不能堅持主張，總是會在最後加上一句：「你們說得對。」

對襟亞來說，她簡直異乎尋常地溫柔好取悅，而對她來說，襟亞也是異乎尋常地慷慨體貼。她很幸福，又生了一個孩子，是個女孩。她邀了她的老父親和她一起住在她和木蘭中間的小院落裡，那裡以前是方塾師住的，如今他已經過世很久了。襟亞暫時沒有工作，因為探勘局的資金用完之後，探勘局就解散了，他和所有在頻繁的政府更迭中擔任公職的人是一樣的命運。但出於謹慎，他在以海關稅收擔保的債券上做了些安全的投資，這些債券為他帶來了意外的高額回報。

曾夫人原本的隱隱作痛越來越厲害了。她現在有兩個受過現代訓練的醫生女婿，於是他們請了素同和大衛來會診。他們懷疑是癌症，建議到醫院進行一系列的治療。蓀亞和襟亞每天都會來看她，三個兒媳負責輪流陪著她。她對人生的態度是，在醫院跟在家沒什麼不一樣，她都會克制自己的呻吟，意思是，劇痛時只發出微弱的聲音，輕微點的痛就不出聲。木蘭是最常守在她床邊的人，但哭得最厲害的卻是暗香，因為她私下從襟亞那裡聽說，他母親的病已經治不好了，只是時間問題。曾夫人見暗香哭，說道：「你為什麼要哭呢？我有兩個好兒子，三個好媳婦兒，兩個女婿，還有七八個孫子，都在我身邊呢。」

一天，當所有孩子都在的時候，她對孩子們說：「我就快走了。我真的沒什麼可說的。我這一生比大部份人都有福氣，都快樂。我媳婦都選對了。以前只有素雲讓我頭疼，現在這都是過去的事了。這宅子是你們爹當侍郎的時候買的，已經不適合我們現在的生活方式和收入了。我們不需要這麼大的房子。把幾個主院落租出去，或者可以的話，把它賣了，換個小點的房子。你們的爹在銀行裡給我留了大約兩萬塊錢。這筆錢，辦我的後事不要花超過兩千。我要給雪花五百塊錢，她服侍我服侍了一輩子，我們現在不能再強留人家了，幫她找個好去處，不然就是弄個小生意給她做。打發別的下人走時，每個人給他們三四十元錢，這由木蘭決定。你們要知道，慷慨的人是有福的。把我和你們的爹合葬在泰安。桂姐，你不用擔心。你那兩個女婿會好好照顧你的。」她衰老的眼睛裡含著淚水，溫柔地看著站在她床邊的孩子們。幾天之後，民國十七年三月十一日，她去世了，享年五十九歲，嘴角掛著美麗而安詳的微笑。

把她帶回老家泰安埋葬現在是不可能了。過去幾年中，她的家鄉幾乎被狗肉將軍的統治毀掉。土匪在鄉間橫行，地方官吏跟著上頭放蕩的省長一起墮落，難以想像會有好人願意或者有辦法在這樣一個目不識丁的軍閥手下做事。但他們回不了老家的直接原因是山東的鐵路被日本陸戰隊佔領了。

在華盛頓會議上，日本被迫將山東還給中國。但現在國民軍已經在長江流域站穩了腳跟，再度向北京進軍。這年四月，國民軍的先頭部隊到達泰安，幾天後便佔領了山東省會濟南，狗肉將軍和奉軍撤退到德州。日本海軍陸戰隊爲了阻擋國民黨前進，以「保護日僑生命安全」爲藉口，登陸佔領了鐵路。他們兩度轟炸曾家人的故鄉，最嚴重的一次是在濟南，有三千六百二十五個平民死亡，官方估計財產損失達到兩千六百萬元。此外，有九百一十八名國民黨員被逮捕監禁，國軍戰地政務委員兼外交處主任蔡公時②被日本士兵和陸戰隊挖去雙眼，切掉他的鼻子和耳朵，然後在他的辦公室裡把他和他的同事都殺了，這就是所謂的「濟南慘案」。由於日本違反了《九國公約》，美國提出調停建議，遭到日本反對。

在這次暴行之後，六月四日，奉系軍閥張作霖乘坐的火車車廂被炸毀，炸彈放置在通常由日本哨兵駐守的一個鐵路平交道下。張作霖和他手下的幾個將軍被炸身亡。

種種無法無天的行徑激起了國民的義憤和反日抵制，被殺主任的妻子蔡夫人就是其中一位領導者。關於「五三慘案」的談判持續了很長一段時間，直到所有日軍撤離，地方恢復和平，曾夫人的遺體才在第二年運到泰安，葬在她丈夫身邊。曾家在泰安的老宅雖然倖免於難，但這種近在眼前的暴行喚醒了木蘭長期以來沉睡的政治興趣和新的反日仇恨。就連從來沒想過自己喜歡或不喜歡日本的曼娘和暗香，現在也恨起日本來了。

＊＊＊

到了春天，國民黨統治了北京。在父親遭到暗殺的刺激下，奉系「少帥」張學良投入了國民黨陣營，以對抗日軍的一再威脅。狗肉將軍和安福系政客帶著他們搜刮的財富逃到了日本在滿洲的港口大連。中國終於在國民黨統治下統一了，至少名義上是如此，新首都定在南京。北京原意是「北方的京城」，這時也改爲「北平」，寓意「北方和平」。

木蘭這時又想起了搬去杭州住的老問題。房子的事情還等著解決。他們已經宣布把主要的幾個院落租出去。由於公務人員階層大部份要遷往南京，這時的北京很多房子都空出來了。但某一天，有個新官

② 蔡公時（1881—1928），清末追隨孫中山參加革命。北伐戰爭時，隨國軍任外交主任，一九二八年五月三日於濟南被日軍殺害，稱五三慘案。

員來打聽房子的情況，說如果可能的話，他想買下來。他出的價格只有四萬塊，但機會難得，曾家兄弟決定接受，打算去租間小一點的房子。

桂姐想去和女兒愛蓮住在一起。木蘭說她和家人打算住到南方去，但因為靜宜園現在有一半的院落沒有人住，也許就讓曼娘和襟亞兩家搬進去，只要隨意付一點象徵性的租金就行。這麼一來，花園就會再度熱鬧起來，比把它租給外人要好得多。

這個想法受到了大家的贊同。阿非依然住在自省齋。珊瑚住在莫愁的院落，因為原來姚夫人住的那個更深點的院落現在是寶芬的父母在住。紅玉的院落沒有人願意住，因為覺得不吉利。暗香和夫婿帶著孩子搬進了暗香齋。遷居那天，暗香幸福地嘆了口氣，說：「一切好像都是命中注定。我一直有種感覺，覺得我會住在這裡。」

園子裡的僕人多半是新雇的，因為寶芬有很多滿人親戚失業，她便為他們在園裡安排了各式各樣的工作。

博雅如今已經二十歲，是個事事認眞的成年男子了。珊瑚對他來說就像親生母親一樣，儘管他還是喊她姑姑。現在他開始聲稱自己是姚家的長孫。某天他決定，把母親銀屏在宗祠裡的牌位移到忠愍堂。把一張他母親的放大照片放在大廳中央他父親的照片旁邊，他母親那張照片是迪人拍的許多照片中的一張。他命令祭桌前的大紅燭必須日夜不熄，也經常親自過去祭拜。他有多愛自己受迫害的母親，就有多恨他的祖母。在他心裡，祖母只是一個他很少見到的、滿臉皺紋、又瘋又啞的老婦人。他聽到別人說他母親是「鬼」，讓他祖母從此不能說話的就是她，他幾乎完全相信母親的靈魂確實存在。

祖母還在世的時候，每年銀屏忌日總會舉辦祭拜儀式，一方面是爲了安撫她的靈魂，另一方面是希望能讓姚夫人恢復語言能力。今年因爲是二十週年，博雅今年也二十歲了，所以他想辦一次特別的紀念儀式。他這充滿孝心的舉動得到了全家的一致認可，於是便開始進行大量的準備工作。他們請來和尚，祭桌上供著全羊全豬，晚上還有一場筵席。下午六點左右點上蠟燭，和尚們敲著木魚和鐘開始念經。

住在花園裡的兩家人都參加了儀式。華太太身爲銀屏的密友，也受到了邀請。只有桂姐和她的兩個女兒沒來。博雅跪在父母的牌位前叩頭，流下了發自內心的淚水。祖母的肖像也在，博雅並不願意，但阿非堅持要這麼做。於是在迪人和銀屏的照片上方也掛上了博雅祖父母的肖像。因爲姚先生已經離家十年，完全沒有他的消息，這也是一種表達懷念的行爲。

和尚們正唸著《金剛經》，寶芬的女兒跑進來，對她母親喊道：「有個老和尚進來了！還用又大又亮的眼睛看著我。」「幹嘛這麼大驚小怪？」寶芬說：「不過就是其中一個和尚。」「不，他看起來好奇怪，」那孩子說：「我問他是誰，但是他什麼也沒說。」「他往這兒來了嗎？」「我看見他往自省齋去了。」僕人們想攔住他，但他只是用那雙大眼睛看著他們，然後就繼續往前走。媽媽，他的白鬍子好長啊，眉毛又白又濃—就跟壽星公一樣。」這時，當眾人聚集在燭火點得亮煌煌的大廳裡舉行儀式的時候，老和尚走了進來，靜靜地站在那兒看著眾人念經，沒有人注意到他來了。等到經唸完，領頭和尚往前走，準備到院子裡燒紙錢。有些人跟著領頭和尚去了院子，留下的人這才第一次看見那老和尚。他走到祭桌前，雙手合十，背對著他們，低聲念了幾句。全家人立正站著，等著他進行某個儀式，但也不知道到底是什麼。

接著他緩緩轉過身來，面對眾人，帶著平靜的微笑，說：「我回來了。」

他還沒轉身，木蘭就激動起來了，因為她看背影就覺得那頭型很像父親，一直在懷疑是不是他。一看到他的臉，看見那長長的白鬍子、濃密的白眉毛和炯炯有神的眼睛，大家都倒吸了一口氣。「是爹啊！」木蘭喊出來，同時朝他奔去。「是爺爺！」寶芬喊道。阿非和珊瑚跟在木蘭後面跑過去，蓀亞和襟亞也擠在老和尚身邊。博雅和方才那些在院子裡看著燒紙錢的人聽見屋裡的喧鬧聲，急忙趕進來。

姚老先生的臉在白鬍子後頭和全家人微笑招呼，眼神看起來卻是溫和而疏遠。木蘭、珊瑚和阿非都哭了，曼娘和暗香有點畏縮，不太敢靠近。博雅走上前去，姚老先生把手放在他身上，說：「這是我孫子啊，長這麼大了！」寶芬介紹了她的兩個年幼女兒，她們望著陌生的祖父，怕得直抖。馮舅爺上前和姊夫說話，兩個老人終於見面了。紅玉的兩個弟弟如今都已成年，帶著好奇的目光走向前，想看看他們的姑丈。

姚老先生看見華太太站在眾人後面，便走向她，用宏亮的聲音說：「你好嗎？所以大家都在啊！」接著他轉身問道：「立夫和莫愁呢？」「他們在南方。」木蘭回答。「他們好嗎？」「他們很好，」木蘭說：「您呢？您看上去真健朗！您都去了哪些地方？」「我哪兒都去了。」在木蘭逼問之下，他才說：「我在妙峰山上待了一年，然後，因為怕你們追上來，我就到山西五台山去了。接著我雲遊到華山，在那裡住了三年。然後又去了四川的峨嵋山……」「喔，爹！」木蘭沒等他說完，就忍不住喊出來：「您為什麼不帶我去？」「我甚至還去了立夫的老家，」姚先生平靜地說：「還差點被當時在那裡的傅先生夫婦認出來……我還南下去了天台山和普陀山。」

「嗯，您還眞喜歡旅行啊！」木蘭熱切的口氣中帶著一絲嫉妒。「要是您早讓我知道，我就跟著去了。」「你要怎麼跟？」她父親回答：「你們這些年輕人旅行非得坐船坐轎子不可。我爬那萬尺高的華山全靠兩條腿，我還徒步穿過四川到峨嵋山，然後再走回來。」「爺爺，您去普陀山是走在水上過去的嗎？」寶芬的大女兒問。「說不定我眞是呢，但也可能不是。」姚老先生嚴肅地說，在那個小女孩眼中，他那高貴的面孔就像神話裡的聖人。「但是，」珊瑚問：「難道森林裡沒有老虎，鄉下沒有土匪，四川沒有戰爭嗎？」

「我在華山上遇過老虎，」姚老先生平靜地笑著說。「牠看著我，我也看著牠，然後牠就悄悄地走了。孩子們，我旅行，一方面是爲了享受自然，另一方面是爲了釋放自己。這兩件事其實是同一件事。也許你們不懂，肉身的磨練，是一切靈魂救贖的基礎。你得一文不名，心無罣礙，你還必須隨時準備迎接死亡。接著你旅行起來，就會像個死而復生的人，把每一天、每一刻都當成老天送的大禮，對它心懷感謝。你不帶錢，小偷自然也不會靠近你。但你這樣還不能旅行，除非你鍛鍊你的身體——你的手，你的腳，最重要的是你的胃。你必須能夠找到什麼吃什麼，找不到也能挨餓；你必須屋內屋外都能睡，還能忍受各種天氣。除非你有這樣一個身體，否則是不能得救的。」「那你是怎麼弄到食物的？」他們問。「我一路行乞，村子裡的人對老人很好。我找塊硬石頭躺下就可以過夜了。要是在廟裡，我總能有吃有住，因爲我帶著五台山蓋了大印的正式度牒。我把每個地方特產的藥材從一個地方帶到另一個地方，住在哪座廟裡就送一些給他們。我在四川的森林裡還見到長在老樹椿上的銀耳，我們家就是靠這些藥材才賺了這麼多錢。」

此時，老爺回家的消息已經傳遍了整座大宅，僕人無論新舊都來看這位德高望重的老人。寶芬的父母也來歡迎他，稱他爲「重返人間的高僧」。他的臉佈滿了深深的皺紋，是飽經風霜的古銅色，儘管已經七十二歲了，走起路來依然腳步輕快，說話聲如洪鐘卻十分柔和，眼睛也明亮如昔。他說他已經讓自己練成了在黑暗中看東西，這樣他在夜裡也可以在山路上輕鬆行走。

那天晚上，儘管是銀屏的忌日，大家還是盡情狂歡，互相敬酒。姚老先生穿著僧袍，卻坐著吃魚吃雞，彷彿他根本不是和尚似的。「您眞的是位『高僧』嗎？」寶芬的父親說。「不是，」姚先生回答：「我是路邊討飯的乞丐，經常吃不到素菜。人家要是給我雞，我就得吃雞。這種事兒有什麼關係呢？」這時那帶頭的和尚走了進來，他認出了姚老先生，說：「老哥，我不知道您居然是這座花園的老爺！一星期前您不是還住在我們西山的寺裡嗎？」「是啊，謝謝你們盛情款待，」姚老先生說：「那時候我聽說有人邀你們到這兒來，所以我才等到今天。」他們這才明白他爲什麼能在這麼恰好的時間出現。馮舅爺想告訴他茶行和藥鋪的情況，但他一點也不想聽生意方面的事，轉身便去看孫子們了。「你不是爺爺，」寶芬的五歲小女兒說，她很聰明，也很淘氣，她指著正廳裡的肖像說：「這才是我爺爺。你是神仙。」「你爺爺只是離家，現在他回來了。」寶芬解釋。大家把立夫被監禁和釋放的事，以及他如何爲了安全遷往南方的事情告訴他；而當他們不得不提及他被定罪的其中一個原因，是因爲他在山頂上把妹妹嫁給陳三時，姚先生由衷地說，他喜歡這樣的婚禮。

木蘭發了電報給莫愁，第二天就收到了從蘇州來的回電，說她和丈夫很快就會北上來看父親。

木蘭和蓀亞已經打算南遷杭州，他們的東西有一部份已經打包好，一家人暫時住在花園中比較簡陋的一個院落裡。木蘭現在面臨的問題是，年邁的父親才剛回來，彷彿死而復生，怎麼能馬上又離開他。她愛父親，也崇拜他，現在她沒有辦法忍受和他分離。如果他願意，她很樂意有機會在他年老時服侍他。她走到父親面前，長篇大論地跟他說理：「爹，我們就要到南方的杭州去住了。您還記得娘在我走散那時做的夢嗎？我是在您年老的時候扶您過橋的那個人。您想要一個安靜的家，這正是我們即將擁有的。這裡太吵了。而且，杭州又是您的老家。杭州有最棒的寺廟，要是您喜歡，我們可以選一間在靈隱寺附近的房子。要讓您過安靜的隱居生活，世界上再沒有比那裡更好的地方了。」

父親想和兒子住是很自然的事。但木蘭說：「莫愁妹妹也在南方，傳統上稱女婿爲半子，兩個半子不就等於一個兒子了嗎？」

這嚴重違反阿非的意願，姚先生問他：「你爲什麼不也去呢？」

但阿非說他不能去，因爲寶芬的父母現在和他住在一起，他又在岳父主導的禁毒協會幫忙，而且他還在店裡工作。

姚先生答應和木蘭一起去，但他說，在杭州的房子準備妥當之前，他會留在花園。他又給莫愁發了封電報，讓她先等等，因爲他馬上就會南下去見她了。但莫愁已經一個人動身來了北京，因爲她等不及要見他，於是木蘭也先留下，等她回去時再一起走。

一星期之後，莫愁到了。姊妹倆已經兩年半沒有見面，很高興見到對方。姚先生問了很多關於立夫的問題，但木蘭只問了一句：「他還瘸嗎？」莫愁也簡單回答：「還有點兒。」

女眷們都很喜歡莫愁，爲她辦了許多場晚宴。有些宴會是有雙重目的的，一方面歡迎莫愁，一方面歡送木蘭。曼娘在他們出發前一晚辦了最後一場宴會。阿宣也來了，還跟大家說了如今要防止鴉片和其他貨物走私有多困難，因爲日本對日韓的走私者給予庇護。他還說了素雲的事，素雲現在在日本租界買賣做得相當大，被稱爲「白粉皇后」。木蘭聽見曼娘痛罵日本人，很是驚訝。後來她才知道是怎麼一回事。

＊＊＊

和兩位妯娌曼娘和暗香道別之後，木蘭帶著家人來到西湖邊的杭州重新安家。他們和莫愁同行，先去了蘇州。木蘭既快樂又激動，因爲她就要實現畢生的夢想，在鄉間過著樸素平靜的生活，她很高興能就此告別城市生活的奢侈和富裕階層，但她無法預知的是，這個幸福的鄉村夢，竟把她帶入了另一段全新的艱難經歷。

他們先在蘇州停留，去拜訪莫愁家。立夫和孩子們到火車站去接他們。蓀亞和立夫對彼此都非常熱情，立夫雖然一瘸一拐的，還是堅持要幫蓀亞把行李搬上馬車。木蘭覺得立夫比在北京時要蒼白，他倒覺得她和以前一樣活潑，只是身上的衣服對蘇州來說顯得太考究了。他穿著一件舊棉袍和一雙舊布鞋，戴著眼鏡，看上去就是個學者。他說，從他們搬到蘇州之後，他從來沒有穿過西服。

他們在運河上租了一艘船，載著他們悠悠閒閒搖到莫愁位於西郊的家。這段運河行程讓木蘭和孩子們都著了迷。他們穿過一座又一座拱橋，來到一個地方，這裡的運河變寬了，兩岸也更有田園風味，莫愁家就在河岸上。

立夫的母親和妹妹在後門等著他們。環兒這時已回到母親身邊，她丈夫陳三在軍隊裡當上尉。木蘭和蓀亞把大件行李直接運往杭州，只帶了幾個小包，打算只住一晚就走。

木蘭很想看看立夫的書房，連麵都沒來得及吃就要求帶她去看。蘇州這座宅子房間很多，按照往例，立夫有一整個院落給他當書房。房間裡沒什麼陳設，但光線很好。靠牆的一張長桌上立著一尊兩尺高的西藏佛像。書架上放著他的舊生物學書，還有大量用布包得好好的古籍。書背上的書名有些寫得工工整整，是陳三的筆跡，有些顯得凌亂，是沒什麼耐心的立夫寫的。古文字研究不可避免地把他帶入了青銅器和碑文的相關領域，蓀亞注意到那裡有一些像是《西清古鑑》和《金石錄》③之類的書，還有一堆堆的早期拓片。在一個帶矮抽屜的特殊櫃子裡，放著立夫自己收藏的甲骨。西藏佛像旁邊放著一塊巨大的骨頭，顯然是某種動物的肩胛骨，上頭刻著字。從北面的一扇窗戶望出去，可以直接看見他妻子的院落，窗邊放著一塊沒有上漆的舊木板，是他拿來當書桌用的，旁邊放著一把棕色藤椅，磨得閃閃發亮。

木蘭說：「你就坐在那兒工作？」立夫點點頭。「是的。」她又認出了一個裡頭裝著煙蒂和煙灰的廣口瓶，她在他北京的實驗室裡見過這個瓶子。這是立夫認為最理想的煙灰缸，因為能讓他清楚地透過玻璃看見煙灰堆到哪裡了，而且煙灰不會到處飛，這點更得莫愁歡心。立夫曾經說過這個點子是他想

③《西清古鑑》是清乾隆年間記錄清宮廷所藏古青銅器的譜錄。《金石錄》是宋代金石學著作，也是中國現存最早的彝器、碑刻、石刻目錄和研究專著之一。作者北宋趙明誠，是詞人李清照之夫。

出來的，而且不花一分錢。「你的手稿在哪兒？」木蘭問：「我沒看見。」「我藏在抽屜裡，」立夫回答。這時他妹妹來喊大家吃麵。現在是春天，麵裡放了白嫩的小春雞肉。木蘭夾起一片肉，沾了點醬油吃，立刻適應了蘇州的生活。「沒有哪兒的雞比蘇州更好，也沒有誰的雞湯比我娘燉的更好，」立夫自豪地說。「在這個家裡，也沒有那個人比立夫被餵養得更好、更縱容、更嬌慣了。」莫愁說。

他們繼續談論他的工作，以及什麼時候能完成。「這是一本大部頭的書，印刷要花很多錢，而且我不知道除了我太太之外，還有誰會讀這本書，」立夫說：「就算出版，我三年也賣不出兩百本。」「這就是讓你耽擱下來的原因嗎？」木蘭問。「不是的，」立夫說：「有些東西我還不太確定，需要再多點領悟。有些是最難，但也最有趣的字。你知道這會把一些經典文本整個顛覆掉嗎？《四書》一開始，商湯的〈盤銘〉刻著：『苟日新，日日新，又日新。』但根據甲骨文，這句子應該是：『父日辛，祖日辛，兄日辛。』④孔子的弟子們誤讀了銘文，這一定是他們老師的錯。畢竟這東西距離孔子的時代也有一千多年了。」「如果你的書裡寫太多這樣的東西，你會被人說是共產黨的。」環兒開玩笑地說。「是啊，」立夫諷刺地說：「所以應該要有一個共產語言學，一個民主語言學，還有一個法西斯語言學才是。」當時民主、共產、法西斯之類的詞語，讀者已經都很熟悉了。

環兒原本是個左派，這時對激進主義有點厭倦，心裡也有點難受。國民革命軍成功推翻舊政府後，國共決裂，國民黨開始鎮壓共產黨。國民黨走向右派，中國青年走向左派，共產主義思想變成了地下運動。木蘭還得知，黛雲在政府的反共運動中曾經被捕下獄，之後獲釋，現在躲在上海國際租界的某個地方，和同志羅曼同居，沒有辦婚禮。這裡應該解釋一下，這時許多左翼作家的名字聽起來都像是從歐洲名字翻譯過來的，比如說「巴金」，其實是「巴枯寧⑤」和「普希金⑥」混合出來的。「羅曼」取自「羅曼・羅蘭⑦」。無論如何，「巴金」和「羅曼」都比「素同」和「大衛」要革命多了。

＊＊＊

那天晚上，他們訂了一艘大船屋，在運河的月光下吃晚餐。這些船以前是官員和科舉考生沿著大運河上京時搭的，現在主要作爲遊覽太湖以及當作船上餐館之用，以其美味的烹飪聞名。這艘船屋讓木蘭和蓀亞想起了逃離拳亂的那段日子。

月亮很早就升起來了，他們的船搖出來，不是往擁擠的萬年橋方向，而是往鄉下去。那裡的運河寬闊得多，沃野千里，在月光下顯得格外寧靜。船上還有個船娘會吹笛。晚飯用畢，木蘭只想要月光，便吩咐把所有的燈都熄了。然後他們走到船頭，女士們都坐下。立夫躺在光亮的甲板上，把腳高高地擱在

④據郭沫若考證，商周兩代銘文從未出現過道德箴言。《大學》作者所謂商湯時代的器皿早已失傳，後人見到的那件青銅器應該是殘件。設若補全，這句箴言即變成「父日辛，祖日辛，兄日辛」。另一位專家徐宗元則認為，這三句話是歷代大儒讀了錯別字，應當是「考日辛，且日辛，兄日新」，描述的是商湯的世系。

⑤巴枯寧（Mikhail Alexandrovich Bakunin，1814—1876），俄國思想家、革命家、社會主義者、無政府主義者、集體無政府主義思想創立者，被認為是無政府主義最具影響力的人物之一。

⑥普希金（Aleksandr Sergeyevich Pushkin，1799—1837）俄羅斯詩人、劇作家、小說家、文學批評家和理論家、歷史學家、政論家。俄國浪漫主義的傑出代表，俄國現實主義文學的奠基者，現代標準俄語的創始人。

⑦羅曼・羅蘭（Romain Rolland，1866—1944）法國著名作家、音樂評論家，一九一五年諾貝爾文學獎得主。

欄杆上。木蘭第一次親身體會到南方的美，完全確定自己搬到這兒來是正確的。蘇州近郊沒有北京壯麗，但空氣水潤水潤的，鄉間景色也帶著一種吸引人的柔美，據說這就是蘇州出美女的原因。蘇州吳語柔軟水靈的特色和這兒大量的水路和稻田完美協調，這樣的吳儂軟語從年輕的蘇州船娘嘴裡說出來，令木蘭心醉神迷。莫愁的孩子也學會了蘇州話，尤其是小的那個。木蘭特別偏愛最大的孩子肖夫。肖夫十四歲了，立夫說，因爲他用一種根據相似的部首分組、比以往更科學的新系統教他認字，肖夫現在已經認得八千個字了。

夜色漸深，聚會逐漸沉浸在銀白的月光光暈和輕柔的女聲中，木蘭越來越放鬆，先是用手肘斜靠著，最後在甲板上躺下，孩子在她身邊，立夫躺在遠處。莫愁因爲蓀亞在，爲了禮貌，還是坐著。

螢火蟲從河岸飛來，落在她們的衣服上，一閃一閃的。有一隻爬上了木蘭伸出的腿，莫愁伸手就打，木蘭喊出來：「你一定打死牠了，打得那麼狠！」

木蘭坐起來，看著那隻受傷的螢火蟲，牠滾到甲板上，一瞬間，牠美麗的綠色燐光就滅了。「啊，你打死牠了！」木蘭痛心地叫了起來。「所以呢？只不過是隻螢火蟲。」莫愁回答。「可是牠那麼美！」木蘭說。「她常常那樣捏死蟲子的。」立夫說。「不就是隻蟲子嗎？」莫愁抗議。「妹妹，你眞不該這樣，」木蘭悲傷地說：「爲什麼要這樣殺生呢？」一段小插曲也就這樣過去了，只是木蘭有幾分鐘不太開心，也意識到自己不該再躺回去了。立夫開始說起螢火蟲和藍光蟲的區別，以及它們的燐光、無熱光的奧秘，科學家至今還製造不出這種光。之後他又談到能放電殺死敵人的電鰻，孩子們聽得入迷。

他們十一點左右回到家，小一點的孩子都已經睡著了。第二天蓀亞和木蘭便告別了立夫一家人，啓程前往杭州。

# 第四十章　奇想

杭州是馬可・波羅那時中國南方的都城，馬可・波羅曾經寫過一篇熱情讚揚此地的敘事，稱這裡爲「京師」。他把這裡描述成一個偉大的貿易中心，裡面還有一片專門爲來自大洋彼岸的印度和波斯商人設置的區域，而且是一個擁有九百座橋樑橫跨運河的城市。他提到城裡某個湖，王公貴族和貴婦狩獵之後會在湖中沐浴。他說這裡的居民都很有教養，舉止文雅，然而卻不懂得戰爭的藝術，最後只能臣服於大汗。直到今天，這個湖畔城市的人們依然保留著他們古樸的風俗習慣，這座城市也是遊客旅遊的勝地，年輕人蜜月旅行對這裡尤其喜愛。

木蘭和蓀亞選定了吳山上的一座宅子，因爲這地段非常安靜，離湖邊時髦的別墅很遠，但離街道又近。下山百碼左右，就可以到達城市中心。但木蘭選上這棟房子，是爲了這裡能欣賞到的景色。這個城市座落在一片寬闊的狹長地帶上，前有西湖，後有大運河，從山上的高度可以看見大部份湖水，湖面上有柳堤，另一邊有帆船和輪船在運河上來回航行。一邊是靜的，而另一邊是動的。木蘭喜歡看遠處的帆影。鄰近地區只建了些零零星星的房子。房子都很舊了，前後都有大片空地，鵝卵石鋪就的街道和小巷彎彎曲曲，起起伏伏。再往西，山上有一整片帶孔奇石拔地而起，上頭的痕跡如同海浪，毫無疑問，它們在史前時代應該是沉在海裡的，這才形成了畫家最愛的嶙峋奇景。

木蘭的大宅有幾座不同高度的院落，最高的院落有個兩層建築和一座觀景塔。這些房子和南方大多數房子一樣，都是磚砌的，外牆抹白，但漆成紅色的木造結構露在外面。這棟房子孤伶伶地立在那兒，只有右邊有一棟鄰近的屋子，後面和左邊都被濃密的老樹和竹林遮著，塔後面也碰到了一些樹枝。他們搬進來時，木蘭發現以前住的人對這房子很不照顧。牆壁有損傷，上樓的樓梯嘎吱嘎吱響，還有老鼠在牆裡頭跑來跑去。這座塔顯然從來沒人用過。她請人修好了樓梯，漆好了牆壁。走進小石門，裡頭是一個磚鋪的院子，門上的石門楣刻著「衣山帶水」四字。門邊的對聯是簡單的四字聯，蓀亞和木蘭都很喜歡：山光水色，鳥語花香。木蘭確實不斷對從早到晚變化無窮的山光水色、從春到秋四時不同的鳥語花香感到驚奇。湖面和周圍的山會隨著天氣變化而改變，在霧濛濛或多雨的日子裡尤其美麗。

木蘭在廳裡掛了幾幅她朋友齊白石畫的畫和古代書法。齊白石為她畫的像則掛在她自己臥室裡，那是個地勢更高，也更深的院落。從她臥房望出去是一片竹林，為房間灑下一片綠蔭。她在北方從來沒見過這樣的竹子，她喜歡它們纖細的竹枝。那形狀特殊的竹葉和細長的竹管，總讓她聯想到一個額上留著瀏海、帶著笑的苗條少女。她也常想起，竹子棕黃綠相間的光潔竹管是君子的著名象徵，筆直的線條代表獨立，中空的內心代表心胸開闊，堅硬的竹節則代表君子的節操。

蓀亞想了一幅對聯，透過一家文具店中介委託了一位名書法家揮毫寫下，對聯是這樣的：

地處僻靜，人遠塵囂清且逸，

樹生粗疏，枝葉橫斜帶影來。

對聯就掛在上方院落的正廳裡。

如今，木蘭來到了杭州，實現了從他們婚後幾個月起就經常談論的樸素鄉村生活的夢想。最重要的是，她渴望安寧——一個小家庭裡的安寧。廣義來說，這可以看成一種逃避。然而才沒多久，另一件事情的發展幾乎摧毀了木蘭急切謀求的家庭安寧。事情發生的方式似乎有點諷刺，後來木蘭也不得不信俗話所說的：「謀事在人，成事在天。」

爲了配合自己的計畫，木蘭採用了一種全新的生活方式。她南下時只帶了錦羅和她的丈夫曹忠，以及他們和阿通同歲的兒子。這孩子一開始叫丙兒，不過是天干裡的一個字，後來因爲發音讓人想到「餅兒」，有人開玩笑喊他「糕兒」，不知怎地便叫開了。小糕兒是個很有意思的孩子，嘴饞話多。木蘭說服了蓀亞，因爲他們要的是安寧，所以除了錦羅夫妻之外，不再帶其他僕人。錦羅幫忙燒飯縫紉，曹忠負責重活兒，小男孩則負責跑腿。木蘭自己做飯縫紉，還要照顧九歲的小阿梅。木蘭身邊帶著阿通和阿梅，試著忘記阿鑾，隨遇而安。

木蘭改變了裝扮，一身樸素。她穿棉，不穿絲綢，雖然她的棉衫子依然是現代剪裁，但她捨棄了胸罩，以及其他在北京大宅看起來合適卻和這裡格格不入的裝飾配件。在做家務和下廚時，她不可能穿高跟鞋，便買了杭州本地的矮跟鞋。她的頭髮直接向後梳平紮起，沒有瀏海，也不捲頭髮。對於欣賞她美貌的人來說，她依然十分引人注目，但鄰居們卻不知道，這個穿著樸素的女人，其實在舊都北京什麼昂貴的奢侈品都見識過了。

蓀亞每天早上都要到店裡去，因爲現在姚家所有在杭州的店面，除了當鋪之外都是他的，他有很多事要忙。阿通上學了，晚上木蘭幫他溫習功課，下午她有空也會親自教阿梅。她相信自己是眞的很幸福。

她只想念一件小事，就是北京的西式小糕點，杭州賣的西式點心實在太普通了。而且，她很喜歡早上喝咖啡。在北京的時候，她經常說，是因爲聞到了咖啡香，才不得不起床。蓀亞從來就不喝咖啡，如今他們在杭州過著儉樸的生活，外國咖啡這件事讓他嘲笑她不夠徹底，爲了忠於自己的理想，她放棄了咖啡，開始吃粥，也很快就習慣了。

蓀亞從來沒有完全認同過她的人生觀。生爲富家子弟，他熱愛物質享受和社交場合的歡樂。一開始，他看到木蘭信守承諾去廚房幹活，覺得很有趣，接著便開始抱怨下廚把她的手弄粗了。但她還是喜歡這麼做，連拿著小鋤頭刮掉鐵飯鍋鍋底的煤煙也做得興味盎然。「爲什麼不讓曹忠去做呢？」他看到她做這件事的時候說。「我喜歡啊。你不知道這有多好玩！」她喘著氣說。「可你的手這樣會生老繭的。」「那又怎麼樣？我孩子都快能成親了。」下午有些時候，她甚至會和孩子們一起去撿柴火，親手折斷樹枝，錦羅則在一旁微笑看著。對她來說，這一切都是詩意，因爲是全新的體驗。她經常開玩笑說自己是個「鄉下老女人」。她會穿著乾淨樸素的棉布衣服去城裡看電影，自覺比那些穿著花紅柳綠人造絲衣服的中產婦女更高一等。她下定決心要實現她的人生理想，但她做得太過火了，直到某段悲傷的經歷發生，她才發現了自己的錯誤。

蓀亞喜歡美食、看戲，喜歡到湖邊和周圍的山上郊遊。他喜歡釣魚，常常帶著阿通一起去湖上釣魚。他和木蘭一起享受鮮美的杭州魚蝦、買東西、湖上的月夜，春天時便去靈隱寺、三天竺①和玉皇山。

然而，有時木蘭也看得出丈夫很無聊。這些事情對她來說很完美，對他來說卻不是。在北京，每位客人身後都有個歌女陪著的「花酒」是很普遍的，木蘭也不介意，她甚至說過想爲丈夫納妾。但自從暗香成爲襟亞理想中的完美妻子之後，她就放棄了這個想法，蓀亞也從沒想過這事。如今在杭州，法律禁止所有女子賣藝，蓀亞也有點想念北京的某些娛樂。他經常跑上海，坐火車只需要四個小時，回來之後工作得更賣力。「你怎麼啦？」木蘭問：「看你家裡的老婆子看膩了？」「少胡說。我在上海有生意要忙。」他說。他去上海的次數越來越多，有時木蘭也同去。有一兩次，她和妹妹寫信約在上海見面，她北上，莫愁南下。從蘇州到上海搭火車只要兩小時，但立夫討厭上海，很少來。

等到姚先生和木蘭同住之後，莫愁帶著立夫到杭州看他。兩人都對木蘭徹底改變的程度感到驚訝。立夫看了她新生活方式的每個細節之後驚歎不已，也十分贊同。莫愁的打扮雖然比在北京時簡單，但還是保持中庸之道，穿著得體，不像木蘭那樣戲劇性地轉成了土味鄉村風。

在她們從山上寺廟回來的路上，莫愁說：「我喜歡這個城市的開放。蘇州就像個住在豪宅裡，有錢有知識的寡婦。杭州像個在河邊浣衣的十八歲少女。」「你覺得呢？」木蘭問立夫。「我比較喜歡有錢有知識的寡婦。這兒遊客太多了。」他說。「他在蘇州可開心了，」莫愁說。「你工作做得怎樣了？」蓀亞問。「快完成了。麻煩的是，我不知道該怎麼重現那些每頁都有的古代符號。如果要用平版印刷，就得自己把整本書抄寫出來，因爲筆畫只要稍微改動，可能就完全不一樣了。我信不過別人，但是如果我眞的爲了印書把整本書都抄一遍，大概會把眼睛給抄瞎掉。」「爲什麼不讓陳三幫你抄現代文字的部份，你自己把古文字的部份塡上就好？」木蘭提議。「說不定我眞會這麼做，」立夫說：「我妹妹說陳三對反共戰爭和農民屠殺非常反感，他打算放棄，不當兵了。」「平版印刷應該不會太貴，」蓀亞說：「我們至少會訂五十本。」「那是當然。不過你也不要太花眼力，」木蘭說：「這本書印好那天，我們擺酒好好慶祝一番。」

他們這趟杭州之旅，當中發生了一件事，儘管微不足道，卻必須記下來。木蘭從妹妹這次來訪中，得知立夫愛吃雞胗。於是某天上午大約十一點半，木蘭從廚房來到上層院落，手裡端著一盤剛做好的雞胗，那是中飯要吃的菜。立夫正一個人看書，木蘭忘了帶筷子，立夫一看到雞胗，便抬起頭笑了，打算用手拈一塊吃。「噢，我忘了筷子！」木蘭說。接著便用自己的手指拿了一塊雞胗放在他嘴邊，問了聲：「不介意吧？」然後把雞胗放進他嘴裡，他也就吃了。這事沒有人看見。吃午飯的時候，蓀亞到處找雞胗，因為他也很喜歡。他問：「雞胗呢？」木蘭回答：「在立夫肚裡。」她坦然地迎上蓀亞的目光，笑了起來，但蓀亞一句話也沒說，也沒有笑。

立夫和莫愁回家後不久，蓀亞就去上海待了整整一星期，回家之後也很沉默。木蘭感覺到他的改變。她不知道他是不是對立夫贊同她的生活方式心生嫉妒，還是說，這只是一個自古以來就有的問題：作丈夫的在中年之後熱情不再，也就是元代大畫家趙孟頫的妻子面臨的同一個問題②。「蓀亞，」木蘭

---

① 杭州三天竺即古南天竺寺。是上天竺（法喜寺）、中天竺（法淨寺）、下天竺（法鏡寺）的總稱，又稱「三竺」。

② 趙孟頫（1254—1322）妻子為元代畫家兼詩人管道昇（1262—1319），管道昇有一首著名的〈我儂詞〉，據說趙孟頫五十歲時想效仿當時的名士納妾，又不好意思告訴老婆，老婆知道了，寫下這首詞，而趙孟頫在看了〈我儂詞〉之後被深深地打動了，從此再沒有提過納妾之事。

說：「你對杭州不滿意嗎？」「不。你爲什麼這麼想？」他說。「別騙我了，」她笑著說：「我不是趙孟頫的太太，也寫不出詩來讓你改變心意。但我看得出來你很不滿意。你如果要納妾，我不反對，但不要讓外頭的人叫你傻瓜。」到目前爲止，蓀亞從來沒想過要納妾，也許只是因爲現在已經沒有人這麼做了，如果他納妾，就會被認爲是守舊的老派人物。他對家庭的現狀還算滿意，但他確實很享受上海現代化的舒適生活。「奇想夫人，」他深情地說，他搬到杭州之後又開始用這個名字喊她，「你錯了。杭州對我來說確實是有點無聊，不過我也只是喜歡去上海換換口味。我只去舞廳坐坐，你也知道我不跳舞的。這樣有什麼害處呢？」「確實沒有，」他妻子回答：「我希望你快樂。男人天生和女人不一樣，我還想你是不是人到中年變傻了呢。」「那我就不去上海了——除非你一起去。」他說。「不，你有事要辦就去吧。我對我現在擁有的一切已經很滿足了。」

這次談話之後，儘管木蘭也開始催促他，但蓀亞還是整整一個月沒有去上海。他顯然有點心不在焉，這一點他妻子是第一個注意到的；儘管她很擔心，卻什麼也沒說。他經常在店裡待到很晚才回家，也不再像以前那樣下午帶阿通去釣魚了。每逢週日和週六下午，店裡清閒的時候，他常常一個人出去，說要去見朋友。木蘭很確定這後面必然有個女人，心裡盤算著要怎麼應付這種局面，這取決於對方是什麼樣的女人。比方說，假如他和一個貧家出身的姑娘有了孩子，她就會公開接受她和這個孩子進入這個家，這點毫無疑問。她在夫家見過這種情況，也知道該怎麼做。再說，她很確定自己的正妻地位依然穩固。說不定情況沒那麼嚴重，也許根本就沒什麼事。

有一天，小糕兒告訴木蘭，他在一家館子裡看到老爺和一個新派女子在一起。她瞬間緊張起來。

「你在胡說什麼啊？」她說。「你眞的看見她了？她什麼樣兒？」「是個很年輕、很漂亮的時髦小姐，」小糕兒說：「頭髮捲捲的，穿著高跟鞋，你知道，就像個上海來的小姐。」錦羅在隔壁房聽見兒子說的話，走進來在他頭上狠狠拍了一下，說：「我擰爛你這張嘴！你撒謊！」

「不，讓他說，」木蘭說：「你確定看見的是老爺？」小糕兒這時猶豫了。「我不知道。我原本很確定的。我看到他們一起進了一家館子，只看見老爺的背影。」「他看見你了嗎？」「沒有。他們本來走在館子附近的大街上，然後轉身進了館子。」「你離他們多遠？」「就幾步遠。」木蘭驚訝地發現自己既不激動也不生氣。相反的，她鬆了一口氣，因爲總算有了解開這個謎的線索。至少她知道了，那是個打扮時髦的新派女人。「要是你膽敢把這件事告訴孩子們或其他人，我就扭斷你的脖子。」錦羅說道，小糕兒嚇壞了。「沒關係的，」木蘭對男孩說：「不要對我的孩子或其他人提起這件事，但是你告訴了我，這件事你沒做錯。」她拍了拍他的肩膀，想讓他別那麼怕，然後又加上一句：「要是你又在館子裡看見他們了，就來跟我說。」

木蘭查到那家餐館的名字，是家不起眼的小館子。她去了那裡，想知道更多細節。伙計告訴她，他只知道那女子可能是個畫家，因爲他們聊到她的畫，木蘭推斷，她可能是藝術學院的老師或學生，因爲那兒有很多新派的年輕小姐，髮型不是短髮就是捲髮。這個學校位在湖中的一個小島上，小島以堤岸和湖岸相連。接下來，她便開始在週日提議全家一起出遊，有時蓀亞會去，有時則不。某個週日，她堅持要去參觀藝術學院。他們在那裡的時候，蓀亞變得很緊張，急著想走，聲稱對這些東西毫無興趣。對於她已經知道或猜到的事情，木蘭對丈夫隻字不提。她偷偷地去問父親，父親問：「要是你找到了那個女人，你會怎麼做？」「那得看情況。」木蘭回答。「你不會傻到想離婚吧，啊？」「離婚？那就是我擔心的。要是離婚，對我們的孩子不公平。」然後她又說：「我覺得事情沒那麼嚴重。」「嗯，這樣的話，」她父親說：「我建議你去妹妹家住個兩星期，然後我可以幫你。盡可能機智一點，不要讓他反感。咱們兩個人對付得了他的。」

於是木蘭把孩子留在家裡，自己去了蘇州。她說她想要有點變化，她丈夫嘴上說反對她去，但並不眞心。莫愁和立夫對木蘭突然來訪很高興，但他們很快就看出她心中有事，她便把藏在心裡的事情告訴了他們。「你打算怎麼辦？」莫愁問，立夫坐在那裡聽著，怒不可遏。「我不知道，」木蘭說：「爹叫我先離開一段時間。」「你確定對方眞是個捲髮的新派女孩子嗎？」「我連見都沒見過她，也不知道她叫什麼。」「好吧，」莫愁說：「我告訴你，你自己也得對這件事負部份責任。」「你這話什麼意思？」立夫插嘴。「我的意思是，姐姐，你把蓀亞關在山頂上，自己打扮得像個農婦，連我都嚇了一跳。」「那有什麼不對嗎？」立夫問道。「你不懂，」冰雪聰明的莫愁對丈夫說：「蓀亞跟你不一樣，但如果我穿著很不得體，你也會喜歡嗎？」「穿著得體？」立夫生氣地反駁：「還有誰的穿著能比她更得體呢？女人就非得穿著綾羅綢緞戴小飾品嗎？都四十歲的男人了，還看洋娃娃？」「立夫，」木蘭說：「大部份的男人都是這樣的。也許妹妹說得對。」立夫開始罵人，但莫愁不贊同，說：「人心有很多隱蔽的角落你還不知道呢。」「我什麼都知道，」他反駁：「我只是沒想到蓀亞會這麼……不知好歹。」

＊＊＊

姚老先生一切都看在眼裡。他什麼都看見了，但他裝作沒看見。木蘭離家之後，這位老人終於有機會好好看看他的女婿，雖然蓀亞有自己的弱點，但他仍認爲他本質上是個好丈夫。有一天，他到店裡去，現在這店已經屬於他的女兒女婿了。他不經意間發現蓀亞桌上有個淺粉色的西式信封，就是女學生常用的那種。他仔細一看，發現上頭是女性的筆跡。信封下方的角落印著藝術學院的拱門圖案，但上面的紅色和綠色似乎是手繪的——一種典型的女性風格。寄信人姓名那欄只寫了一個「曹」字。字體圓潤柔和，有趙孟頫之風，但筆觸卻細得異乎尋常。過了一會兒，他高高興興地走了，蓀亞甚至沒看見他岳父已經注意到那個信封。

這段時間，藝術學院的學生，不分男女，都在湖邊的空地上畫畫，姚老先生裝成和尚，一連幾天去了那裡，希望能多知道點這位曹小姐的事，說不定還能見到她。一天早上，他在學校附近的公園閒逛，遇到了三個拿著畫板和小折凳的女孩子。她們有說有笑，他聽見其中一個叫另一個「密斯曹」。他轉身去看，恰巧當中有兩個女孩也在四處張望，只見老姚白髯飄飄，戴著高高的僧帽，身穿僧袍，十分引人注目。「小姐，」他立刻裝出一副老態龍鍾的樣子，扮起化緣和尚，「做點好事吧？」女孩子們笑了起來，停下腳步。唯一沒有回頭看的那個也轉過身看著老和尚。她看上去比另外兩個年紀大些，個子更高，也更嚴肅，穿著一件綠色長旗袍和高跟鞋。三個人都停住之後，他向她們走去。「小姐們，」他又說了一次：「做點好事吧？」

「我們去拜託那個老和尚讓我們畫他怎麼樣？」高個子女孩小聲說。然後她走向他，說：「您想要什麼？」「小姐，幫幫可憐的和尚吧。我大老遠從黃山過來化緣，是要爲文殊菩薩募錢修廟的。您能出一點嗎？」他掏出化緣簿來。「您知道，我們都是學生，」其中一個女孩說。「沒關係，全看個人能力，文殊菩薩會保佑你們的。」「麗華，你最好捐獻一點，文殊菩薩會保佑你有個好姻緣的。」另一個女孩說。「我給不了太多，」高個子女孩答道。「我們一起湊個三毛錢，請那位老伯伯爲我們坐一會兒。」她轉過身對他說：「我們可以捐一點，不過眞的很少。我們是畫畫的，要是您願意和我們一起到陰涼處坐一會兒，我們可以給您畫張像。」姚老先生遲疑了一下。「這算討價還價嗎？」他說：「要是我不跟你們去，你們就不給錢——是這樣嗎？那我不去。我討厭畫像。」

「別這樣說嘛！」高個子女孩說：「來吧，我捐助一點，」她拿出一枚兩毛錢硬幣交給和尚。「這樣行嗎？」「菩薩會保佑你的，」他收下那枚硬幣，打開他的化緣簿，說：「小姐，請寫下你的名字。」「啊，這麼一點錢也要寫？」「是的，每個銅子兒都得記在這兒。」「您是個好和尚。」女孩說。她拿出鋼筆寫下她的名字「曹麗華」。他認出那個「曹」字的趙體筆跡，和蓀亞桌上那封信一模一樣。「您是個老聖人，」其中一個女孩說：「說不定您可以告訴她，她將來運氣有多好。」「我可配不上這個稱呼。」老和尚禮貌地說，但這反而更增添了他的神秘。「現在到岸邊的陰涼處來吧，」麗華說：「我給您畫素描的時候，您可以給我們說點故事。請吧，老伯伯。我不會耽誤您很久的。」姚老先生看著女孩很有禮貌，面相上沒什麼異樣，看得出很聰明。

他們走到高高的柳樹底下，那兒放著一張長凳，女孩們放下小凳子，拿出了素描簿。「你們想聽什麼？」他問。「講講她的運氣吧！」一個女孩說。「誰的運氣？」「麗華的。就是她。」「哪方面的運氣？」他佯裝不知。「婚姻運。」她們說。「她要訂婚了嗎？」他問。麗華看著另外兩個人，好像有點惱怒。「跟他說嘛，沒關係的，」另一個女孩說：「他又不認識你。」姚老先生細細地端詳著麗華，她的臉都紅了。「想讓我給你算個命嗎？」她點點頭，臉垂得低低的。

「把手給我，」他說。麗華伸出手來，他托住它仔細看。那是一隻柔軟的手，手指纖細。「你多大了？」「二十二，」麗華回答。「嗯，小姐，你在戀愛。」女孩們都笑了。「你愛上了一個年紀比你大很多的男人。他很有錢，身材胖胖的。我說得對嗎？」三個女孩驚叫起來。「但他並不是你要嫁的人。」麗華本來因爲害羞而別過臉去，現在卻抬起頭，定定地看著老和尚的臉。「我很遺憾地告訴你，他已經結婚了。」姚老先生說。麗華猛地把自己的手抽回來。「這不是眞的！」她大聲說。「也許是我錯了。不過你可以自己去找出答案。」他說。「他不是預言家，不可能總是對的。」另一個女孩說。這時麗華用反抗的眼神看著他，說：「老伯伯，你在騙我嗎？」「我很抱歉，」姚先生說：「就像我說的，我可能說錯了，我也希望我是錯的。但放心吧，孩子。你會遇上更好的男人，就在離這兒不遠的某個地方。等個一年，看看我說的對不對。」

對話轉到這個方向讓麗華很苦惱，她素描畫不下去，姚老先生靜靜地坐在那兒看著他，另外兩個女孩試著在畫他的臉。他起身準備離開時，問她：「你想要回你的兩毛錢嗎？」「不，留著吧。」麗華說，表情非常嚴肅。「告訴我，」他溫柔地問道，「這個人是你第一個愛上的人嗎？」麗華抬起眼睛看著他，目光中帶著羞怯，就像在說：「是的。」「這對你來說很辛苦，我的孩子。希望我是錯的。再見！」姚老先生換掉身上的衣服回家了。這時剛到中午，沒有人注意到他不在家。他對自己的成功很是驚喜，於是寫信給木蘭讓她回家。

＊＊＊

木蘭回來時，蓀亞驚訝地發現她買了新衣服、絲綢睡衣、粉色襯裙，還有各式各樣的護膚霜和乳液，以及幾雙價格高昂的鞋子。她花了將近兩百塊錢，還帶了六罐名牌墨西哥咖啡回家。「嘿，奇想夫人，這些鞋是你買的？」蓀亞叫道。「我是爲你買的。你就喜歡看這些東西，不是嗎？」木蘭說著，帶著一絲輕蔑把襯裙和睡衣扔到床上。蓀亞搞不懂木蘭是什麼意思。表面上，她待他一如以往，假裝什麼都不知道。她變得很少去廚房，他問她爲什麼，她回答：「喔，我累了。」她一回來，她父親就把他和麗華那場不尋常的會面告訴了她。他跟她說，麗華看起來是個善良的女孩，她愛上了蓀亞，不知道他結婚了。木蘭只能等著看事態發展。蓀亞之前對木蘭換了打扮有點不滿，認爲這是受了立夫的影響，因爲立夫自己換穿了樸素的衣服，他們第一次去蘇州時，立夫曾經對木蘭華麗的服裝表示驚訝和不贊同。但現在她的明顯改變，他沒辦法解釋。

姚先生見過麗華三天之後，蓀亞和麗華見了面。是她寫信堅持要見他的。他們第一次碰面是某天下午在湖岸邊，當時她正在寫生。他被她的美貌打動，走過去看她的畫，讚不絕口。他是個很會說話的人，麗華和他就這樣認識了，然後便成了朋友，接著，他們幾乎在瞬間瘋狂地愛上了對方。他從來沒跟她說過他已婚，她只知道他在茶鋪的地址，也從來沒去過那兒。

這會兒，他們又在館子裡見面了。麗華走進來，神情悲傷而嚴肅。蓀亞走上前，脫下她的外國大衣，然後握住她的手。「是什麼事非跟我談不可？」他問。「坐下吧，我想跟你聊聊。」他們坐下來，蓀亞要了點茶，因爲麗華得回學校吃晚飯。「蓀亞，我想問你一個問題，」她說：「你一定要跟我說眞話。」「那是當然。」「你幾歲了？」「剛過四十。也不能再老了，對吧？」「我以爲你要年輕得多，」她說：「你爲什麼沒結婚？」突然面對這個問題，蓀亞結巴了，她知道老和尚說中了，她平靜地問：「你妻子還在世嗎？」蓀亞點點頭。

「爲什麼不告訴我？」「我害怕失去你，」蓀亞回答：「跟你在一起，我好快樂。但你要知道，我妻子是個——鄉下老女人——很舊式的那種。她只會給我燒飯洗衣。你知道，她什麼都做，連柴火都自己撿。你知道我們這些不幸娶了老派女人的人，都希望能有一個像你這樣的新派妻子。我本來不想告訴你的。」「能給我看看你妻子的照片嗎？」「不行，」他簡短地說。「你不會放棄我吧，啊？你怎麼會想到要問我這個問題？你爲什麼這麼急著見我？」

「嗯，我遇到了一個算命先生，」她說：「是個黃山來的和尚，鬍子又長又白，他跟我化緣，我給了他兩毛錢。有幾個女孩子尋我開心，要他給我算命。他看著我的手掌，說我愛上的那個男人已經結婚了——就是你。最讓人驚奇的是——他說那個男人的年紀比我大得多，而且很胖。你看，全讓他說中了！」「你確定他是個和尚嗎？」蓀亞問。「當然。他有一本黃山的正規化緣簿，而且口音不像本地人。」「告訴我，」蓀亞鬆了口氣：「就算我結婚了，我們難道就不能做好朋友嗎？我愛你，你也愛我。」「你會和你妻子離婚嗎？」「不，我不能這麼做。但是我們可以忘掉這個世界，只要我們兩個快快樂樂的就好。」麗華深深地嘆了口氣。她也拿不定主意。當時許多做先生的——不管是高官、教授或作家——都捨棄了自己的妻子，娶了新派女孩。在她就讀的藝術學院裡，就有三個教授和妻子離婚，娶了自己的學生。

他們落寞地說了再見。蓀亞求她讓他再見她一次，也許那時他們就能更清楚地知道該怎麼做了，她答應了。

＊＊＊

兩天之後，麗華收到一封信，令她大吃一驚，信上只署名「曾太太」，要求私下和她見一面。信寫得很有禮貌，很簡短，筆跡很男性化，這在女子當中是很少見的。字高約一吋，氣勢恢弘，筆畫大開大闔，字與字之間揮灑相連的筆劃線條流暢，看得出寫字之人擁有極大的精神自由。麗華很吃驚。蓀亞告訴她，他的妻子是個老派的女人，但寫這封信的人至少在古文方面受過相當好的教育。

麗華急著想見到她情人的「鄉下妻子」，就像木蘭急著想見到他的情人一樣。她推測，如果他妻子只是個沒有知識、吃醋的女人，自然不會要求和她見面，而是會粗魯地告訴她不要再見她的丈夫。她有點困惑，同時又有點害怕。她的命運掌握在那位妻子手中，一切將由這次會面決定。

木蘭並沒有告訴她家裡的地址，只要求在西泠印社最高的亭子見面，那裡是對公眾開放的。麗華在心裡琢磨半天，自己到底該穿什麼，應該給對方什麼樣的印象。她越是仔細研究那封短信上的文字，就越猜不出這個舊式婦女會是什麼樣子、年齡多大，以及她會採取什麼樣的手段。這個妻子一定很聰明，但聰明的女人往往外表並不討喜，有男人氣，就像她的筆跡透露出來的那樣。無論如何，她必須打扮得漂漂亮亮，製造一個好印象。她決定穿一件簡單而端莊的時髦衣服去。

從藝術學院到西泠印社只有十分鐘路程。這個印社屬於一群詩人，已經有一百多年歷史了，是西湖最好的地點之一。距入口不遠，便有一排鋸齒狀的石階，兩側有假山，一路通向山頂。這座亭子位於湖中央孤山的最高點，四面八方的景色一覽無餘。後面是富麗堂皇的住宅，以裡西湖與孤山分隔。前方是外西湖，裡面有阮公墩和另一個以「三潭印月」著名的小島。對面是錢王祠，是知名的「柳浪聞鶯」景點。右方遠處是籠罩雲霧的群山，左方隔著湖便是杭州市區，湖畔的別墅星羅棋布。正下方近處便是藝術學院的拱門，被稱爲「平湖秋月」。

麗華兩點鐘從學校出來，先到了詩社，她緊張得心怦怦直跳。她來的時間比預定的早了十五分鐘，對她來說，這段等待像是漫長得沒有盡頭。然後，她看見一位穿著華麗的年輕女子走上亭子。她不敢想像這就是她要見面的那個女人，她更希望看見一個又老又胖的女人——雖然受過教育，但外表粗俗。那女人走近時，麗華被她那雙美麗的眼睛打動了。這人看起來實在太年輕，不可能是蓀亞的妻子。肯定只是參觀詩社的遊客。

但木蘭直直走向她，態度輕鬆地笑著說：「眞陡啊，我都喘不過氣來了。您是曹小姐嗎？」

這句詢問把「這只是個有錢遊客」的所有希望全都打滅了。

麗華站起來，問：「您就是曾太太？」接著再說不出話來。

木蘭今天來，身上穿的是一套華貴的藏青色衣裙，是用一塊稱爲「貢緞」的古代織錦做的，人們說這種料子「簡直是專爲皇親國戚織的」。這塊料子是她的嫁妝，她剪裁成最時興的款式。今天她特地穿了胸罩，更是時髦中最頂尖的玩意兒。她柳腰盈盈一握，髮絲烏黑濃密，眼睛水靈靈的，眉毛描得長長的，彷彿要向太陽穴飛去。「我如今眞是老了，這麼短一段路，爬得我喘吁吁的。」她說。她口氣中毫無敵意，麗華的恐懼感稍減了些。「啊，夫人，您還這麼年輕，」麗華本能地用上了「夫人」這個稱呼高官貴婦的稱呼。「聽說我先生最近認識了你，我也很想親自見見你。」木蘭說。「您眞的是曾夫人？他跟我說……」麗華停住了。

「他跟你說什麼？」「夫人，這對我來說很難爲情。但我眞的不知道他結婚了。所以我才敢接近他。」「曹小姐，眞的很高興認識你。我想跟你談談。你已經知道他結過婚了？」「是的，我問他了。他也承認了，他說——可是您和我想像中完全不一樣！」「我想，他跟你說我是個鄉下老女人吧。」「嗯，不完全是。不過夫人，如果我知道是這樣，我就不會想……我眞的不懂。」「不懂什麼？」「我不懂，一個男人有了像您這樣的一位妻子，爲什麼還要……」「曹小姐，我比你虛長幾歲年紀。你不瞭解我可憐的丈夫。既然他是你朋友，我想告訴你，他眞的是個好人。但世界上沒有哪個丈夫會覺得自己妻子漂亮，尤其當他娶了個漂亮妻子時更是如此。你沒聽過這句話嗎？『文章是自己的好，老婆是別人的好。』這話現在在北京已經很流行了。」麗華忍不住笑了，這一笑給了她勇氣。

「您是北京人？您說得一口漂亮的京片子，」麗華問。「是的，我們剛搬來杭州一年。」「我也是北京來的。您府上哪兒？」「我爹叫姚思安。我們住在靜宜園。」「您是住在貝勒花園那個姚家幾個有名的女兒其中一個？我在學校裡的時候就聽說過她們，但從來沒見過。」「是的，我就是姚木蘭，姚家的大女兒。」「您就是姚木蘭！但這怎麼可能？您的先生……！」「嗯，沒關係。我先生顯然對你很看重。所以我才想見見你。」「說眞的，夫人，我原本還眞以爲您是個鄉下女人呢。您還有孩子。我聽說您的女兒在三月大屠殺中中槍身亡了。」「是的，」木蘭回答：「生活已經悲傷至此，我們怎麼還能讓它更加悲傷呢？」但木蘭並沒有觸及要她放棄蓀亞的問題，麗華則是覺得自己太蠢了，根本不想提起他。她只說：「曾夫人，如果您能寬恕我的誤解，能認識您是我的幸運。」

木蘭用同樣的態度回答，還說很希望能再見到她，但並沒有更進一步。現在她對麗華已經有了更深的瞭解，她們道別時，她覺得非常自在。就算她不再多做什麼，這次會面也足夠以一種簡單而有尊嚴的方式了結這件事了。

麗華回到自己在學校的房間，對自己必須放棄蓀亞這件事已經毫無懷疑。隨著形勢發展，她的處境越來越糟。當她聽見蓀亞說他的妻子是個舊式女子時，還希望能繼續這段感情，不管它有多複雜。就像許多新派女孩一樣，她覺得只要覺得是眞愛，就是正當的，就像她一樣，男人需要、也該得到一個像她這樣的女孩。但現在，這個希望徹底破滅了，她一方面爲自己的瘋狂感到自責，一方面爲自己被騙而懊惱。接下來那個週日，她收到了蓀亞的信，不知道該如何回信才好。她應該見他最後一面嗎？見到他時，對於他對她撒的謊，她又該跟他說什麼呢？但當天晚些時候，她又收到一封木蘭的來信，解決了她得知眞相後如何面對他的問題。

那是一封感人的信，木蘭在信中寫下了她不想用口頭表達的話：

親愛的麗華小姐：

前幾天有幸和你見面，我眞是高興！更幸運的是，和你見了面之後，我發現，你並沒有不屑和我交談，相反的，你親切大度，所以我們可以像朋友一樣說話，我們唯一的遺憾，就是沒有早點見面。你聽說過我娘家，也見過我丈夫，所以，我希望能和你說說我的心底話。

我出生在一個富裕的家庭，但我一直有著非傳統的想法。我常常希望放棄朱門生活，回歸漁樵，過簡單的家常日子，協助丈夫，教育孩子，穿棉布裙。但我公婆已經上了年紀，不能遂我所願。直到去年，我們才離開北京，來到南方，過著寧靜的家庭生活，實現了我心中的願望。我燒飯縫紉，把自己隔絕在社會之外。妹妹，如果你相信我，前幾天你看見的那個木蘭並不是我。我確實是個鄉下老女人，或者說，我正努力成爲一個鄉下老女人。但是，人要怎麼樣才能明白，世事並不總會如其所願呢？

夫妻之間，有些事實在不足爲外人道也。我只能說，我先生會這樣，有部份也是我的錯。我見過有些丈夫拋棄了比我更好的妻子，所以我多少能理解他。我也見過許多新派女孩愛上了有婦之夫，我也能理解她們。我知道熱戀是怎麼回事，也知道熱戀帶來的痛苦。你認識他的時候並不知道我丈夫已婚，所以我不怪你。

但是，妹妹，你還年輕，我希望你能聽聽我的話。如果你還沒有深陷激情之中，當然你應該勇敢地快刀斬亂麻。時代在變，舊有的責任和感恩觀念正在被愛情取代。很少有夫妻能一直和睦相處，白頭到老。然而，我自小浸淫古代文學和古老傳統，還是渴望這樣的理想能夠實現。我還有一個兒子一個女兒，即使我不考慮自己，也得考慮給他們一個家、一個未來。

但如果你已經深深地陷進去了，我也建議你，以一種更從容的方式來處理這件事，不要倉促行動。在這種情況下，一些犧牲或調整是不可避免的。我願意和你討論這件事。星期一同一時間，在同一個地點，再跟我見一面好嗎？這是我們之間的秘密。

姚木蘭

麗華對這意料之外的新舉動有點惱火，這似乎沒有必要。但儘管如此，她還是被這封信感動了，這讓她更容易做出決定。這裡的「調整」是什麼意思？她寫信給蓀亞，說因爲功課的關係沒辦法見他，然後準備在約定的時間和木蘭再見一面。

這次木蘭穿得更樸素了。她穿了一件新衣服，但已經不是爲了製造某種效果而穿，舉止也更隨和，更親近了。「曾夫人，」麗華說：「謝謝您寫那封信給我。」「你想怎麼做？」木蘭問。「我會照你說的做。」「怎麼做？」「我不會繼續跟他在一起。但我想告訴他，對於他騙我這件事我有什麼想法。當然，他應該會再次告訴我，他說謊是因爲怕失去我。」「謝謝你，」木蘭說，心裡知道自己已經贏了。「你覺得放棄他有這麼容易嗎？」麗華現在覺得自己幾乎要恨起木蘭了，他說：「姐姐，請不要爲難我。這事兒不能怪我。」「這我知道，」木蘭回答：「我要求見你，就是爲了幫你解決這個問題，我知道這對你或對他都很難。如果有什麼問題需要商討，就讓我們在你見他之前先討論一下。你應該看得出來，我並不想傷害你。我只想替我丈夫向你賠罪，不要以爲我只是自私。」「還有什麼多說的必要嗎？」麗華喊出來：「我知道我必須懸崖勒馬，就這樣。」但木蘭說：「難道我們不應該討論一下嗎？你確定你眞的停得下來，要採取什麼方式都清楚了？」「很清楚了。」麗華生硬地回答。

「我擔心說不定還有別的問題，我很高興聽到你說你不擔心。你可能認爲我不眞誠。讓我再跟你說一次，我知道一個女孩愛上一個男人又失去他是什麼感覺。世上是有這麼偉大的愛情的。你知道，在古代有另一種解決方法。一個姑娘愛上了有婦之夫，願意成爲他的妾。如今，已經很少有愛情能達到這樣偉大的程度。現在你也知道我想法開放了。你能不能坦白告訴我，如果讓你選擇，你是願意斬斷情絲，還是願意進入你愛的那個男人的家庭？」麗華訝異得不得了，望著木蘭久久不語。「不，我不行，」她終於開口。「我只是想讓你知道，你可以選擇，而不是去走極端。如果你不相信我是眞心的，你可以去問我丈夫，我是不是給了他納妾的機會。」「不，我寧願自由自在。」麗華驕傲地說。「那我們還能當朋友嗎？」「樂意之至。」麗華回答。「你想對我先生說什麼？」「我要叫他別再來見我了。」

「等等，」木蘭說：「我希望你和我先生能開誠布公談這件事，做出一個明智的結論。我自然不會妨礙你。不過我有個主意，別覺得我邪惡。你願意到我家來，讓我把你當成我的朋友介紹給他嗎？我們還是朋友，我也歡迎你常來我家。一旦公開，你就會發現當中的區別了。」

麗華再次對這個新提議感到吃驚。她心想，木蘭眞是個不尋常的女子，但想到同時和她及蓀亞保持朋友關係這個點子，倒是把她逗樂了。她第一次眞心地笑著說：「我眞想看看他見到我的時候是什麼樣子。但是這對他來說不會太尷尬嗎？」「他遲早得面對的，」木蘭說：「我們也別對他太嚴厲。我們兩個得高高興興的。」於是她們約好下週六晚上在木蘭家裡見面。問題就這樣解決了，麗華發現自己能夠冷靜面對這種情況，也開始佩服木蘭。

＊＊＊

麗華態度有變，蓀亞很擔心，也怕她不肯繼續和他見面。他不知道自己的妻子已經知道這件事了。

在他煩惱沮喪的當下，他卻注意到她異乎尋常地興高采烈，打扮也比之前更用心了。星期五晚上，她換上一件在上海買的新衣服，和他一起去看戲。這讓他有點起疑，以爲她是想重新贏回他的心。但他已經見過她的改變很多次了，而且她的奇想都會成眞，所以也不那麼驚訝。「奇想夫人，你腦子裡現在又出現了什麼新點子？我眞搞不懂你。」他們從戲院回家時，他說。「也只是奇想而已，胖子，」木蘭回答：「我這一輩子都靠奇想過日子。有些有用，有些沒用。這次穿棉布裙當農婦的點子似乎是行不通。」「爲什麼行不通？」「因爲它就是行不通。我的另一個想法是，你應該娶個妾。」「你的意思是，你想要一個妾陪你？」蓀亞說。「嗯，我不得不放棄這個想法，因爲暗香被你哥哥看上了。」

她突然加了一句：「你們這些男人啊！」「我們男人怎麼了？」「沒什麼。你們男人老是不把自己的想法告訴太太。」「你爲什麼會這樣想呢？」「嗯，你說過你贊成我過這種儉樸生活、穿樸素衣服，但你其實不贊成。」「就算我沒說出自己的想法，我不也讓你得償所願了嗎？順從妻子的心血來潮和想做的事，是丈夫永遠的責任。」「你現在都不跟我說實話了——比如說，你想不想娶個妾？」「說實話，我不想。你覺得我該娶？」「這得看你是不是愛一個女孩子愛到願意走這一步，也得看是不是有個女孩子愛你愛到願意面對外界的羞辱和社會的反對。」「你爲什麼這會兒會有這種古怪的想法呢？爲什麼我要愛上一個女孩？」「直接回答我。要是我爲你挑了一個女孩，或者你愛上了一個女孩，你會怎麼做？你會娶她嗎？」「你這想法太不切實際了。我怎麼能娶？這種事做不成的。現代的女孩子，沒有人願意當小妾的。」「就算你瘋狂愛上了她也不會？」「別人會怎麼說？會怎麼說？」「喔，那我明白了，眞的沒什麼愛情能偉大到値得這樣做。你們這些男人哪。」「我們男人更實際。你今晚怎麼會想到這些？」「我們

中了圈套，但嘴裡還是結結巴巴的想說點什麼。木蘭說：「曹小姐是藝術學院的學生，你知道嗎？」「知道，」蓀亞茫茫然地說。「你以前不可能見過她吧？」木蘭說，臉上帶著狡黠的微笑。「不——是的——我想不——」蓀亞說。接著麗華說話了：「你跟我說，你娶了一個——鄉下老女人。」他站在那裡，臉色一陣紅一陣白，現在他看出來了，這是兩個女人事先安排好的，於是口氣生硬地說：「你們兩個也夠了。沒錯，我見過她，也愛上了她。」

「曾先生，」麗華走向他，說：「我們還是實話實說的好。你跟我說你有個鄉下老婆。要不是我偶然遇見了你太太，我可能還被蒙在鼓裡呢。幸好我在陷得更深之前及時發現了這件事。」「我承認我錯了，」蓀亞低聲下氣地說。接著，女孩望著他的妻子，說：「可我眞是不明白，有了這樣一個妻子，你怎麼還能偷吃。」「你知道，人無完人，」他說：「我知道我不完美——你該知道，你自己也是。」木蘭很快地抬頭看著他，然後便直直盯住他，她明白他的意思，但沒有說話。她不敢再激怒他，因爲她心底有個秘密，這個秘密很神聖，完全屬於她自己，誰也不許碰，不許說，不許聽。「你已經原諒我了，」麗華對木蘭說：「那你也能原諒他嗎？」木蘭笑了笑，伸出手來，蓀亞接過她的手，吻了一下。「謝謝你，」他說：「讓我免於犯下大錯。」然後木蘭叫來錦羅，他們走出房間，在爲他們三人準備的桌子邊坐下，吃了一頓小小的晚餐。錦羅發現這三個人居然在一起愉快地交談，很是驚奇，說這簡直像是戲臺上演的戲一樣。蓀亞其實還是不那麼舒服，木蘭卻是興致勃勃，甚至玩笑似地說著許多無關緊要的事，蓀亞知道自己在木蘭這兒遇到對手了。

晚飯後，麗華到後面房間去了一會兒，蓀亞用一種又氣又笑的容忍口氣對妻子說：「你這個小惡魔！」事情就算是了結了。

飯後三人又到另一個房間裡坐著聊天，錦羅進來上茶，木蘭說：「等我爹回來，請他到我們這兒來一下。」

姚老先生和木蘭一起策劃了所有的行動，也知道今晚要扮演的角色。他回家之後，先把孫兒們送回他們自己的房間，然後悄悄地走進木蘭的屋子。麗華看到老人那對絕不會錯認的眼睛和那長長的白鬍子，整個人倒吸了一口氣，然後她看著木蘭。「這是誰？」她低聲說。「他是我父親，」木蘭溫柔地回答，接著她起身介紹：「爹，這是我一位好朋友，曹麗華小姐。」姚老先生莊重地鞠了一躬。「可你應該是那個從黃山來的和尚呀。」麗華喊道。「沒錯，沒錯，」姚老先生泰然自若。「這裡就是我的黃山。」「但是，老伯伯——」麗華說。他打斷了她。「我知道，我知道。你們那群年輕人。我給你算了命，都說中了，對吧？只是你不需要等上一年就知道了真相。」然後姚老先生說了聲：「晚安。」便轉向蓀亞，拉著他走出門外。

他們走了之後，麗華對木蘭說：「他就是我跟你說過的那個算命先生。這到底是怎麼回事？」「麗華，」木蘭親切地說：「我知道這一切對你來說就像一齣誇張的戲，對吧？嗯，確實如此，我爹才是這齣戲幕後的導演。」而在門外，姚老先生對女婿說：「孩子，這整件事我都知道。不過沒關係，當年我也傻過。我年輕的時候幹過比你更糟的事。我只是想保護我女兒。」「謝謝您，爹，」蓀亞說：「您救了我，讓我不至於犯下大錯，不管對你女兒或曹小姐都是。」麗華回家之後，木蘭把整件事的來龍去脈告訴了丈夫。他一想再想，越想越覺得自己從來沒有像現在這樣感激過他的妻子。這件事恢復了他們對彼此的感情，蓀亞也變得更明智了，開始以自然的眼光看事情，去理解什麼是永恆的愛，什麼不是。

麗華成了他們的朋友，經常來拜訪他們，蓀亞也親自牽線，讓她嫁給了藝術學院的一位教授。

木蘭寫信告訴妹妹這件事，中秋時，莫愁和立夫來看他們，又把整個故事重聽了一遍，甚至還見到了麗華，他們覺得這件事簡直太有意思了。「你把這件事告訴你妹妹了嗎？」蓀亞問他太太。「是啊！」她說。「我眞希望你沒說，」他說：「那讓我看起來跟傻瓜似的。」「有何不可呢？」她問：「你又不是唯一有過這種事的丈夫，可是其他人的故事沒這麼有趣，也沒有這樣的幸福結局。」而從那時開始，立夫和莫愁有時也會喊木蘭「奇想夫人」了。

# 第四十一章　不祥

立夫的書於一九三二年秋天出版，當時淞滬戰爭剛結束不久。而且，正如當初所預料的，公眾幾乎沒有注意到這件事。實際研究寫作耗時兩年多，修訂和印刷準備工作花了快一年。陳三放棄了軍旅生涯，回來抄寫材料。他花了整整一個月時間才從拿槍改回拿毛筆，他終於又恢復了以往那一筆工整的字。

完成這部偉大的作品後，立夫和莫愁來杭州度假，盛大慶祝了一番。阿非和寶芬也來看老父親，並且邀請他北上和他們同住。寶芬告訴他們，阿宣的新娘子生下一個男孩後就死了，曼娘又開始帶孩子，就跟她當初撫養阿宣一樣。寶芬還說到曼娘和珊瑚兩個寡婦之間的感情越來越好，她們現在都有了年紀，而且兩人都有一個當兒子養大的年輕人。珊瑚帶大的博雅剛從大學畢業，和阿宣的友情日益深厚。曼娘說想讓阿宣離開海關，因為阿宣告訴她的那些和鴉片走私犯正面交鋒的故事把她嚇壞了。要是阿宣發生了什麼事，她就得獨自撫養小孫子，而以她現在的歲數，已經帶不了孩子了。她希望阿宣能再娶，這樣她也有個兒媳婦可依靠。寶芬沒有生兒子，莫愁也沒有生女兒，她們曾經說過要互換彼此最小的那個孩子，但到目前為止還沒有採取任何行動。

陳三也帶著妻子來到了杭州。他聽說阿宣在海關工作，便覺得自己也許可以加入海關緝私隊，藉此脫離政治。他用槍熟練，是個神槍手。阿非和禁煙委員會有關係，說他可以幫忙，給陳三安插一個位置，曼娘應該也很高興讓他在阿宣身邊工作。因此，當阿非和寶芬帶著姚老先生回北京時，陳三和環兒也跟著北上，陳三就和阿宣一起在海關做事。

接下來的幾年，木蘭的生活相對平靜。她和丈夫已經安定下來，過著平靜滿足的家庭生活。麗華的事給了他們倆一個教訓。蓀亞對妻子說，也許他是個傻瓜，但那時，他心裡知道一定要發生點什麼事。他說他不是聖人，他一直渴望有點變化。他說，其實他需要的只不過是新奇，就像他需要在食物上變花樣一樣。木蘭完全理解。她並沒有讓他們的婚姻生活變成例行公事，而是在飲食、房子和生活樂趣中創造新奇的東西，那種成熟的精緻度總能一直讓她丈夫驚訝——有用紅酒浸泡出新滋味的紅棗，火腿配蜜棗的新組合，還有像是濃厚醬汁拌碎鰻魚、八寶飯、用筍和四川榨菜燜雞之類的新作法，鵝掌燉甲魚汁濃味稠，鮑魚片冷盤當休閒小食，還有燻魚、醉蟹和酒蒸軟殼蛤。她還發明了新的上菜和享用方式，試著採用當地製作的手工器皿和漂亮的杭州竹編餐籃。她想起北京有家著名的餐館有蒙古式的烤羊肉，她用粗臉盆升起炭火，架上一片凸面鐵絲網，準備好切得極薄的牛肉片和魚片，先用醬油醃入味，再把炭盆移到庭院中央，在鐵網上烤肉，每個人用一雙粗木筷子自烤自食，而且她堅持大家都得站著吃。

她還模仿南方人做「叫化雞」的傳統方式，帶一隻整雞出門野餐，雞的內臟都去掉了，但羽毛沒有拔。她拿出一大塊黏土，把雞整個用泥包起來，然後用明火燒烤，就像在烤馬鈴薯一樣。根據雞的大小烤二十到三十分鐘後，她把雞取出來，雞毛隨著外頭烤乾的泥殼一剝就掉，裡頭是一隻熱氣騰騰的雞，雞肉嫩滑可口，雞汁完全保留。他們徒手撕下雞翅、雞腿和雞胸肉，沾著醬油吃，發現這道讓叫化子也開心的菜是他們至今吃過最好吃的雞肉。她說，果然最簡單的做法就是最好的，多依靠自然，少賣弄烹飪技巧。好廚師就像好教育家；他的職責只是把雞的天賦美味發揮出來，呈現它的優勢，正如一個好老師能夠激發一個年輕人的天賦一樣。就算雞本身就有天賦，擺弄過頭、塡料過多，再加上香料，只會分散它簡單的美和長處。她正確地觀察到，最重要的一點，是食物要趁熱、做好之後立刻吃，不然食物起鍋之後，因爲裡頭還有餘熱，烹飪過程會繼續進行，肉、魚或筍的質地也會改變，原本恰到好處的熟度就會過頭了。

這些小事對蔡亞來說非常有說服力，儘管它們還不足以收買立夫。兩姊妹之間的對比是很明顯的。莫愁對生活的期望比較低，她嫁了一個自己崇拜的丈夫，在崇拜和照料丈夫孩子的過程中，她已經找到了足夠的幸福。木蘭天生渴望某種理想的生活，但因爲她年齡已經夠大了，對於自己將能找到的生活盡可能變得美好，她也很滿足。這裡面有更多有意識的藝術性和精緻度。對她來說，烹飪樂趣只是她尋找幸福的其中一面，儘管這也是最明顯、最可靠的。在尋找的過程中，她又回到了理智的生活，並且緊緊地抓住它，彷彿是因爲絕望，或者至少也是因爲智慧的覺醒。自從麗華事件之後，她在日常家務上多少收斂了些，有意識地讓自己的打扮更加時尚。她依然像剛結婚頭幾年那樣變換髮飾，按照自己的心情和季節換穿長褲、裙子或長旗袍。比如說，在夏天，她就會把長旗袍扔到一邊，改穿類似睡衣的寬衣服。對她來說，春、夏、秋、冬是全然不同的，不只是溫度上的變化而已。就跟她養的盆花隨著季節而變化一樣（這是她丈夫和她共同的新愛好），她自己的心情、讀的書、消遣和樂趣也隨著季節遞嬗而改變。

＊＊＊

立夫的書被公認是甲骨文方面最好、最全面的著作。雖然專家們還沒打算完全接受他對於所有問題的解釋，但他們都同意他論述的縝密和學術性。文字學一直是一門受人尊敬的學問，因爲它是經學的基礎，他的名字也逐漸爲中文教授們所熟知。他被人慫恿到離家不遠的一所小型學院教了一陣子書，對學院內的改革表現出積極的興趣。然而沒過多久，他就發現自己本質上是一隻草食性動物（他是這麼說的），只對自己吃草這件事感興趣，可是肉食性動物實在太多了，甚至在他這些從事教育工作的同事中也是這樣，比起在自己那片牧草地上吃草，他們更關心怎麼讓別人不能好好吃草。他發現，學院規模越小，玩政治的人就越多，內部的勾心鬥角也就越嚴重。他們的氣量狹小激發了立夫的熱情。身爲北大前教授和寫過一部重要著作的作家，他的表現在這個小鎮學院裡比任何人都出色。他那些小鼻子小眼睛的同事又散佈謠言，說他對學院改革如此認眞，顯然有想當校長的野心。這想法對他來說眞是奇怪又滑稽，他實在受不了，假期之後便不幹了，正好遂了他一些同事的心願。

然而有一天，他在南京遇到了曾經彈劾牛老先生的前監察御史衛武，如今已是政府監察部份的重要成員。衛武年近七十，由於名望極高而獲聘此職。他一直在關注牛家之後的動態，也讀過立夫在曝光懷瑜惡行時所寫的那篇小說。他們不一會兒就開始談起他們的共同興趣，老先生堅持要立夫來協助他。他在南京已經彈劾了幾個有名的官員。他的工作需要大量的實地調查、證據篩選和文件準備；他的助手中又沒有特別能幹的年輕人。當時的監察院是南京政府的五院之一，地位和行政、立法、司法和考試院是同級的。它獨立於其他四院之外，並且在全國各地都設有省級局處。人民可以自由彈劾行爲不正的官員，他們就會派出官員公開或喬裝前往當地調查。

「我喜歡這個工作，」立夫對妻子說：「要是我必須和政府打交道，這就是我會喜歡的那種工作。」「我知道，我知道，」莫愁說：「楊繼盛的血脈嘛。我也不知道該怎麼想，你最好問問你娘。楊家的血就是從她那兒來的。」立夫去徵求母親的意見。但她和她的祖先，刑部員外郎楊繼盛卻是大爲不同。她也聽說過三百年前楊繼盛殉職的事。但她的兒子告訴她，現在已經是共和國了，憲法會保護監察人員，這話說服了她。立夫向她和他的妻子保證，監察院人員是完全獨立於其他官員之外的，執行職務時也受到正式程序的保護——這是政府改進的一個好現象。這和以一般公民身分批評官員是不一樣的。他母親覺得，兒子當官也是一種榮譽；而且他又不喜歡教書，但他還是得有份工作或職業才行。莫愁也覺得立夫如今年紀大了，也少了幾分魯莽。於是他的妻子和母親同意他接受了監察委員的工作，每月薪水三百元。

他到南京去上任，對衛老的幫助很大，衛老也越來越依賴他。身爲監察委員，自然能接觸到官場最壞的一面，他們經常拿即將被彈劾的不同官員和決定何時採取行動來聊天取樂。在決定彈劾之前，特別是如果這個官員有一定的名氣，整個辦公室都會很激動。立夫很喜歡偵探工作，那種彎弓搭箭，精確瞄準，看著自己準確射中目標，再加上爲人民伸張正義的感覺，讓他十分享受。但所有的彈劾案都是以衛武的名義提出的，立夫也滿足於做這些基礎工作。

他經常在自己家和南京之間兩邊跑，有時也會趁調查之便順路回去看看家人。他工作進展順利；莫愁知道了腐敗和壓迫的內幕消息之後，也開始相信他的工作很重要，是對國家有益的。

除此之外，有明顯的跡象表明，中華民族終於走上了進步的康莊大道。內戰停止了，國內的重建正在快速進行，隨著國家統一和政府穩定，政府的財政狀況也穩步改善，最重要的是，在人民和一般政府官員中，出現了一種全新的愛國精神和民族自信。

* * *

但是，如果說華中以及中國大部份地區都在迅速發展，那麼現在稱爲北平的北京情況就有點怪異了。一場風暴席捲了東北，種種不祥的跡象和徵兆難以用言語形容。那氣氛令人心驚，緊張感逼近極限，幾乎令人難以忍受，彷佛山雨欲來。南京政府在北平成立了一個半自治的冀察政務委員會①作爲緩衝，阻止關外的日本人湧入。而所謂的「冀東防共自治政府②」受到日本人在「非軍事區」的授意和支持，將管轄範圍擴大到北平以東數里的通州。一種不安全感和大難將至的感覺沉甸甸地壓在人民心上。華北既不是中國的，也不是日本的；既不獨立於國民政府之外，也不完全依賴國民政府。冀東僞政府是

① 冀察政務委員會，是一九三五年十二月到一九三七年八月之間實際管理中國河北、察哈爾兩地之行政機關。它是中華民國對大日本帝國妥協的產物，雖隸屬於國民政府，但也為適應華北特殊情況而有很大自主程度。冀察政務委員會在日本人眼裡是華北自治政權，在南京政府眼裡是地方政府。

② 冀東防共自治政府，是一九三五年至一九三八年存在於河北省東北部的政權，由大日本帝國實際控制。該政權成立於日本鼓動華北五省自治期間，初期主要成立目的是迫使南京國民政府承認山東、山西、河北、察哈爾、綏遠五省自治，後期轉為日本掠奪當地資源及摧毀華北地區經濟的工具。

日韓走私者、毒販和浪人的天堂。洪水已經衝破了長城，毒品和走私貨物源源不斷地流向北平，向南進入山東，向西進入山西東南部，爲日本所謂的「亞洲新秩序」帶來了第一個可能。

因爲戰爭即將來臨，一場中日之間的殊死戰。即便有人類的力量和遠見也無法阻止，就像無法阻止海上的颶風生成一樣。有時候人們會想，爲什麼一定要有戰爭呢？只有研究在此之前，比如說法國大革命前夕的氣氛，才可能理解這種動盪。我們可以試著分析中日戰爭的起因；然而，我們也只不過是在暴風雨來臨前，對氣壓計上讀數劇烈起伏感到有趣的氣象學家，或者在地震後分析震後震盪圖表的地震學家。在戰爭正式來臨之前，「神經戰」就已經出現了。事實上，這場「戰爭」，自一九三二年日本入侵滿洲起從未中斷過。從一九三二年起，到一九三七年戰爭正式爆發，關外和冀東地區的「亞洲新秩序」早已成形。理解「新秩序」和「神經戰」，也就能理解戰爭爲什麼會這樣發生了。

姚先生回到北京之後，就不想再去南方了。他如今已經七十九歲，和兒子阿非以及兒媳婦住在花園裡。一九三六年五月，木蘭和莫愁收到弟弟的電報，說老父病重，她們該回去看看。她們帶著幾個孩子北上，但立夫因爲有公務在身，要晚些時候才能去。

她們回到花園老家，發現父親躺在床上，形容憔悴，但腦子依然十分清楚。他的身體像一台燃料耗盡的機器，只剩下精神還在。他的病是從感冒開始的，因爲他睡覺時堅持開窗著了涼。阿非原本以爲老父親可能撐不過去，但姚老先生似乎熬過來了，儘管他再也離不開床榻。他才稍微好些，還是堅持房裡一定要有新鮮空氣和充足的光線。他聲音細如蚊鳴，食慾越來越差，腸胃也跟著失去功能。雖然躺在床上，他還是很高興，因爲又見到女兒、蓀亞和孫子們了。

姚家這次團聚，可以說是悲喜交集。當他們的生活中發生了諸多變化時，沒有什麼比親人相聚更令人感動的了。珊瑚去年過世了；博雅娶了一個來自上海的新派女大學生，她曾經拿過籃球冠軍，在北京唸書。曼娘現在五十歲了，頭髮已見灰白，正享受著當祖母的特權。在她的堅持下，她的兒子阿宣再婚了。因爲他在天津海關工作，每星期只有週末才回來，現在曼娘和兒媳、孫兒住在一起，那孫子是第一任妻子生的，今年四歲。木蘭見過父親之後，便去了曼娘的院落，和她好好聊了一場。「蘭妹，」曼娘說：「我還以爲再也見不到你了。你們住在南方，眞是幸運。這裡的日子眞不是人過的。我天天擔驚受怕。阿宣在海關做那麼危險的工作，每星期他回家之前，我都會想像說不定出了什麼事，當然我很高興到目前爲止什麼也沒發生。環兒也是一樣，因爲陳三駐紮在昌黎抓走私販子，那裡是他老家。就像你看見的，我們全家好像都跟緝毒有關係。阿非在禁煙委員會做事，每天突襲搜查，抓到走私犯不是監禁就是罰款。我兒媳婦和我一樣擔心阿宣，我們想叫他別幹這個了，但他不聽。他下星期六回來的時候，你一定要幫我跟他說說。」「爲什麼會這麼危險？」木蘭問：「我還以爲陳三跟他一起工作呢。」「沒有，他們必須履行職責，手無寸鐵地沒收走私貨物，日本人和朝鮮人卻天天用石頭棍子攻擊他們，有些人甚至隨身帶手槍。就算陳三跟他一起工作也沒用，因爲他不能帶槍。」「爲什麼會這樣？」木蘭問。「反正你跟阿宣好好談談。他會把事情都告訴你的。日本人不准我們的海關人員武裝自己。」

這時環兒進來，也加入了談話，說：「陳三再一星期就回來了。我給他寫了封信，說我哥哥要上來，他應該請個假來跟大家見面。我哥什麼時候會到？」「我們離開時他說一星期後。應該再幾天就到了。」「我娘和他一起來嗎？」「我想不會。她可能會留在家裡看房子；她年紀大了。」木蘭說。曼娘靠近木蘭，低聲說：「這是咱們家裡的事，可千萬不能說出去。博雅吸白粉，現在正在戒。要是外頭的人知道這家裡有一個人在禁煙委員會，另一個在吸白粉，會怎麼想？」「吸毒不是會判死刑的嗎？」木蘭問：「這可太危險了。今年南方也有不少吸毒的人因爲用了日本的『紅丸③』被槍斃的。」「我就是擔心他這個，」環兒說：「打擊毒品的力道越來越強。光是阿非一個人每星期就能抓到兩三次。他說，上頭已經宣布明年一月起，這兒要是抓到吸毒就槍斃。新命令是，走私和製造也要槍斃——如果是中國公民的話，因爲日本人我們動不得。對吸毒的人，兩年前開始就有一個六年計畫。所有吸毒的人都必須登記，並且進醫院治療或者在家接受治療。但從今年之後，所有治好了又再度吸毒的人都可能被槍斃。」

「我們爲什麼不讓博雅在家裡接受治療呢？」木蘭問道。「他已經在治了，但非常麻煩，」曼娘回答：「那是海洛英，不是鴉片。他說他是因爲抽了日本金蝙蝠香菸才染上這個惡習的。這東西比鴉片更要命，因爲在他知道這東西有問題之前，已經越抽越多了，要是不抽，就會一直流眼淚，覺得全身關節都快斷了，像是馬上就要死了似的。」環兒再度插嘴。「你知道是誰讓他決定要戒的嗎？一個日本水手！有一天，他跟他太太走在東安市場裡——你也知道那兒一向很擠。一個穿制服的日本水手走在後頭，開始摸他太太的屁股。她轉過頭，那日本人還繼續摸。她嚇壞了，低聲跟丈夫說。日本人第三次輕薄她的時候，她尖叫起來，博雅憤怒地轉身，結果那日本水手給了他一巴掌，然後大笑。之後他對日本人就恨之入骨，也意識到是日本人讓他吸上了海洛英，這才決心戒掉。」「他被打之後做了什麼？」木蘭問。「他能做什麼？連中國警察都不能碰日本人的。這叫治外法權！」木蘭很震驚。

「我跟你說，」環兒接著說：「這就是『亞洲新秩序』。東三省就是這樣。它已經來到北平了。這裡早就妖魔遍地，不是人待的地方了。我們女人和孩子上街都得非常當心。這裡有成千上萬的日本人和朝鮮人，五個裡頭有四個是販毒的。有些地方名字叫『醫院』，裡頭的江湖郎中只要一點點錢就可以給你一針可卡因。等陳三來，他還會跟你們說一些冀東地區的故事。」「你覺得陳三會願意辭職嗎？」木蘭問環兒。「不會的，對他們來說，情況越糟，那群人就越有勁。他說這叫『團隊精神』……我告訴你，這種情勢不可能長久下去。中國和日本應該現在就打一仗，一勞永逸地決定我們是該成為一個自由國家，還是我們女人應該在自家領土上忍受這樣的侮辱，同時繼續和一個『友好強國』和平相處。」

＊＊＊

立夫和陳三都在週五到了。姚老先生似乎仍有強大的內在生命力，他見到立夫，還能跟他說上一會兒話。木蘭和莫愁也在房裡。姚老先生先問了他工作如何，接著便說：「我記得你寫過一篇文章叫〈科學與道家〉，你應該重新為這個主題寫一本書，這本書將成為我透過你留給這個世界的禮物。你也應該寫一篇〈莊子科學集註〉來支持自己的論點。做腳注，利用生物學和所有現代科學，讓現代人更清楚地明白莊子的思路。莊子沒有望遠鏡也沒有顯微鏡，卻預測了無限大和無限小。想想他說的物質不滅、光的傳播、事物的可測與不可測，以及知識的主觀性。想想泰清與無窮、光曜與無有、雲將與鴻蒙、

③紅丸是嗎啡加糖精製成的毒品，最先由日本人生產，輸入中國。後來，中國有的奸商也用鴉片、嗎啡加葡萄糖等製成紅丸、白丸出售。

河伯與北海若之間的對話④。生命是永恆的流動，宇宙是陰與陽、顯性與隱性、正負力量相互作用的結果。這本書必將令人震驚。莊子沒有把自己的思想用科學語言表達出來，但他的觀點卻是科學的、現代的。」

姚老先生說起話來依然精神奕奕，雖然他如今瘦得皮包骨，已經和路旁餓死的乞丐沒兩樣了。

立夫被這番話深深地打動了，他答道：「我肯定會做。那篇有名的〈齊物論〉只是一篇關於相對性的散文。莊子說：『蛇憐風，風憐目，⑤』，我要做的就是在腳注裡加上每秒光速和最大風速。不過他關於物種演化的理論——說人是馬演化來的——就很滑稽了。不過我現在已經把科學丟開了，現在正努力研究人類當中的害蟲。我只要看見一隻，就立刻把它捏死。這就是現實生活。」「你捏害蟲，妹妹捏螢火蟲，」木蘭微笑著說：「只要有你們兩個在的地方，昆蟲世界都要毀滅了。」

「這世上的害蟲可是多得你們倆捏不完的，」姚老先生說：「孩子們，我要先警告你們一聲。等我一走，戰爭就要來了，是中國歷史上最嚴重的一場戰爭。」「那我們該怎麼辦？」木蘭問。「對你們來說太可怕了。你們會發生什麼只有天知道。但我並不為你們害怕，你們也不應該害怕。」「爹，您認為中國能打嗎？」木蘭問。「你問錯問題了，」老父親回答：「不管中國能不能打，他們都會要中國打。」他停了停，又慢慢地說下去。「你去問曼娘。要是曼娘說中國一定得打，中國就會贏。要是曼娘說中國一定不能打，中國就會輸。」這話年輕人聽了都很驚訝，但木蘭知道曼娘是極端反日的，也明白父親的意思。立夫笑著說：「為什麼您那麼看重曼娘？那我們、博雅、阿宣和其他孫輩算什麼啊？」「不要質疑我的話，」姚老先生嚴肅地說：「只要去問曼娘怎麼想的就行。你們其他人不算數。」「為什麼我們不算數？」「等著看吧。」姚老先生顯然十分沉醉於中國禪宗鍾愛的頓悟和啞謎。

這會兒他累了，立夫和莫愁退了出去，只留木蘭一個待在父親床邊。等到房裡只剩下他們兩個人，他問她：「曹麗華現在怎麼樣了？」「她已經結婚有孩子了。」姚老先生泛起微笑。「我幹得眞不錯，是吧？等我走了，你就得自己當偵探了。」他說。「爹，他現在是眞的沒問題了。」木蘭說。姚老先生在鬍子後頭溫柔地笑了笑。「爹，您相信永生不死嗎？」木蘭問道：「道家人總是相信這個的。」「完全是胡說八道！」她父親說：「那是世俗流行的道教。他們根本不懂莊子。生死正是存在的法則。一個眞正的道家人只會戰勝死亡。他死時比其他人更加歡欣。他不怕死，因爲正如我們所說，他正要『復歸於道』。還記得莊子臨終前不讓弟子埋葬他時說了什麼話嗎？他的弟子擔心他的遺體暴露在外會被兀鷹吃掉，他說：『在上爲烏鳶食，在下爲螻蟻食，奪彼與此，何其偏也！』至少，我不希望讓和尚在我葬禮上念經。」木蘭聽到父親提起莊子時的虛弱笑聲，心裡很感動，也很驚奇。「所以您是不相信永生不死的。」木蘭說。「我相信的，孩子。因爲你、你妹妹、阿非，還有我孩子們所生的孩子，所以我永生不死。我在你身上重新活了一次，就像你也在阿通和阿梅身上重新活了一次一樣。死亡不存在。你不可

---

④ 泰清問無窮，光曜問無有，出自《莊子・知北遊第二十二》。雲將問鴻蒙，出自《莊子・在宥第十一》。河伯問北海若，出自《莊子・秋水第十七》。

⑤ 語出《莊子・秋水第十七》「夔憐蚿，蚿憐蛇，蛇憐風，風憐目，目憐心。」夔是古時只有一隻腳的神物，蚿有很多腳，夔便羨慕蚿；而蚿羨慕蛇，因為蛇沒有腳也可以走；蛇羨慕風，因為風也沒有腳，卻比它走得還要快；風羨慕目光，因為目光所及，風沒有到，目光已經到了；目最羨慕的是心，目光還未到，心意一動，有所思而心意已達。

能戰勝自然。但生命會永遠延續下去。」

＊＊＊

莫愁和立夫離開父親房間之後，莫愁對丈夫說：「我還以為你會早點到呢。」「我在天津停了一天，」立夫回答：「當偵探。」「偵探什麼？」「我不是真的在休假，我出了個秘密任務。有件案子，跟某個人有關，這人名字我不能講。案子跟上海對毒販的一件突襲搜查有關，當中涉及一位知名人士。你也知道，天津和上海之間毒品交易很頻繁。我在那裡停留，四處看了看，做了點調查。之前我說我要請假，他們就要我調查一下這個案子，把整個走私情況作一個全面的報告。幾百萬的走私，中國報紙上不許提一個字，因爲怕引起無法控制的反日仇恨。但是倫敦和紐約的報紙已經刊登了關於這件事的長篇報導，因爲不公平競爭正在摧毀英國和美國的商業。」「這麼說，你是有工作要做的！這要花多久？」「我不知道。需要多久就多久，說不定要一個月。所以我不會出去見人。我想盡可能少讓人知道我在北方。」「你只要待在家裡就好，」莫愁說：「阿非、陳三和阿宣可以幫你弄到所有的資料。」「我會看看。」立夫說。

由於立夫想徹底瞭解毒品的情況，他去看了在家戒毒已有明顯成效的博雅。博雅看上去讓人心疼。他臉上的表情混雜著恐懼、渴望、憎恨，和一種因戒毒而產生的精神折磨。在他瘦削傲現的雙頰、突出的顴骨和深深的眼窩後面，那對靈活轉動的大眼睛仍然透露出他的聰明。他的嘴寬寬的，蓄著短而粗的鬍子，嘴形很漂亮，讓人想起他的母親銀屏。他身旁的桌上放著許多裝著蜜餞的瓶子和碟子。他說自己之所以沾上這惡習，是在珊瑚姑姑過世後，他住在天津一家飯店時染上的。當時飯店服務生讓他試試一根日本紙煙，煙頭裡藏著白粉。他說他是因爲好奇才拿的，不久就上了癮，越抽越多。他告訴立夫，他還看過有人買金蝙蝠香菸，卻只是取下煙頭，在錫紙上吸白粉的。「想想你娘，你一定撐得過去的。」立夫臨走時這樣對他說，博雅的表情卻是恍若未聞。第二天，阿宣回來度週末，晚飯後，立夫準備與他和陳三好好談一談。曼娘和幾位女眷也在。雖然立夫並不是曾家的人，阿宣卻一直暗地裡敬佩他，阿非則一向都和蓀亞比較親。

被問到一般情況時，阿宣解釋說：「嗯，是這樣的。大家認爲我們這些手無寸鐵的海關人員應該執行中國的法律，去對付不受中國法律管轄的日本朝鮮武裝走私犯。我們盡可能沒收他們的貨。今年四月和五月，每星期都有。鐵路局日子很難過。每天早上，『走私專車』從邊境開往天津，那些貨就倒在火車站，等著分銷當地或者再運到山東。通常會有幾個朝鮮人和日本人留下來看守貨物。卡車運來的不計，每天會有多達十節車廂運貨。以前日本人還比較禮貌點，他們軍事當局要求，運走私貨物要用專門的貨運車廂。要是我們的鐵路局沒遵守，就會被指控爲『缺乏合作誠意』和反日。但現在他們已經不再費心通知我們準備額外的車廂了。武裝的日本人和朝鮮人直接把貨扔進二等艙和三等艙車廂裡，把乘客趕出去，砸壞車窗和座位，還毆打擋了路的苦力。有時候，到了開車前最後一分鐘還得加掛或卸下貨運車廂，火車也沒辦法按時刻表跑。」

「鐵路警察呢？他們在幹什麼？」立夫問道。「他們能幹什麼？」阿宣反問。「走私犯都受治外法權保護，鐵路警察不能動他們，只能敢怒不敢言。光是這星期，就有一百多個日本人和朝鮮人強行上火車，因為沒座位坐，就對鐵路和海關人員拳打腳踢。我還有幾個同事被打到頭。還好有鐵路警察介入，大部份人沒受傷。」「你怎麼沒武器呢？」立夫又問。

「聽起來像是在開玩笑，但其實非常簡單。去年有大量白銀走私出境，主要是運往關外，我們在那裡部署了海關巡邏隊——當然是全副武裝的。有兩個走私犯從長城跳下去受了傷，第一個是朝鮮人，接著是個日本人。於是呢，日本軍方要求拿五千塊錢賠償受傷人員，還要求取消整個長城沿線的海關巡邏。他們威脅說，如果這些要求得不到滿足，就要動用武力。為了避免武裝衝突，除了照他們的話做，我們還能怎麼辦呢？就這樣，我們失去了長城上的有利據點，只能小心翼翼地在城下工作，避免再發生類似事件。你看，冀東政權實際上是日本把持的，但海關是中外共同掌控的。所以我們還是繼續堅守職責，但情況卻亂得幾近瘋狂。去年九月，日本指揮官通知海關關長，由於政治因素，海關巡邏隊應停止攜帶左輪手槍。接著，另外一個日本指揮官要求海關巡邏船繳械，並且沒收他們的機關槍。幾天之後，進一步要求又來了，要求所有的海關緝私船隻，無論武器裝備如何，都必須從東北邊境直到天津附近的蘆台『非軍事區』海岸三英里內撤走。就好像這樣還不夠似的，日本海軍拒絕承認中國海關擁有在十二海里範圍內行動、以及向可疑船隻發出停船訊號的權力，還警告說，任何干擾日本船隻的行為，無論船隻是否顯示其國籍，都將被視為公海上的海盜行為！於是，從山海關到天津這整片海岸不僅是自由港，根本已經是自由海岸了。船隊和汽船停泊在岸邊，從五百噸級到一千噸的都有，甚至還有汽船是直接從大連開過來的。」阿宣說完了長長一段話，大家都聽得入了神。

「你已經不能說那叫走私了，」陳三說：「根本是一個友邦在光天化日下搶劫中國政府的稅收。我在海邊親眼看到的。有一天我數了數，總共有三十八艘走私船停在山海關附近的港口。岸上都是帳篷和營地，簡直像個小鎮了。一堆又一堆的人造絲、糖、捲煙紙、自行車零件、煤油、汽車輪胎、酒精、鐵絲網，大白天的，就這麼散放在那裡，每堆東西上都有一面白旗，上面印著日本運輸公司的名字。貨物用卡車、牲畜和運輸車從那裡往南運，通常會有幾個朝鮮人或日本人護送。我們想阻止。我們一靠近，中國司機一般會逃，但朝鮮人或日本人會用推車裡裝的石頭反擊。」「我聽過有些國家為了貿易開戰，」環兒說：「但我從來沒聽過有國家會為了商業競爭而走私。要是日本不多賣那幾加侖煤油和鐵絲網，大日本帝國就會滅亡嗎？」

「這可不是件小事，」阿非說：「走私貨物甚至到了長江流域的上游，把英國人和美國人都排擠出去了。根據估計，關稅損失每星期超過一百萬元，在四五月最糟糕的那幾個星期，損失甚至接近兩百萬元。」「你也會跟抓中國人一樣抓日本人嗎？」立夫問。「只有逼不得已的時候才抓，」陳三答道。「我們也可能會抓錯人的。有時候日本人會裝成中國人，甚至用中國名字。不過我們一般都能從他們的矮個子、濃密的黑鬍子、羅圈腿和笨拙的步態認出他們來。」「那些一定都是日本人和朝鮮人當中的地痞流氓。」立夫說。「沒錯，」陳三說：「當一個國家把最底層的人送到外國，又將他們置於該國法律之上，給他們官方保護時，就會出現這種後果。」

「要扣押貨物或逮捕日本人的時候，你會怎麼做？」「到了鄉下就不一樣了，」陳三回答：「我們會把他們交給日本領事警察。然後日本人會來要求退回貨物，這時通常會有麻煩。但我們都很小心。要是貨物被標記為『軍需品』或者要送交日本軍事司令部，我們就知道那是嗎啡、海洛英或鴉片了，不過我們什麼也不能做。過去一年半，查到的案子已經有幾百件了。」「海關關長不對日本當局提出抗議嗎？」立夫問道。「啊，這就是最妙的地方了，」阿宣說。「海關關長提出抗議，結果軍方把他送到日本領事警察局去。當我們向領事警察抗議時，你知道他們說什麼嗎？他們說，首先，走私東西進中國以日本法律來說不算犯罪，他們沒有權力阻止，意思是根據日本法律，所有被捕的日本人都應該重獲自由。再來，他們說，走私只可能發生在國界，因此我們應該在長城上就阻止，而不是在城下！可是他們已經禁止我們巡邏長城了啊！」

「立夫，」曼娘說：「你不覺得阿宣應該離開這種地方，轉到上海或者別處去嗎？他是我晚年唯一能依靠的兒子，而且他還有一個年輕的妻子和年幼的孩子呢。」立夫看著曼娘，還沒開口，阿宣就回應：「娘，您不知道。哪兒都是一樣的，不管上海、廈門或汕頭都是。哪兒有日本人，哪兒就有走私。再說，那樣我同事們可要笑我膽小鬼了。他們都很有幹勁，我不能離開他們。政府終於要採取嚴格措施了，也許情況會有點改善。要是每個人都走，海關會變成什麼樣子？」「也許你是該考慮一下，」立夫說：「也得爲你的老母親和你年輕的妻子孩子想想。再說你還是曾家的長孫。」立夫聽見自己用這樣客觀的口氣勸另一個年輕人別魯莽，自己都覺得意外。家庭聚會結束時曼娘望著他，眼神充滿感激。

# 第四十二章　失序

說也奇怪，如今姚老先生卻不肯死了。一種與生俱來的生命力支撐著他，甚至連食慾都有點好轉。木蘭和莫愁決定留下，木蘭給阿通發了一通電報，要他畢業之後北上一趟。

走私活動已經蔓延全國。中國政府向日本提出抗議，說光是四月份的關稅損失至少就有八百萬元。東京方面沒有給出令人滿意的答覆。外國企業在中國的業務受到影響，日本外務省發言人在記者會上被問及走私醜聞。那位發言人的態度非常有趣，他認爲走私規模擴大，中國的高關稅是直接原因，而且問題出在中國海關人員「缺乏熱情」。爲了遏止這種情況，五月二十日，中國中央政治委員會決定下重手，任何協助外國走私者的中國公民一律處以死刑。

這時，阿非在北平已經逮捕了許多毒販，也突襲了許多鴉片毒窟。在政府新政策的鼓舞下，他加強了工作。他給上級寫了信，要求把陳三調到北京禁海查緝處去，陳三現在正在協助他查抄鴉片。

某天他們接獲報告，說在一條大部份住著美國人和歐洲人的街道上發現了一家海洛英製造廠。「下午你想來嗎？」阿非對立夫說：「我們要去突襲海洛英工廠。」到了五點鐘，阿非和立夫帶著陳三和武裝警察，來到了那間位於兩棟洋樓之間的房子。因爲這裡是外國人聚居之地，只有金髮碧眼的外國佬來來去去，誰也沒想到這裡有個製毒廠。他們要陳三到廠後頭的街道，安排警衛守住後門。再次佩上左輪手槍給了他一種快樂的感覺，他的手不斷在光滑的木製槍柄上摸了又摸。

阿非和立夫帶著一些警衛去了前門。一個喬裝的警衛敲了敲門，門一開，躲在門邊的警衛就衝了進去，不讓門關上。開門那個僕人被警衛攔住，沒辦法進去示警。這種廠子通常沒有警衛，多半依賴保密和日本人保護。

立夫看見院子地板上放著一排一排的東西，看起來就像一塊塊的香皂。阿非說，這些都是海洛英磚，一塊塊包裝好，還貼著「衛生藥皂」、「蔻蒂香皂」和「珂路爵①」及其他外國品牌的名字。有張臉從一扇沒貼紙的小窗戶玻璃後面看著他們，接著便消失了。隊伍徑直往前走。這是一棟平房，西翼通往後院，形狀像個大寫的「L」，大小約可容納七個房間。他們猛一下推開門，阿非下令逮捕屋裡所有的人。幾個女孩和四個男人用白手帕包著嘴，在兩塊權充桌子用的長木板上幹活。地板上放著兩只爐子，屋裡充滿了幾乎讓人醉倒的噁心氣味。其中一張桌子上放著瓶瓶罐罐、大大小小的杓子，白粉就放在大張的白色皺紋紙上。女孩們在這張桌子上工作，工人們則在另一張桌，桌上裝著一部有小輪子的機器，機器上有喇叭狀的進出口，這是混合和噴出粉末用的。牆邊靠著一部特殊的機器，頂部是搪瓷的，用來把毒品壓製成形並切割成塊狀。

他們走進後面的房間，看見成堆的標籤和各式各樣奇怪的盒子、罐子和竹編容器，上面貼著不同的品牌標籤，像是「漁光堂月餅」、「越盛齋醬羊肉」、「巴黎玫瑰香水」，以及用來裝腐乳和醃菜那種竹簍。裡屋的一個陰暗角落裡，地上放著一些巨大的密封陶缸，阿非說裡頭就是製造海洛英的原料粉末。

就在這時，陳三進來報告說，有個女人想鑽進她停在後門的車裡逃跑，被他逮住了。司機也同時被抓。「把他們帶進來，和其他人一起關在前屋裡。」那女人被帶了進來，手臂被肌肉發達的陳三緊緊抓著。「別抓那麼緊，」她抗議：「你可是要向日本公使館交代的。」阿非和立夫站在後屋，看到那個穿著考究的女人正被帶著穿過後院，直直往前屋走去。「啊，是素雲！」立夫喊了出來。陳三沒見過素雲，阿非也不常見到她，因爲她在曾家生活那段時間他還小，而且她大部份時間都不在家。他們回到前屋，被抓的犯人們擠在一起，女孩們怕得哭了起來。

立夫向阿非保證那女人就是素雲。她穿著一件奶油色的夏季旗袍，在昏暗的房間裡顯得蒼白而消瘦。陳三還拽著她的手臂。立夫站在後面不說話，阿非走到她跟前，問：「你是誰？」在劍橋念過書的他，態度不怒而威。

素雲認出了立夫，卻不認得這個跟她說話的人，她傲慢地說：「別管我是誰了。警官先生，放了我吧，我是無辜的。我來拜訪朋友，走錯了地方。」阿非對司機說：「你家太太是誰？跟我說實話，不然你情況會更糟。給你個自清的機會，說不定我可以放你一馬。」

司機看著素雲，沒說話。「那車是部私家車，牌照是天津日租界五〇五號，」陳三說。「你的車停在這裡多久了？」阿非問道。「差不多十五分鐘，」司機回答。「快告訴我你是誰。說了也許會讓你少點麻煩，」阿非對那女人說。「你到天津日本租界去問問，就知道我是誰了，」素雲回答。「我警告你，別嘴硬，」阿非說：「根據政府的新法規，是可以槍斃你的。」接著他轉向那群工人，說：「你

①珂路搿（Colgate），今譯「高露潔」。

們也都可能要槍斃。現在和日本人共謀毒害我們自己的人民，是要判死刑的。」一聽見這話，四個女孩——其中兩個看上去還不到十二三歲——就哭了起來，請求饒命。她們從來沒聽過這條新規定。那幾個女孩和男人往地上噗通一跪，求他放了他們。

阿非轉過身，要當中年紀大點的女孩站起來，然後說：「你們老實告訴我這個女人是誰，我就放了你們。」「這地方是她的，」其中一個女孩回答：「我們都喊她王太太，不過我們也不太認識她。她住天津，也不常來。」「你叫什麼名字，王太太？」阿非問。這時素雲依然生活在吳大帥的保護傘下，還沒有歸化爲日本公民。她聽見阿非說的話，又看到立夫默默地站在後面，態度開始軟化，她說：「我們也別再裝下去了。我們其實是親戚。站在那兒的不是立夫兄嗎？我是素雲。」「是眞的嗎？這是眞的嗎？」陳三喊出來。立夫還是不說話，只是看著她；素雲轉過身正對著他，說：「我知道你恨我。」「不。」立夫說。「如果我是你，我會把所有過去的事都當成過眼雲煙，」她說：「不然，我們兩家的世仇要什麼時候才能了結呢？就算你這回成功抓到我，我哥哥和其他人也會爲我報仇的。」「這是威脅嗎？」立夫冷冷地問。「我怎麼敢威脅你？我只求一個合理的解決辦法。告訴我，這位警官是誰？」「他是木蘭的弟弟。我只是和他一起來的，不關我的事。」「我從來沒想過會在這樣的地方遇見你。」阿非用公事公辦的口氣說：「我現在在執行公務。很抱歉，但你得跟我們走。」他下令搜查文件，沒收貨物。那些工人再次求他放人，但阿非告訴他們，他們都得去看守所，如果最後查明他們確實只是受雇的，並且如實回答問題，也許可以獲得釋放。

素雲開始越來越怕，她趁阿非離開房間時對立夫說：「你們會把我怎麼樣？」「我怎麼知道？」立夫回答：「你可能會被依法處理。」「求求你放了我。將來要是有機會，我會報答你的。我對你做過什麼呢？你毀了我的人生，這還不夠嗎？非得把人逼到絕境去嗎？」她的語氣和表情都令人同情。「我告訴你，這是禁煙委員會的執法範圍，跟我沒有關係。我們根本沒想到會在這地方碰見你。你爲什麼要做這種壞到骨子裡的事？」「這說來就話長了。如果你知道發生的一切，你就明白了。要是你不肯替我說話，能不能讓我跟我前夫談談？看在過去的份上，說不定他會替我說情。我已經是個老婆子了，受的苦也夠了。別再讓我受罪了。」阿非搜查完回來，聽見最後幾句話，也替她感到難過。儘管如此，他還是下令把所有人都帶到拘留所。委員會派了一部看守嚴密的車來接運犯人和繳獲的貨物。

上車之前，素雲轉身問立夫：「我先生呢？」「他也在北平，已經再婚了。」「是那天晚上我在北京飯店看到的，和他跳舞的那位漂亮女士嗎？請讓我和他或者他太太說幾句話。」她和其他人被關進車裡，車在陳三護衛下開走了。

＊＊＊

消息傳到家裡，大家聽了都非常激動。「我們沒去找她，這回倒是她來找我們了，」立夫笑著說：「你怎麼想，襟亞？她想見你和你太太。」「她爲什麼要見我？」暗香問。「她希望這樣。她說襟亞也許可以替她說個情——她的原話是『看在過去的份上』。」「『看在過去的份上！』」襟亞忍不住喊出來。「她說她想跟你太太說說話——就是她在北京飯店看見的那位跟你跳舞的女士。那不是愛蓮或是麗蓮嗎？」「不，是她。」木蘭指著寶芬說，寶芬笑了。木蘭轉身對暗香說：「你願意和你丈夫的前妻談談嗎？說不定能給她一個驚喜。」「我們婦道人家怎麼能插手禁煙委員會的事呢？」暗香問道。「我告訴你，」立夫說：「我們會派人把她送過來，讓人看著她。我建議你們三位妯娌一起和你們的前嫂子談談，看看她有什麼要說的。這一切背後，她似乎有很長的故事要講，我想聽聽。」「你打算拿她怎麼辦？」襟亞問。「我不知道，」阿非回答：「這是政府發佈新法規之後的第一件案子，我還沒研究文件。你知道，和日本人合謀走私是死刑，走私首領公然拒捕也是死刑。她沒有拒捕。但還有一條規定，任何逃稅超過六千元的人也是處死刑。從這些貨物的數量看來，她逃掉的稅遠遠不止。這件事看起來不妙，我手裡捏著一條命呢。」「如果你要殺她，我覺得你還是別把她帶進這座宅子裡來比較好，」曼娘說。這時已是晚飯時間，他們各自回去吃晚飯，每個院落的桌上都討論著同一個話題。

莫愁去見父親，他說：「你們手上別沾血。帶她到這兒來吧。也許我該親自跟她談談。」第二天，大家都同意給素雲一個機會，讓她跟她前夫談談，也許是因爲在這種情況下，女眷們每個人都忍不住想看她。但因爲姚老先生也想見她，就得特別安排把她帶到花園來了。

她算是一個犯了死罪的罪犯，阿非不得不向委員會提出個人擔保，保證她會回去，並全程看守。他在辦公室裡研究了沒收的文件，在當中又發現了她以「天津王太太」之名經營的更多地址。他也訊問了那些雇工，承諾以緩刑釋放他們，但他也說了，在案件結束，所有線索都查明之前，他不能這樣做，以防消息外洩。他們必須小心，不能讓這次突襲的消息傳到日本公使館。雖然阿非已經查明這案子純粹是中國的問題，這點毫無疑問，但「白粉皇后」可能要被槍斃，因爲她和日本人合作是眾所周知的，很可能被理解爲「密謀」。他說這個案子必須盡快解決，否則以她的身分，必然會和日本當局產生糾紛。

那天下午，素雲帶著鐐銬，穿著爲女性罪犯準備的黑色舊衣，在警衛護送之下來了。她的眼睛被蒙住，直到她進了花園前院的一個房間之後才取下。她張開眼睛，驚訝地發現自己和許多親戚同在一間房裡。她立刻認出了曼娘、木蘭和暗香。襟亞站在側門處，她看不見他。

她所有的個人物品都被沒收了，現在她穿著黑色囚衣，沒有化妝，臉色蒼白枯黃。她臉上已經有了深深的皺紋，儘管她只比木蘭大一歲。她垂著眼睛，一語不發。阿非走到她面前，說：「你想和你前夫說話嗎？」「他在哪兒？」素雲問道。阿非轉向襟亞，但襟亞不肯從角落裡出來，只說：「她說想跟我太太說話。叫暗香去跟她談。」素雲抬起頭，卻找不到她想說話的那個女人。木蘭碰了碰暗香，對素雲說：「你跟她說吧。這位是襟亞的妻子，暗香。」素雲抬起眼，露出驚訝的神色。「親戚姊妹們，」她慢慢地說：「我就不妨對著大家說吧。如果你們還念著我們當年住在同一個屋簷下的情，我想說幾句話。要是你們不念舊情，那我就什麼都不用說了。如果你們要的是錢，給我開個價，我會付的，我也付得起。」「別以爲我們會要你的錢，」木蘭輕蔑地說。「我只想保命，」素雲說：「我活了這些年，也知道錢什麼都不是。我知道你們今天都很高興看到我被銬起來。但如果你們要的是報仇，我倒想問問我這個人對你們做過什麼。我被休了，被你們家羞辱了，這還不夠嗎？你們得有點良心。不要以爲立夫被關起來是我的錯。那是我哥哥幹的，跟我一點關係也沒有。」

大夥兒都覺得，他們現在聽到的素雲和以前認識的那個素雲很不一樣。但木蘭問：「如果你像你自己說的那樣不在乎錢，爲什麼又要做這種卑鄙的勾當？」「木蘭，」她回答：「我知道你恨我。」「我從來沒恨過你。」木蘭打斷她。「你恨不恨都不重要。我們都老了那麼多。我太寂寞了。」木蘭也心軟了，她似乎想不起自己是不是曾經恨過她。可是曼娘說：「你爲什麼要做這種事？爲什麼要和日本人聯手對付我們自己的人民？」「要是你能知道所有的內情，一定會原諒我的，大嫂，」素雲突然用了那個代表親屬關係的稱謂。「我別無選擇。我所有的錢都在日本銀行裡，如果我不繼續做，那些錢就會被沒收。」「你爲什麼不乾脆讓那些錢被沒收算了？」木蘭問。「那畢竟是一大筆錢，是我一輩子的積蓄，」素雲嘆了口氣。「我實在不甘心就這麼放手，我底下還有幾百個人靠我過日子呢。要是我放棄了，我就得離開日本租界，我所有的房子和旅館怎麼辦？我這把年紀，身無分文，一個人能去哪兒？我會告訴你們，是因爲我們以前是親戚——不管你們認不認我——我就是個孤伶伶的老女人，一個非常非常寂寞的老女人。現在錢對我來說是什麼呢？幾年前，我看到你們在北京飯店裡聚會，大家在一起那麼快樂，我知道我走錯了路——我也不怪我丈夫。暗香，你是個有福氣的女人，我祝你好運。但是，請饒我一條命吧。」這番話聽哭了在場的女眷，每個人都在擤鼻子。她的話令她們很吃驚。原本他們一直以爲她只是個有錢、驕傲、成功、無情的女人。

「襟亞呢？他爲什麼不來跟我說話？」這時阿非向襟亞做了個手勢，他帶著孩子們走上前去，孩子們奔向他們的母親，暗香摟住了孩子，一方面是爲了保護他們，一方面給自己壯膽。「要是當初你懂得知足，今天你就不會落到這樣下場了。」襟亞說。素雲現在覺得，對她來說，襟亞似乎眞是個好丈夫，但她只是說：「要是你還認爲當初咱倆是夫妻，就替我說說情吧。」「媽媽，」暗香六歲的兒子問：「爲什麼爸爸是她的丈夫啊？」「她比我早嫁給你爸爸。」暗香回答。男孩轉向那個犯人，說：「你跟我爸爸結過婚？」素雲忍不住伸出手想摸摸這個孩子，襟亞的孩子，要是她沒有走上這條路，她也可能會有這樣一個孩子。孩子退縮了一下，問：「你是中國人嗎？」素雲答不出來。「爲什麼你要跟日本人一起做事呢？」那孩子說。素雲的眼淚撲簌簌地往下掉，暗香趕緊把孩子叫回來。

「你這讓我們很爲難，」阿非說：「我們現在可以理解你，但你知道，你這生意每天害死成千上萬的人。你居然還有心情繼續做下去？」「要是你放我一馬，我保證今後絕不再做這一行了。我也會爲禁煙委員會盡一己之力。」「你不恨日本人嗎？」曼娘問道。「我恨他們所有人。我恨我自己做的事，恨所有和我一起做這勾當的人——中國人、日本人，還有其他外國人。」「你哥哥呢？」立夫問。「他在大連，也是做這個的。不然他還能做什麼？」這時阿非告訴她，說他的老父親想見她。「爲什麼？」素雲問。「他想跟你談談。他病得很重。這就是爲什麼我們排除萬難也要把你帶到這兒來的原因。也許這就是你的福氣。」

阿非只要求警衛、木蘭和莫愁跟著他們去父親房間。到了那兒，衛兵又只能守在屋外，心裡十分納悶。姚老先生躺在床上，晚春的陽光透進窗戶，照在他臉上深深的皺紋上，投下了清晰的陰影。「坐下。」他說。「豈敢。」素雲說。「我說坐下，」姚老先生又說了一次。「你只是我的一個遠房親戚，」他開始說：「我也不知道你會不會聽一個不久人世的老人說的話。我兒子碰巧擔任這個職務，而你碰巧被他抓了。這是天意，不是人意。我告訴過阿非，我不希望我們家裡染上血，我會要他盡可能對你寬大處理。」「老伯，謝謝您，」素雲說。「聽我這個老人的話。記住這個寓言故事：塞翁失馬，焉知非福？在這種情況下，什麼是福，什麼又是禍呢？誰知道你今天被抓，不是因爲你有福氣？」「我不懂您的意思，老伯。」素雲說。「一切取決於你自己，要是阿非放了你的話……不過我要告訴你，中日戰爭就要來了。到了那個時候，要記住你是中國人。」老人住了口，連看都不看她一眼。「再見！」他說，眼睛依然動也不動。

幾個人默默地走出了房間。警衛們和陳三把素雲帶回密閉的車裡，但阿非下令不要再蒙住她的眼睛。現在他必須想辦法釋放她，這在技術上相當不容易。他仔細審查了她的案子，把這個案子擺在委員會的同事面前，請求寬大處理，因爲這是他老父親死前的願望。要是眞判了死刑，這就是北平處決中國走私犯的首例，所以委員們也願意對這個案子仔細評估。他不得不草擬一份長篇報告，在報告中盡可能低估沒收貨物的價值，強調逮捕時並未遭遇抵抗，文件顯示搜查的房子裡全部是中國人，沒有日本人插手，所以假定與日本人合謀的條款不適用於本案。最後，他提交了犯人的悔過保證書，以及她捐給禁煙委員會的五十萬元捐款，建議以一個在不幸狀況下被捕的中國人身分對她寬大處理。

幾星期後，南京方面做出了決定，素雲獲釋。

某天夜裡，姚先生在睡夢中過世。這是純粹的自然死亡，是他身體的生命力逐漸消失的結果。他食慾一天比一天差，連粥也不能入口，接著他連水也不喝了。在他明顯死亡之後很久，他微弱的脈搏還在跳動，眼睛也不肯合上。這確實是一位得道長者的死亡。

這時，他的兒女和兒媳婦們都在他的床邊，他們或跪或站，痛哭著，給他擦身，爲他更衣，換上一套全新的衣服，把他放進棺材裡，一切按照習俗。阿非跟委員會請了假，按慣例參加嚴肅的父喪哀悼儀式。他們讓陳三繼續在委員會工作，因爲他對過世的老父親而言只算遠親。木蘭和莫愁以及她們的丈夫都穿著服喪該穿的白色喪服，曼娘和暗香則穿著符合她們親屬關係的藍色喪服。

葬禮將在兩週內舉行。那時傅先生夫婦已經回到故鄉，寶芬的父母也積極參與這場盛大葬禮的安排。多納修小姐前來弔唁，她是寶芬的好友，因爲寶芬也是畫家。華太太和老畫家齊白石也來幫忙。阿非身爲死者之子，什麼細節都不需要操心，因爲按照傳統，兒子應當悲傷逾恆，沒有顧及這些事情的心思才是，整場葬禮都由他的兩位姊夫替他操持。

然而，立夫的走私調查並未中斷。素雲被捕這件事讓他對毒品交易有了更深入的瞭解。阿非也沒有因爲太悲傷而不和立夫討論這個話題，畢竟他父親的死早在預料之中。阿非爲立夫提供了來自海關和國聯關於鴉片交易的第一手資料和官方報告，以及英國調查員慕麗爾・萊斯特小姐的報告，她在報告中描述的事態引起了世界轟動。阿非還告訴他，天津的美國大學婦女聯合會調查了毒品情況，發現毒品影響實在太噁心、太恐怖了，於是下令封鎖報告。立夫要讀英文有困難，便向阿非請教準確的翻譯。以前立夫經常取笑從英國歸國的「紳士們」呆板僵硬的樣子，這也是他和阿非一直不太親近的原因。但現在他們第一次瞭解了對方，立夫也克服了他對英國留學生的某些偏見。

有篇報導他特別感興趣，那報導說天津有位外國醫生在日租界的一所中文學校附近和小販買了糖果，檢驗分析之後，發現糖果含有麻醉藥物。「我不敢相信。」立夫說。「我可以證實這份報告的權威性，」阿非說：「在不在學校附近，對毒販來說有什麼相干？在日租界，就算是最好的住宅區，也沒有哪一條街是沒有製毒工廠或賣毒品的店的，不管是批發還是零售。爲什麼毒販要因爲附近有學校就避開呢？」「這就是『亞洲新秩序』嗎？」立夫喊了出來，接著阿非聽見他咒罵了一句，他以前從來沒聽過有教養的人這樣罵人。立夫決定再去一趟天津，他和阿宣商議，喬裝帶他通過日本租界。立夫懂日語，對他做這項工作很有利。

他們看到一家又一家商店，座落在現代化的兩層樓混凝土建築裡，稱爲「洋行」，門口醒目地掛著日本國旗。他們走進其中一家商店，發現店裡除了那些害人的毒品之外什麼存貨也沒有。光是在橋立街的一個街區，他們就發現了十到十二家這樣的洋行。接著他們走過其他街道，他們在那裡似乎只看見住宅，但阿宣告訴他，這一區都是大型麻醉藥物工廠和批發公司。而在日本領事館派出所的正後方，旭街變成了東馬路，那裡便毫不遮掩，就是一群衣衫襤褸的窮人經常光顧的低級毒窟。

立夫實在看不下這些人類渣滓，轉身走了。「你想看看稍微好一點的地方嗎？——高級或中級的？」「帶我去中級的吧。」他們坐上黃包車，來到一棟房子，一股令人作嘔的氣味撲鼻而來。房子裡很暗，到處都是癮君子，在沙發上或坐或躺，旁邊還有中國和朝鮮女孩服侍。「你們要抽還是扎？」其中一個女孩問。「我朋友是個新手，」阿宣指了指立夫。然後他轉向立夫，說：「用毒有好幾種方式。抽就是用像抽煙那樣吸，扎就是注射——用的是可卡因或嗎啡——還有第三種方法叫做聞，是老手用的。」「給我們五毛錢白粉，」阿宣說。他們被領到一張沙發邊。一個中國女孩帶來一小包用特殊紙張包著的海洛因，還有半盒火柴。「我只是想讓我朋友見識見識，」阿宣對站在那兒看著他們的女孩說。「要我示範給你們看嗎？」女孩微笑著說。「不用麻煩了，」立夫答道，那女孩便走了。「在『高級』的地方，只要你願意在她們身上花錢，這些女孩子有時候也會做點副業。在那裡，你會被帶進一間特別的密室，有專門的女孩爲你服務，除非你叫人，否則是不會有人進去的。」

但這兒是個半開放的房間，哪兒有客人喊，她們就過去服務不同的客人。「看那邊那個人，他在

『打高射砲』，」阿宣指著一個仰躺在沙發上的男子說。他用一張煙紙捲煙，把白粉混在裡面，仰面朝天地吸著。有些人用的是一隻小煙筒，是用一根毛筆筆管插在一個大竹節側面做成的。另一些人坐在長榻上，用點燃的火柴在錫紙底下加熱一定份量的白粉，然後用一個紙煙嘴吸著白粉受熱後冒出來的紫藍色煙霧。「那叫『哈』，吸氣的意思，」阿宣說。又進來了幾位新客人，其中一個還只是十八歲的男孩。一個男服務員走向他，顯然很清楚他要什麼，那大男孩拉起了自己的襯衫。「注射有兩種方式，靜脈和皮下，」阿宣說：「你看，那男孩背上滿滿的都是針孔。最壞的案例中，皮膚會感染潰爛。打靜脈可以避免這種情況，但是打靜脈更危險，有人一針下去當場就死了。所以大多數嗎啡成癮的人更喜歡皮下注射。」

＊＊＊

立夫回到北平準備他的報告。除了海關的報告之外，中國還沒有對這個問題有過全面的研究，所以他大量引用外國資料。「天津日本租界可以說是世界海洛英之都，」他寫道：「這裡是日本鴉片從大連、奉天和朝鮮出口運往南北美洲的中心。唐山則是世界最大的海洛英工廠，光是張家口的一家日本工廠每天就生產五十公斤海洛英，是全世界合法需求的十五倍。史都華．富勒在提交給聯盟委員會的報告中說，一旦日本在遠東的影響力在某處發展起來，隨之而來的是什麼？毒品交易。」他以「恐怖」形容滿洲和熱河的毒品形勢。根據日本報紙報導，擴大鴉片種植和販運，是在朝鮮政府專賣局局長的精心策劃和控制下進行的。鴉片生產商會可以獲得政府補貼，指導種植罌粟，爲種植罌粟者提供貸款，以及生產並運送粗製鴉片，這一切都是直接向專賣局負責的。

他在結論中寫道：「打擊鴉片和其他走私活動最主要的困難，是日本軍事當局和治外法權條約。「如果這就是日本要求世界承認的遠東局勢現實，那麼這個現實就太令人難以置信了。如果這是一個友邦的國家政策，那麼中國也該是多一些敵人，少一些朋友的時候了。如果這就是亞洲新秩序，那麼所有正派有良知的人都應該要求恢復野蠻人的舊秩序，將之作爲一種更文明的生活方式。天津日本租界是中國政治體上的毒瘤，是日本自身榮譽的污點，也是對世界公眾健康的威脅。應當把它從地球表面清除掉。」

＊＊＊

姚老先生的葬禮辦得相當風光隆重。他回到家裡之後，左鄰右舍都喊他「老仙人」，這場葬禮也被說成是老仙人的葬禮——雖然這種說法是有點矛盾。參加的人除了寶芬的旗人親戚之外，還有以前他經營大型茶行和其他生意上的老朋友、年輕一代的朋友和親戚。阿非的工作讓他有了類似官員的地位，許多市政府代表也來參加葬禮遊街，人龍綿延了一里長。西式銅管樂隊在當時的葬禮遊街中非常流行，兩批不同的團體送了兩支不同的樂隊。雖然姚老先生曾經說過不准讓和尚來給他念經，但西山有座寺廟的和尚堅持要來致敬。既然這時也不能拒絕，阿非便接受了他們的好意，但只讓他們參加遊街。最後這場葬禮成了一種怪異的新舊混合體，和尚們憂鬱的面孔和僧袍，和演奏柴可夫斯基〈葬禮進行曲〉的職業銅管樂手身上明亮的肩章和制服形成了鮮明的對比。

木蘭北上時，曾經在一處火車站看到兩支由不同官員派來的銅管樂隊，在一位軍政長官離開時奏樂歡送。火車一開動，兩支樂隊開始演奏，然而卻是不同的曲子，結果奏成了一團古怪滑稽的雜音。因此她告訴蓀亞，務必要讓兩支樂隊協調好，不能同時演奏，得等另一支樂隊奏完才能開始。

葬禮上木蘭和莫愁有了見到老朋友和親戚的機會。這當中有如今已是寡婦的素丹，還有桂姐和她的女兒愛蓮和麗蓮。愛蓮和麗蓮似乎婚姻都很美滿，也打扮得很時髦。黛雲的母親也來了。她丈夫牛先生已過世，她告訴他們，她女兒又被關進了蘇州的監獄，她是在去參加共產黨代表秘密會議時被抓的，這場會議的目的，是要鼓動建立抗日統一戰線。

儘管阿宣並不是姚家的人，但因爲曼娘堅持，阿宣還是特意請假參加了葬禮。葬禮在週三舉行，第二天他就回了天津。他聽說在前一天，另一群日本浪人幫派在天津東站強行將兩百件貨物塞進一節三等車廂，還打傷了一些被硬趕出車廂的中國乘客。

光是這個六月，這樣的事件就發生了八九起，海關人員被惹火了。星期五晚上，傳來消息說一大批貨物用六輛騾車裝載打算運到天津，但半途被海關人員攔截了，但後來三個日本人和三個朝鮮人衝進去制服了海關人員，又把貨搶了回去。阿宣所在的部門徵求志願者，要他們再次出動，奪回被搶走的貨物。當中最年輕強壯的一批人自願參加，阿宣就是其中之一。據說這些浪人並沒有攜帶武器，所以他們覺得十二個人應該綽綽有餘。他們自己也不帶手槍，因爲目的只是要搶回貨物，挫挫走私者的氣焰而已。

騾車的路線是早知道的，這十二個人出發到一個小村莊，身上只帶著繩索。在村子的一家商店裡，有人看到了一些大鞭炮，就買了一些打算用來嚇唬人。大約兩點半，他們當中有人用望遠鏡看見騾車來了。第一輛車上只有一個矮個子男人坐在一堆貨物上，可能是個日本人，其他人都在最末兩部車上。問題是要如何一面和後頭的護衛隊作戰，又不讓最前面的騾車逃跑，另外就是要如何讓攻擊出其不意。於是他們派出三個人去對付最前面那個日本人，同時攔住騾夫和那些貨，其他九個人分成兩組埋伏在路的兩邊攻擊護送的人。阿宣分在這組。他們蜷起身子，躲在一堵老牆後面。

第一輛騾車經過時，他們的領隊示意大夥兒靠近。接著他點燃鞭炮，把炮扔進車裡。一聽到這個信號，他們就衝了出去。日本人和朝鮮人吃了一驚，開始扔石頭。面對丟來的石塊，海關人員跳上騾車，緊緊攀住。

阿宣是跟在領隊後頭的第三個人，當他跳上騾車時，一塊約莫兩磅重的大石頭擊中了他的頭，他當下暈了過去，倒在地上。幸運的是，其他人都跳上了車，日本人沒辦法再扔石頭了。一個日本人抓起一把斧頭，瞄準了他們的領隊，領隊迅速往他肚子上痛揍一拳，斧頭掉在車上。

中國騾夫跑了，騾車也停了。經過短暫的扭打，後面的兩個日本人和三個朝鮮人被制伏，綁了起來。前頭車上有個人在這個六月的午後喝得半醉，昏昏欲睡，完全沒有反抗就被逮捕了，只是嘴裡還用莫名其妙的日語不住地罵著。

領隊下了車，看見阿宣躺在地上不省人事，頭上流著血。他便派人雇六個農民把騾車趕到最近的海關站點，阿宣被抬進了其中一部車。他只受了輕傷，他們到達海關站點時他已經完全醒了，在那兒清洗包紮了傷口，只是輕微的皮肉傷，並不嚴重。一行人為這次成功出擊興奮不已，隨後，他們將逮捕的日本人和朝鮮人押送到日本派出所，把人移交給他們。

然而，到了七點半左右，三個日本人進了海關大院，從辦公室的窗戶往裡看了看，便進入了海關辦公室。他們要求知道被扣押的貨物在哪裡。當值人員答覆他已經送到總部去了，其中一個日本人一聽便大罵，還甩了海關人員一巴掌。接著他們在客廳翻箱倒櫃，拿走了斧頭。離開之前，那個罵人的傢伙還用蹩腳的中文威脅說，要是那個海關人員給他的消息不正確，他就要回來取他的狗命。

第二天，局裡早上就讓阿宣放了假，他搭九點鐘的快車到北平，下午很早就到了家，家裡的人都沒想到。

他妻子一看到他纏著繃帶的頭便大吃一驚，趕緊叫曼娘。「我就跟你說會有這一天，」曼娘說：「要是你丟了命，我們婆媳兩個會是什麼感受？」環兒、寶芬和莫愁聽說這件事，也都趕到這屋裡來，阿宣便把整件事原原本本地說給她們聽。之後木蘭進來，只聽見曼娘激動地說著話，一半在罵兒子，一半在罵日本人。「你這做的是哪門子工作？」木蘭聽見她說：「赤手空拳去打老虎。我恨透了那些矮鬼子。爲什麼我們的官員不能帶武器，他們的就可以？如果這是兩國之間的戰爭，那就把場地清一清，兩邊的兵排排好，刀啊矛啊什麼的一樣樣擺出來，這才叫公平的戰爭嘛……」

「你贊成中國打日本嗎？」木蘭問。「要是像現在這樣，還不如打一仗，」曼娘說：「怎麼能叫阿宣赤手空拳地去打矮鬼子呢？」木蘭想起父親說的話。「你問曼娘。要是曼娘說中國一定得打，中國就會贏。要是曼娘說中國一定不能打，中國就會輸。」「那你覺得中國能跟日本打上一仗嗎？」木蘭慢慢地說。「不管願不願意，中國都得打。」所以這就是曼娘的答案！

這表示，正如姚老先生說的，戰爭即將來臨，而且必將戰到最後一兵一卒。「曼娘！」木蘭說：「你已經向日本宣戰了！」「我哪知道什麼宣不宣戰？」曼娘說：「我只知道，如果我們非倒下不可，就讓我們同歸於盡吧，中國跟日本也一樣！」「你怎麼看，木蘭？」環兒問道。「我怎麼知道？真希望我現在能問問我爹。但他總是說，福氣是在一個人個性裡的東西。一個有福的人，一罐清水會化成銀子；而一個當不起那份福氣的人，一罐子白銀也會化成水。你得有那樣的個性才能擔得起那樣的福份。這些日本人沒有那樣的個性，擔不起統治中國的福份。就算把中國交給日本，也無福消受。」

# 第四十三章　混亂

隔年七月七日，戰爭爆發了。它從華北的形勢中發展出來，就像地震後發洪水一樣自然。當犯罪學家發現兩件不同的犯罪都使用了相同的特定手法，便會假定這兩件案子出自同一罪犯之手。日本征服中國的計畫和他們的走私政策密不可分，不管方式、性質和動機都是相同的，而且啓發、策劃和指導都出自同一個機構——日本陸軍。

從掠奪中國政府的財政收入到掠奪中國領土，日本陸軍只不過是把同樣的殘酷手段繼續用下去而已。奇怪的是，人類心理會認爲偷走一個國家的領土，比偷走一位女士的手提包更光榮，更合理，更有可議論空間。莊子老早就寫過：竊鉤者誅；竊國者侯。這條眞理的後半段提出的問題，通常都由一群傑出的經濟學家和國際法學家在學術論文中研究、檢驗、診斷、預測、分析、辯論、解釋、辯護，並且在前瞻和回顧中吹毛求疵、小心翼翼地討論過了。但即使如此，眞理依然成功地避開了他們的觀察，就像降靈會上的鬼魂，有人說他們看到了，也有人發誓沒看見。

但也許木蘭是對的。日本人「沒那個福相」這件事是不會改變的。

以科學觀點來說，這場戰爭可以說是「自然發生的」。所謂的「蘆溝橋事件」甚至不能算是一個「事件」。日本軍隊在非法區域進行了夜間演習之後，在凌晨四點半要求進入一個守衛森嚴的中國城市尋找一名「失蹤」士兵，並宣稱中國軍隊向他們開火。之後，日本人甚至連這名士兵是不是眞「失蹤」的說法都不肯費心保持一致。但只要是開戰前一年生活在中國的人都知道，戰爭遲早要來。在佔領滿洲、呑併熱河、悄悄推進察哈爾、建立冀東政權之後，日本人現在想要分離「華北五省」①，他們認爲中國會把領土給他們。中國人痛恨日本人，但日本人愛極了中國的領土，日本人越是熱愛我們的土地，中國人的仇恨就越強烈。

就這樣，這兩國展開了亞洲歷史上最可怕、最慘無人道、最殘酷，也最具破壞性的戰爭。

事實上，神經戰已經持續了許多年，中國人的神經早就繃緊了。中國人必須和日本作戰，殺掉日本人，才能將自己從民族的精神錯亂中拯救出來。中國政府禁止所有公開表達反日的方式，無論是透過文字、演講、集會，或是街頭示威，但這反而更加刺激中國人的神經。在人民之間日益增長的、受壓制的反日情緒，像衝破堤壩的洪水一樣傾洩出來。在西安，幾乎連蔣介石自己都被這股力量戲劇性地呑沒了。日本人說中國人民反日，他們完全正確。但他們說蔣介石鼓勵公眾表達反日情緒，那就完全錯了，因爲他連動根手指鼓勵大家發洩一下都沒有過。如果他們認爲日本人對中國人民發動戰爭和破壞可以消除中國人的仇恨，讓自己在中國人眼中變得可愛，那就是另一個問題了，是日本人的智慧方面需要解決的問題。在這個問題上，無論是姚老先生、木蘭、曼娘，還是中國最優秀的哲學家，都幫不了他們。

客觀來說，從一九三二年以來戰爭的軌跡是這樣的：滿洲是日本的第一次出擊。一九三三年熱河陷落後的「塘沽停戰協定」，要求在長城的中國一側設立「非軍事區」，是第二次。一九三五年春，當大部份國軍都往中國西部追擊共產黨時，日本發動了第三次攻擊，迫使部份國軍部隊撤出了河北。於是，透過與地方指揮官的勾結以及推動向南京政府宣布獨立的「自治運動」，爲華北五省建立類似「僞滿洲國」傀儡國家奠定了基礎。日本甚至對省政府的「缺乏合作誠意」感到遺憾和驚訝，一九三五年秋，日本試圖將力量集中在河北和察哈爾，但中國政府的回應是從華西召回軍隊，並且將他們集結在隴海鐵路沿線。日本意識到危險，暫時放棄了這個大型計畫，發動了第四次攻擊，建立了冀東防共自治政權，加強了對中國冀察政務委員會的控制，並且增加了在華北的駐軍，兵力是三十六年前辛丑條約認定列強所需駐軍數量的四倍以上。

一九三六年秋，第五次攻擊發生在北平附近的鐵路樞紐豐台，所有往南和往東的火車都經過這裡，日本佔領了此處，儘管這裡顯然超出了辛丑條約規定的外國駐軍範圍。緊接著，在日本唆使下，蒙古對綏遠發動了第六次攻擊，國軍第一次公開迎戰，擊退了蒙古人。接著第七次攻擊來了——蘆溝橋事件。

有一點是道家和現代科學都同意的：作用力和反作用力是相等的。中國人的抗日精神是一種反作用力，一九三一年到一九三七年日本的反華行爲才是先施加的作用力。中國抵抗力道的強弱，應該當成日本在戰前對一個友好國家暴行嚴重程度的直接衡量標準。只有這樣，我們才能理解這場戰爭。就算是地球上最強國家所擁有的最精銳陸海空三軍的強大力量，也無法炸碎或摧毀自然界牢不可破的作用與反作用力定律。

---

①華北五省自治，又稱華北特殊化、華北分離工作、華北自治運動、華北事變。一九三五年，日本積極策劃華北五省「自治」運動，企圖使包括河北、察哈爾、綏遠、山東、山西在內之華北五省脫離中國，在關內製造第二個「滿洲國」。

如今戰爭已不可避免，因爲兩國都準備在華北攤牌。停戰談判不斷延長同時，零星的戰鬥仍在繼續。蔣介石在廬山牯嶺與各省軍事領導人商議重大決策，日軍連續三週湧入京津鐵路沿線鞏固陣地，如入無人之境。事件發生後九天內，據報日軍總共派出五個師到中國本土及內蒙古，總數達十萬人。一車車的彈藥和軍用物資湧入天津，分發到豐台和其他地點。當眞正的戰鬥在北平周圍爆發時，日本軍隊已經在距北平幾里外的所有戰略要地築起了防禦工事。日本於七月二十六日發出了要求三十七師全部撤出保定以南的最後通牒，宋哲元將軍斷然拒絕，戰爭就此開始。中國在二十八日發動了猛烈的進攻，宋將軍卻在當晚十一點鐘戲劇性地離開北平，任命了一個親日市長，他帶領的第二十九軍的抵抗在二十九日午夜停止。北平落入日本人手中。

＊＊＊

父親的葬禮結束之後，木蘭和莫愁和家人一起回到南方，戰爭爆發時，他們分別住在杭州和蘇州的家裡。阿非和其他人依然留在北平。蘆溝橋事件後謠言滿天飛；而當南京政府試圖做出重大決定時，居民們每天都在祈禱中國軍機能出現在這座城市上空，然而這個希望落了空。人們暗自希望這座城市能得救，又暗自擔心它可能沒法救。如果說對入侵者有仇恨，那也是一種經過幾百年的忍氣吞聲，積壓成的一種深切、巨大、悶燒著的仇恨。當他們看見日本飛機在頭頂盤旋時，每個人都小心翼翼地，偷偷地咒罵著。

這個古都裡的大多數人，也就是眞正土生土長的當地人，在家裡和茶館裡依然平靜甚至愉快地聊著即將到來的這場戰爭，猜測著戰爭的結果，但他們還是照常做著自己該做的事。

他們不喜歡侵略者，但他們以前也不是沒見過侵略者。生活在北京的人各色各樣，有退休的滿人老官員，有年輕的愛國學生，有膽小的官僚，也有寡廉鮮恥的政客，有誠實的商人，也有給日本當間諜的窮困地痞流氓。但是一般來說，這兒的人太文明，不喜歡暴力和戰爭，也不喜歡上海那樣的恐怖主義和騷亂。這兒的人溫和、矜持、愛好和平，而且堅忍不拔。

眞正繼承了北京古老文化的人們已經證明了自己比所有現代思潮的攻擊更爲優越；他們的老祖先怎麼生活的，他們現在就怎麼生活。他們家裡有一種滿足的氣氛，他們的人生觀中有著永不枯竭的精神儲備，他們生活方式中的時間感有種達觀的超脫，他們說起話來有種睿智、幽默、悠閒的風格。因爲在舊日的北京，瞬間即是永恆。在其他地方幾百年的時光，在北京不過是短暫的片刻，跨越祖孫幾代，延續著同樣的生活傳統。因爲北京可以等待，可以變老，但又永遠不會變老。它被征服了許多次，也曾經征服了它的征服者，讓他們調整、改造，以適應這座城市自己的生活方式。

滿人來了又走，北京並不在意。歐洲白人來過了，對這座城一再進攻，證明了他們的軍事優勢，北京並不在意。穿著西服的新派留學生和摩登捲髮女子來到這裡，帶來了新的時尚和新的娛樂，北京並不在意。高聳的現代化十層樓飯店和古老的平房並排，富麗堂皇的現代醫院和古老的藥舖爲鄰，新派女學生和打赤膊的老義和團住在同一個大院裡，北京根本不在意。學者、哲學家、聖人、妓女、狡詐的政客、漢奸、和尚和太監都來到這棵大樹底下遮蔭，北京歡迎他們所有人。生活的樂趣依然繼續。這裡的丐幫、戲園子、科班、毽子會、烤鴨和螃蟹館子、燈籠街、古玩街、廟會、婚禮和葬禮遊街從未停止過。

說天壇、紫禁城和皇宮會被轟炸摧毀，是令人難以置信的事。北京就像有祥瑞護祐，在所有被日軍佔領的城市中，只有北京這次是安然無恙的。

可別激動地談論北京的政治或時事，否則你身上的北京文化就浸潤得不夠透，在北京算是白住了。京腔和其他方言的區別不在元音和輔音，而在於它平靜的語速和沉穩的語調、幽默和發人深省上，談話的人準備欣賞話中所有的滋味，一談就忘了時間。這種悠閒自在正體現在語言的隱喻中。在集市買東西就是在「逛」集市，在月光下散步是去「玩」月。飛機扔炸彈不過是「鐵鳥下蛋」，被炸彈擊中也只是「贏得航空彩票頭獎」。就算血從太陽穴往下淌，也不過是「披紅掛彩」而已！死亡本身不過是表演「翹辮子」，就像個死在路邊的乞丐。

但在北平，至少有一個人是很容易激動的，就是五月底才獲釋的黛雲。黛雲不屬於北京，但她屬於有政治覺悟、有勇武精神的中國青年。對她來說，現在爆發的戰爭決不是一場災難，而是一場鼓舞人心、期待已久，爲爭取民主自由與痛恨的侵略者決一死戰的好機會。如果一個人瞭解前幾年的情況，就能輕易看出戰爭是極大的精神慰藉，一種理智與平衡的恢復，一種儲存能量的釋放。中國政府終於準備帶領全國人民抗日的消息好到令人難以置信。如果一個人能理解七年前中華民族的沮喪和心理上的挫折，理解人們對明確的國家領導和堅定國家政策的期待，理解人們對各派系、各黨派組成反日民族統一戰線那種幾乎徒勞的渴望，就可以輕易地看出，完成統一戰線和抗戰到底的決定，對黛雲來說，意味著她實現了最美好的夢想。

她的熱情很有感染力，影響了她的姪子，也就是懷瑜的孩子，甚至也影響了他的妻子。懷瑜已經回來了，和鶯鶯一起住在一家德國飯店裡。他爹已經過世，他的孩子和孩子的娘與黛雲的母親同住，他喊黛雲的母親福娘，這回他是來認自己的孩子的。

一天他出現在黛雲家。這時他已經五十歲了，嘴上的日本仁丹鬍也已花白。他有錢，看上去很闊綽，穿著西服，帶著金邊眼鏡，還學了一些日本習慣，比如說從牙縫發出嘶嘶聲，或者拍手喊僕人來之類。

國昌已經是三十歲的大男人，對自己的父親既厭惡又瞧不起。「你回來幹什麼？」他問道：「我想，是想找機會和日本陸軍一起重新掌權吧。」「年輕人，」懷瑜擺出一副居高臨下的樣子，說：「你懂什麼？中國怎麼打得過日本呢？」「你不贊成抗日？」「我非常不贊成。那就跟飛蛾撲火一樣——找死。來，我有話跟你說。」他把大兒子帶進另一個房間。不到五分鐘，國昌的母親便在外間聽到他在裡頭大吼大叫，接著他衝出來，整張臉都氣紅了。「漢奸！漢奸！」他大喊。

「怎麼回事？」黛雲問。「他是日本間諜，他要我也去當日本間諜！」他父親從房間出來，神色自若。「亡國奴！」黛雲喊他。「激動成這樣，有什麼用嗎？」國昌的父親說：「你對你爹太不敬了！我真沒想到你會變成這樣一個不孝子！」「什麼？你——我爹？我爹很久以前就死了。我長大成人這些年，他在哪兒？我已經跟你斷絕關係了。」他轉向黛雲和他母親，說：「他說要給我一個月三百塊錢，叫我去當日本間諜！」

突然，他那長年受苦的妻子雅琴大叫起來：「滾出這兒！滾出去！滾出去！」她拿起一只高腳杯，不偏不倚地砸在他的金邊眼鏡上，眼鏡和碎玻璃掉了一地。「你——！」懷瑜吼道。「滾出這兒！」她又喊：「離我們母子遠一點。我們幸虧命大沒餓死，以後別再接近我們了。」

「很好，好極了！」懷瑜生氣地說：「革命鬧到我自個兒家裡來了！」他朝妻子走去，舉起他鑲金圈的手杖，做了個看似要打她的威脅性動作。國昌從他手裡把手杖強行奪了過來。「離開這兒，你，立刻走。」兒子抓住父親的衣領說。懷瑜又氣又惱，轉身走了。「根本無法無天！」他說：「中國必亡！中國非亡不可！」「這是你的眼鏡，戴上眼鏡走吧。」說話的是他的小兒子，接著他在他父親身後給了他一腳。「混蛋！狗雜種！」懷瑜滾到院子裡，嘴裡還在大叫。「是你們對還是我對，你們等著看吧。我這還不全都是爲了這個國家……」他的嘀咕聲漸行漸遠，終於聽不見了。

素雲依然住在天津，那裡實際上處於戒嚴狀態。無論在租界還是在中國城市，路人都經常被搜身。日本士兵和軍需品被緊急送往內陸，運送這些人和物資用的是中國的鐵路，宋將軍爲了不使局勢惡化，允許他們通過。天津的緊張局勢導致大批民眾從中國城市逃往租界，或者南下上海。天津每天都有許多逮捕、暗殺和類似事件，最重要的是，這裡出現了巨大的間諜恐慌和頻繁的死亡事件，日本間諜殺中國特工，中國特工殺日本間諜。天津海河上漂著浮屍的景象近年來已經不是新聞，如今浮屍的數量更是大幅增加，原因也引起了公眾的猜測。一種說法是，除了一般的海洛英成癮者之外，被日軍強徵在海光寺修建日本防禦工事的中國勞工，事後都被殺了，以防止洩露軍事機密。

既然日本人知道戰爭即將來臨，他們遍佈中國的間諜網也正在加強。華北的總部設在天津，雖然後來北平也有了自己的總部，由一個日本人負責。這個體系透過中國人、朝鮮人、台灣人和大量的白俄羅斯人形成分支並擴展。這個間諜體系在中國各地已經建立多年，擔任間諜的主要是日本專利藥品的流動推銷員、毒販，以及其他以攝影師或新聞廣告公司掩護身分的人。可以收買的航空、政治和軍事部門雇員或僕人每個月都有工資。這些間諜受過攝影、繪製地圖和發送秘密訊息的訓練，並且配備了相機、化學藥品甚至無線設備，目的主要是獲取中國的軍事機密、地圖和防禦計畫，以及其他軍事情報。只有等級最高、最聰明的人，才能被選上從事與中國軍官接觸這項更困難、也更微妙的工作，其中有一些是女性。因爲任務特殊，這些人的報酬很高，而且手下還配有工作人員。

有一天，還在天津的素雲被叫到日本間諜總部，也就是特務部。他們屬於日本軍事使團，經常和臭名昭著的土肥原領導的關東特務機關發生衝突。

素雲走進辦公室，看見裡頭坐著一個大約四十歲的男人。他有一張豐潤卻骨節突出的臉，和一個剃得光光的圓頭。他留著黑黑的鬍子，但沒戴眼鏡，這在日本人裡有點不尋常。整體來說，這是一張聰明友好的臉。他的中文說得還可以，英語和俄語就有點糟了。

素雲知道自己爲什麼會被叫來。她在日本租界擁有大量飯店和房產，長期以來又一直是毒品頭子，日本人有信心能贏得她的合作。她在一年前獲釋後回天津時，她的情況日本當局很清楚。她給中國禁煙局匯了五十萬元的事，日本人認爲那是一種賄賂，是她重獲自由的代價。她在北平的其他廠子也被抄了，他們只以爲是她運氣不好，沒有理由相信禁煙局對她或者她對禁煙局會有什麼善意。她一如既往地過著和以前一樣的生活，顯然沒有其他選擇，也不敢按照自己內心的信念行事。但她對這一行已經不那麼感興趣了，只想維持現狀就好。

「牛小姐，請坐，」那個日本軍官非常有禮貌地說。「我們非常感謝您長久以來一直跟我們合作。我這裡有事想拜託您。我差點忘了，您把所有的錢都存在日本銀行裡，我要先向您表示感謝……。現在言歸正傳吧。您在這兒有很多飯店，每間飯店裡都有舞小姐。您從最漂亮、最聰明的小姐裡頭挑十二到十五個人，把名單報給我，我會對她們作進一步的指導，這個部門需要她們效力。我們當然不會忘記您，我們讓您帶領她們。選中國人、朝鮮人或白俄。我們每個月付給每個人兩百元，最聰明的可以拿到五百元……另外還有特別津貼。這樣您明白了嗎？」這些話聽在素雲耳中並不意外，她不願意；但在這種情況下，她知道，她要是不接受，下場就是失去她全部的財產，甚至生命。「當然，」她回答：「我會盡力而爲。」軍官站起來，熱情地和她握手。素雲也回握，但心底卻泛起一股噁心的感覺。

她回到家，焦急地思考著自己面臨的問題。靠鴉片賺錢是另一回事。她掉進這個大坑裡，爬不出來。但現在戰爭來了，一場日本和她自己國家人民之間的戰爭。

她願意當日本間諜對付自己人嗎？她對自己、她全部的事業，和她對自己所處的悲慘境地的憎恨，現在變成了對日本人的憎恨，她發現自己被日本人控制了，必須做出決定。要不她的財產被沒收，所有財富歸零，要不她就得屈服，成爲漢奸。「漢奸」這個名號如今到處可見，每天都有抓漢奸的消息。她的下場會是什麼呢？即使她逃過了所有的危險，替敵人辦事又能得到什麼好處呢？錢她有的是。如果她被捕、被槍斃了呢？她越想越緊張。

然後，姚老先生的話又浮現在她腦海裡。「當戰爭來臨時，要記住你是個中國人。」那個老人是怎麼知道的？他眞是個仙人嗎？更令人難忘的是暗香的小兒子問的：「你是中國人嗎？爲什麼你要跟日本人一起做事？」

她決定假裝繼續，直到她有機會保住部份財產，再在不引人注意的情況下逃走。她安排了一批舞小姐，裡頭只有兩三個中國人。其中一個斷然拒絕了她，說：「我要錢，但要賣國——我不幹。」其他的多半是朝鮮和白俄女孩。第二天，她帶著這群小姐到特勤部讓主任檢查，由於工作迅速，主任對她大家稱讚。小姐們走了之後，他請她留下。

「牛小姐，」他說：「您年紀長些，我完全信任您。戰爭就要爆發了——這您是知道的。日本軍隊半個月內就會進北京。事實上，我們幾乎已經包圍了整個城市。我們必須擁有最優秀的人才。您的職責是回報二十九軍中國軍官的政治立場。我們盡可能在不流血或盡可能減少犧牲的情況下取得勝利。我們已經和張自忠、潘毓桂有過接觸②。但你身為中國女性，有辦法弄到其他方式得不到的內部消息。挑兩個最漂亮的姑娘送去給張自忠，不要說是我們給他的禮物，要說是你給的，讓她們從內部下手，懂嗎？其他的小姐我會把她們分派到中國城市和英法租界做不同的工作。」素雲準備動身去北平。她到日本銀行領了三萬元，不敢再多拿，怕引起日本當局的注意。她和兩個朝鮮女子去了北京，住進了東交民巷的一家外國飯店。

當黛雲聽說自己同父異母的姐姐被捕，又由於姚家協助獲釋的消息時，曾經到天津看望過她，稱讚

② 張自忠（1891—1940），一九三七年曾代替冀察政務委員會委員長宋哲元訪日，日方大加宣傳，張自忠被國內視為漢奸。後接任天津市長，輿論更甚。一九四〇年在南瓜店戰役中殉國。潘毓桂（1884—1961），宋哲元擔任委員長時的政務處處長，向日軍出賣了二十九軍作戰計畫。

她改過自新的決定，並勸她盡早放棄目前的工作。

這時絕望中的素雲，竟自然地覺得黛雲是她唯一可以說話的人，這很奇怪，因為自從她離開吳將軍之後，連哥哥都跟她分道揚鑣了。她很清楚如果徵求黛雲的意見她會說什麼，但她還是忍不住要跟她說。因為黛雲和懷瑜的妻兒現在是她在這世上唯一的親人了。

大約七月中旬，她來到妹妹家。懷瑜的妻子有禮而冷淡地接待她，姪子們都不知道該如何看她才好。

她把黛雲拉到一邊，說：「我得跟你談談。咱們的爹娘都不在了，而且，到了我們這個年紀，懷瑜對我來說也不再是哥哥了。你知道，自從我們兩個的生意衝突以來，我們就鬧翻了。」「他也在北平。」黛雲說著，笑著說起他到家裡來的情景。「我也是漢奸哪！」素雲笑著說。「當漢奸的不會說自己是漢奸，說自己是的就不會是。」黛雲說。

「有件正經事兒。我想跟你談談……」「你也是賣國賊嗎？」黛雲喊出來：「你是來收買我的？」素雲趕緊讓她收聲。「我想聽聽你的意見。如今在這世上，已經沒有人能給我出主意了。這就是我現在的處境。我還不如死了算了！」她把自己的難題大致說了一遍，也就是在失去所有財產和當漢奸說不定要送命之間的抉擇。「原來如此！」當她姐姐說完，黛雲說：「這個簡單。你是不是中國人？這是唯一要問的問題。姐姐，眼前只有一條路。一個中國人怎麼能幫敵人奴役自己的人民呢？就算你變得比現在更有錢，又能從中得到什麼呢？很可能就是被槍斃。既然你對我坦白，我也對你坦白。現在到處都有愛國反漢奸團體，專門追捕射殺漢奸，我也是其中一個，姐姐，如果你真跟日本人一路，我可能會親手殺了你。你想讓人往你頭上開一槍嗎？」黛雲說著笑了起來，她的態度雖然友善，話中卻充滿了威脅。

「那你覺得我該怎麼辦？」素雲又問了一次，擔心得不得了，而且害怕。「怎麼辦？當個愛國的人！唯一的問題是你恨不恨日本人。難道你看不出來，每個中國男人、女人、孩子都在反抗日本人，中國是一定會打贏的嗎？以所有日本人和中國漢奸他娘的命發誓，你看不出來我很快樂而你一點都不快樂嗎？」這賭咒發誓有點下流，卻把素雲逗笑了，黛雲輕鬆開朗的態度中有些東西令她感到驚奇。「中國打得贏嗎？」「當然──這點毫無疑問。我們可能都會死，但是和我們自己的人民一起死要好得多。」「如果你必須死，你確定自己和我們的人民一起死會很快樂嗎？」「當然，我很快樂。你看不出來嗎？」

素雲感受到一種新奇的感覺從心底往上湧。快樂對她來說已經是很遙遠的事了，她從來沒聽過有誰對這樣的信念感到快樂的。「快樂，快樂，」她喃喃唸著這幾個字，似乎想看看這幾個小小的字聽起來是不是還能更眞實一點。然後她說：「妹妹，我眞希望能一直跟你在一起。在那邊，我身邊都是鬼子，我眞討厭日本人──也討厭跟我合夥的中國人！」「你恨他們嗎？」「我厭惡他們。」素雲沉吟半晌，又說：「我也厭惡我自己。」「那就逃到中國人這邊來，和我們在一起。」「你不是說你是反漢奸團體的嗎？」「是啊，不過這只是一個秘密組織。要是你能幫我，我就跟你一起去天津，把子彈轟進日本間諜的腦袋裡。」素雲突然升起一股恐怖感，她癱倒在地，一邊哭，一邊呻吟著說：「我怕死！」

黛雲眼睛閃了閃。「看這兒！」她說：「這是一個爲國貢獻的大好機會。我會帶著我們那個團體的人一起去天津，我們會弄到日本的秘密情報。我假扮成間諜，你就要成爲偉大的民族英雄了。爲什麼要怕死呢？」

黛雲欣然面對一切的勇氣不但感動了她姐姐，甚至也感染了她，打開了她的心靈，讓她看見了一個後半生從未瞭解過的新世界。由於精神上的孤單，如今她依靠著妹妹，在她的陪伴下，她做出了重大的決定。

她和黛雲、國昌和陳三一起去了天津。黛雲以素雲妹妹的身分被介紹給日本特勤部。素雲留在日本租界，和特勤部聯繫，把她能得到的消息傳給在中國城市工作的其他人。與此同時，她還得不時從日本銀行把錢提領出來，每次只領兩三千元，以免讓人起疑。

* * *

素雲每隔兩三天就會去一趟日本辦公室。她獲得之前拒絕為日本人做事那位中國舞小姐麗玲的協助，並讓她發誓絕對保密。黛雲到的第一天素雲便將她介紹給主任。主任懷疑地看著她，但素雲向他保證她是自己的親妹妹。就這樣，黛雲也知道了所有的暗號，可以自由通過日軍的崗哨。

奇怪的是，開始有許多日本間諜被槍殺或神秘失蹤，連素雲之前弄到的那些小姐也有人遭殃。

一天，素雲進了辦公室，那位日本主任問她：「你知道中國的反漢奸團體嗎？我們的探員裡出了太多事，一定是什麼地方走漏了消息。我警告你，務必多加小心。順帶一問，您為什麼會在七月十日領出三萬元，七月十六日從北平回來領五千元，十八日又領了兩千元？也太碰巧了吧。」「喔！」素雲平靜地回答：「最近日子不好過。誰不是多備些現金好應付緊急情況呢？那三萬塊錢是付給大連運來的一批嗎啡用的，我可以給你看帳單。」「好吧，我只是提醒你一下。」

素雲假裝開玩笑：「長官，」她說：「我做這個工作，能拿多少啊？我一個月至少也得拿個一千。要是我成功策反了張自忠，你會給我多少報酬？」「欸，你要錢幹什麼？你已經是百萬富翁了。」「如果不是爲了錢，你以爲我爲什麼工作？」「好吧，給你一個月一千，特殊工作另加額外獎勵。你覺得五十萬能收買張自忠嗎？」「我試試看。」這次談話暫時消除了主任的懷疑。但素雲不再從日本銀行領錢了，而是開始盡可能多收現金，因爲所有支票都要經過日本銀行。她也警告黛雲，不要再進入日本租界。

這時平津地區的情勢已經十分危急。二十八日爆發了一場激烈的戰鬥，日本飛機轟炸了兩個城市之間所有的國軍駐點。日本迅速增派部隊到北平前線。

素雲向外傳遞了一條重要情報：日本的守備部隊所剩無幾，只有兩千多一點，可用的人大部份都已經派往前線。這條消息是由一個叫麗玲的中國女孩帶去給身在中國城市的陳三的。

陳三根據這條情報，和中國地區的中國保安隊密謀，向日本租界發動奇襲。他們知道由日本人裝備訓練的冀東部隊第二天要兵變。此外，中國全線反攻，以及佔領豐台和廊坊的消息，讓他們決定發動一個大膽的計畫，一舉將日本人趕出天津。

七月二十九日凌晨兩點，天津城內展開了戰鬥。這座中國城市遭受了猛烈的砲擊和飛機轟炸，整整持續了一天。市郊的南開大學遭到嚴重轟炸，幾乎夷爲平地。市區到處是熊熊大火。

十一點中，素雲接到消息，說第三次來到這座中國城市的麗玲被一個哨兵抓了，已經送到日本司令部。素雲大吃一驚。前一天那位日本主任看她的眼神就有點奇怪，顯然是從其他探員那裡得到了她陽奉陰違的消息。

她決定逃到毗鄰的法租界去，她喬裝打扮，只帶了一個小包，從房子的後門出去。她叫了一部黃包車，還沒來得及上車，一個警察就上前問她：「你要去哪裡？」

素雲給了他一個暗號，表明她是日本特勤的人。「那麼您就是牛小姐了，」那警察說：「你就是我要找的人。跟我到司令部去。」素雲被上了手銬帶走了。「你不是中國人嗎？」素雲對那人說。「我是；但是我不能保證讓你活命。」「讓我下車，拜託。我們都是中國人啊。」「所以你害怕為中國而死？」那警察說。租界裡的中國警察身材高大、對同胞的傲慢和腐敗都是出了名的，甚至連等客的黃包車夫都能被勒索出幾個銅子兒來。

「來，你把這個包拿走，放我下車吧，」素雲對那個警察說：「裡面有三萬塊錢現鈔。」警察接過包包，猶豫了一下，他打量了四周一圈，用戒慎恐懼的口氣低聲和素雲說話，這時一個日本哨兵看到他們在十碼外交談。他走上前詢問他們，接著便一直和他們站在一起。機會就這樣溜走了。素雲又跟中國警察說起話，那個日本兵不懂中文，當場一巴掌甩在她臉上，想讓她閉嘴。他看到警察手裡的包，要求警察把包包和鑰匙一起交給他，三個人沉默地走著，素雲走在中間。

她挨了這一巴掌，覺得整個人受了極大的屈辱。「這就是我為這些日本鬼子賣命的回報，」她想著，心底怒火頓生，突然什麼都不怕了。當她聽到那警察說：「所以你害怕為中國而死？」的時候，她有種奇怪的感覺，迷迷糊糊地，她覺得自己在做的是一件偉大的事；她的一邊走著一個中國人，另一邊走著一個日本人；她右邊的中國人代表中國，她就要為中國而死了。她知道自己的末日已到。在司令部，有人問了她幾個問題，她表現得很輕蔑。那位軍官打了電話給特勤部。「槍斃我啊！」她打斷那人的電話：「我準備好去死了。我恨你們，我厭惡你們所有人。」「那就恭敬不如從命了，」那軍官說：「帶出去。」素雲就在院子裡被槍決了。

＊＊＊

不知道從什麼時候開始，黛雲、陳三和國昌再也沒收到過麗玲和素雲傳來的消息，便起了疑心。幾天之後，有人告訴他們，一家日本報紙登了「白粉皇后」被槍斃的新聞，說她是個中國間諜。天津的中國讀者都弄不清這是怎麼回事，但也沒有時間多做猜測。

這時中國保安隊和二十九軍的部份部隊聯手突破了日軍的防線，在日本租界的街道上發生了戰鬥。中國城市中砲彈爆炸、彈落如雨，機關槍從空中往街道掃射。日本軍隊被派往內陸之後，日本似乎一度在天津輸掉了戰爭，因爲他們對於在本部附近的襲擊措手不及。只有一千人的中國國軍佔領了東站和總站，讓所有的日本援軍無法進入北平前線。在這之後，他們繼續在海光寺攻佔日本軍營。最後他們繞過東岸，準備摧毀日軍的機場，有些日軍甚至已經退到塘沽。然而到了深夜，卻有鐵路工人告訴他們，第二十九軍已經開始撤出北平。「你們還是放棄吧，」一個鐵路工人說：「別做不必要的犧牲。第二十九軍已經撤了，你們不會有援軍的。」雖然這消息令人吃驚，部份部隊依然繼續堅守陣地，但大部份部隊開始四散，邊打邊退。日本人重新進入之前被佔領的地區，接管了這座中國城市，以及前奧地利及俄羅斯租界。

日本人惱羞成怒，對這座中國城市進行了可怕的報復。男女老幼擠滿了街道，彷彿無頭蒼蠅似地到處逃竄，許多房子被煤油燒了，大火擋住了他們的去路，他們被刺殺、被踩踏、被空中的機關槍掃射。有些地方敵人和保安隊的殘餘人員之間發生了零星的戰鬥，許多人一直打到彈藥耗盡，最後自己衝出去，赤手空拳地和日本兵搏鬥。

混亂之中，國昌被一顆流彈打中。陳三試著幫助他，但走不到五十碼，他就倒下死了，陳三只得放棄他。他最後的遺言是，請姑姑黛雲安慰他母親，並且殺了他父親。

黛雲和陳三現在不得不往全國各地逃跑。鐵路已經不可能了，他們必須靠雙腳走回北平。他們在路上遇到許多士兵，他們正準備和往保定進發的主力部隊會合。直到八月三日，他們才聽說了通州兵變③，冀東政權首府有三百個日本人被殺的事。

他們目前的問題是如何再度進入北平和家人團聚。北平這時控制在親日的自治委員會手裡，所有想進北平的人都得在城門外接受搜身。

他們一路走著，滿身塵土，又餓又累，黛雲聽到陳三咒罵著二十九軍和前後三任將領，她從來沒聽過一個男人會這樣罵人。「可是接下來呢？」她問：「你打算怎麼辦？」「怎麼辦？繼續做下去啊！」陳三說：「要是在北平什麼事也幹不了，說不定我就到南口去參軍，或者參加游擊隊。這麼一來，那支軍隊就會成爲中國最好的一支。」「我跟你去，」黛雲說：「羅曼現在人已經在西北了，環兒也會來，這我確定。但我心裡還有一件事要做，就是按照國昌交代的，去殺了我哥。這應該是我們要做的第一項工作。他住在德國飯店。我相信他和他的安福系朋友應該正從滿洲趕回來，準備成立傀儡政府。」

當他們快要看得見城市的時候，天已經黑了，他們在一個村莊停了下來。他們知道穿著現在這身衣服是進不了北平的。他們求了幾戶人家收留，但每一家門都關得緊緊的。「現在怎麼辦？難道我們非得在野外過一夜，等天亮的時候被抓嗎？」陳三笑著說。最後終於有位老太太願意讓他們進門，他們告訴她，他們是從天津逃難過來的。陳三和黛雲也因此不得不假扮成夫妻。「您眞是好心人啊，」黛雲對老太太說：「能讓我們在這裡過夜嗎？我們明天一早就走。」老太太去廚房熱了些豆子湯。「你們不是當兵的，對吧？」老太太問道。「唉，看著眞可憐哪！通州兵變之後，所有的東洋矮鬼子都被殺光了，殷汝耕④也被抓了，押送到北平交給宋將軍。誰想得到二十九軍居然會在這時候撤退呢？我們的士兵連進城都不許。漢奸殷汝耕居然還在城牆那兒錯交給巡邏隊了，你們能想像嗎？」「通州那些兵現在在哪兒？」陳三問道。「就只能到處跑呀，我聽說他們在永定河對岸加入了其他部隊，」老太太說：「我老了，只有牙口還行。要是我再年輕十歲，我就到山裡去，自己帶一支游擊隊。」「要是每個中國人都跟您一樣，日本人就算花一萬年也征服不了中國。」黛雲佩服地說。

現在他們知道自己是安全的，陳三坦承自己曾經和士兵在天津戰鬥，並且拿出了之前藏起來的左

③通州事件，亦稱通州大屠殺，中日戰爭時期，由日本扶植成立並且受日本控制的冀東防共自治政府下屬通州保安隊的中國士兵，於一九三七年七月二十九日攻擊日本軍民與冀東防共自治政府的事件。根據遠東國際軍事法庭的日方證言，通州保安隊的中國士兵約殺死兩百三十五個日本官兵、僑民、顧問和日韓浪人。

④殷汝耕（1883—1947），中國財稅官僚與近代政治人物，曾出任日本扶植的冀東防共自治政府要職。一九四七年以漢奸罪名在南京處決。

輪手槍。「你太太也跟你一起作戰嗎？看看這些新派姑娘啊！」黛雲有點不好意思地看著陳三，答道：「我跟反漢奸團體一起工作。在我們下次出城之前，那把槍得先在北平打死幾個漢奸才行。您覺得我們能安全進城嗎？」「帶著那把槍可不成，」那農婦回答：「你們會給人抓住槍斃的。除了西直門之外，所有城門都關了，你們得繞到西城城郊去。我覺得以你太太的髮型和打扮，要過去不容易。」然後他們想到了一個主意。陳三扮成一個一大早運新鮮蔬菜進城的農夫，黛雲和他一起去賣菜。「聽著，老大娘，」陳三說：「您得幫幫我們。我給您兩塊錢，手槍也給您。我想我穿著這雙靴子是進不去的。您得借我和我太太一套農家衣服和兩籃子青菜當成交換。」「你們自己去摘吧，」農婦當下便說。「錢我收下，我會借你們衣服。不過你的靴子和槍我不要。你應該看見了，城門外頭，來福槍、手槍和軍服扔得到處都是，誰都可以拿。新任警察局長派了大卡車來收，把東西都給了日本人。」陳三和黛雲去外頭摘菜，老太太在黑暗中替他們把風。

接著老太太把他們帶進一個黑黝黝的房間，裡頭有個小瓦炕，那就是他們的床了。「你得睡這兒，」老太太走了之後，陳三說：「我去外頭凳子上睡。」「那可不成。她會懷疑我們的，」黛雲說：「我們別脫衣服靴子，就這樣睡吧。」於是當晚，陳三和黛雲就一起躺在那小炕上睡了。

天還沒亮，兩人就起床了。陳三捨不得丟下左輪手槍，決定把槍藏在青菜底下。但是他把軍靴丟了之後就沒鞋穿了，只好光著腳。黛雲用一塊黑色舊棉布把頭髮紮起來，打扮成農婦的樣子。他們告別了老太太，那時天空開始泛出淡淡的鴿灰色，陳三打起掛在扁擔上的兩只青菜籃子上路了。

他們到的時候西直門還沒開。由於擔心會引起注意，他們一直站在遠處等，直到其他擔著青菜的農民陸續到來。黛雲看見有農婦賣活雞，便跟其中一個買了兩隻，然後把雞倒提起來，像是要賣的樣子。陳三混在七八個村民當中，把一籃籃的菜從城門口運進來，黛雲拎著兩隻雞跟在後面。到了城門口，他們被親日的警察局長潘毓桂派來的新警察攔住了。

陳三停下腳步，把籃子放在地上。

警察開始搜籃子。當警察用手去摸菜籃底時，陳三的心跳得很快。幸運的是，左輪手槍藏在另一個籃子裡。

站在陳三身邊的黛雲很絕望，以爲下一刻那把槍就會落到警察手裡。她鬆開一隻手，她的雞掉到地上，咯咯大叫著到處亂跑。「啊，我的雞跑了！」她大喊一聲，開始追雞。其他農民也努力幫她抓雞，一片混亂中，黛雲又放走了另一隻雞，農民和警察爆出笑聲，吵吵嚷嚷，這種事在北京民眾之間實在太常見了。其中一個警察還跑來跑去的幫忙抓雞。「唉呀呀，眞是佛祖保佑！」黛雲模仿著當地村民的口音喊道：「要是這兩隻雞跑了，我就得三天沒飯吃了。謝謝啊，好心的先生，謝謝你！」

這個轉移注意力的小事件讓每個人都很開心，包括警察在內，他們沒有進一步搜查就讓他們通過了。陳三帶著黛雲回到自己在花園的家，他們進了家門，梳洗之後換了衣服，跟大家說了早上的奇遇和前一天晚上那個善良的農村老太太。環兒見到自己的丈夫平安回家簡直喜出望外，因爲他們聽說了天津的屠殺和混亂，又已經五六天沒有他的消息了。

當時在北平，只有日本報紙和立場親日的報紙可以銷售。阿非和其他人在這些報紙上看見了素雲當中國間諜被殺的消息，但一直不懂這是怎麼回事，直到陳三和黛雲說了她最後悔悟的事，大家才恍然大悟。

＊＊＊

陳三跟黛雲去了她家，把國昌去世的噩耗告訴雅琴。黛雲把她兒子的遺言告訴她，卻隱瞞了要殺掉父親的後半段。他母親知道天津陷落之後，這段時間死了成千上萬的男男女女，早料到會有壞消息，她堅強地接受了這個事實。

等她稍微平靜下來，黛雲把路上的冒險經歷以及素雲的死訊告訴了她和姪子們。「城裡的情況怎麼樣？」黛雲問。「你最好當心點兒，」他們說：「北平現在落到漢奸手裡了。民宅被搜，連國民黨旗幟、書和孫中山的肖像都燒掉了。」「誰幹的？日本人？」「不，根本不需要日本人動手，」雅琴回答：「那個漢奸警察局長潘毓桂幫他們幹得妥妥當當的。他解除了老警察的武裝，把武器當禮物送到日本司令部，還組織了那些地痞流氓，用兩毛錢一個人的價格叫他們去歡迎日軍進城。北平被出賣了。」「怎麼會這樣？」黛雲問。「你不知道嗎？二十八日傳來大捷的消息，全北平都激動得不得了，」

雅琴說：「然後，隔天早上，國棟和他幾個兄弟早早就起身，想多看點有勝利消息的早報，結果報紙沒來。阿媽從市場回來，說街上一個人都沒有，沙袋路障也都不見了。士兵全部不見影兒——中國的日本的都沒有。宋將軍夜裡就離開北平往保定去了。國棟出去瞧了瞧，經過警察局，只看見少少幾個警察坐在院子裡，頭低低的，也沒穿制服。那一整天，北平跟座鬼城一樣。商店都沒開門，電車還是在跑，但只有車長叮叮噹噹的拉著鈴，每一部車都是空的。他們兄弟幾個都好些天沒出家門了。」「那個老傢伙有再來過嗎？」黛雲問道。「哪個老傢伙？」「我那個好哥哥啊。」「他為什麼要再來？」黛雲沒再多說；她沒有告訴雅琴，她和陳三打算殺掉懷瑜。這次狙殺是陳三離開北平前的最後一次行動。他秘密組織的大部份成員都渴望加入這時已開始在山西活動的共產黨。黛雲更是希望和他一起去，因為自從她被捕之後，她就和丈夫羅曼分開了。

陳三、環兒和黛雲打算行動之後立刻出發。環兒給阿非留下一封託他轉交哥哥和母親的信，便來到了黛雲家。黛雲向母親道別，只說她要去西北抗日，她母親也知道擋不住她。福娘只有黛雲一個孩子，心下萬分不捨。自從雅琴帶著孩子來和她們一起住，那些孩子就跟她親生的孫子一樣，雅琴就像她的兒媳婦。素雲回天津的時候，正好給了黛雲一萬塊錢現金，這時黛雲便把錢交給了嫂子，做為母親和全家人的生活費。

懷瑜住的那家德國飯店位在內城東北角，離東交民巷不遠。剛過八點，陳三就和另外兩個人去了那裡，三個人都暗藏著手槍，因為他們知道懷瑜晚上要出去和其他安福系的人商量事情。他的車朝西邊停在飯店門口。陳三和同夥躲在一條南北向的小巷裡。

沒過多久，那部車開始往他們的方向開來。陳三站在巷口，避開車燈。車子還在一檔，剛開始加速。躲在角落的陳三拔出手槍，迅速瞄準開火。汽車向左邊滑去，撞上了路燈柱。司機顯然已經死在方向盤上。陳三聽到一個女人的尖叫聲，他透過車燈從牆上反射的光線，看到後座有個女人的身影。他和手下朝汽車後方開了六七槍，看到那女人的頭垂了下來。之後，因為有路人聽見了槍聲，他叫他的人從黑暗的小巷往回逃，他在後頭跟著他們。

他們跑到蘇州胡同黛雲家，那兒離這裡很近，黛雲、環兒和其他人正等著她們。「完成了！」陳三非常平靜地說。黛雲的母親看著這三個人喘吁吁地進來，心裡很納悶。「完成了什麼？」她問。「沒什麼，」陳三回答：「我們一切都已經安排就緒，可以出發了。」陳三把自己的妻子拉到一邊，說：「我想那是鶯鶯，不是懷瑜。除了司機之外，我們在車裡沒看見其他男人。」

環兒把這個消息悄悄告訴了黛雲，黛雲忍不住低聲歡呼。

這四男三女一群人決定搭黃包車到城門口，然後徒步穿過鄉間，到永定河對岸去，那裡還有很多國軍部隊在。因為他們已經做好了立即出發的準備，而且在襲擊了鶯鶯之後，他們待在北平就不安全了，所以他們決定不去管懷瑜。懷瑜就這麼保住了一條命，後來還成了安福系王克敏領導的北京傀儡政府重要成員。

到此，我們必須先放下陳三、環兒和黛雲。他們如何出了城、彼此走散又重逢，如何成功到達山西北部，後來和阿宣會合，加入了在那裡作戰的游擊隊，在戰爭開始後的幾個月、幾年當中阻止了日本向西北部推進，這一切都將留給讀者自行想像。他們是一群勇敢、愛國的中國青年，他們的精神在最嚴酷的物質環境下更是熠熠生輝，他們的活力和勇氣堅不可摧，永難征服。

# 第四十四章　血腥

鶯鶯被殺的消息不准在北平的報紙上披露。大部份中國報紙都被關閉了，有份傀儡報紙叫《新民報》，六月遭到查禁，這時又復刊了。有人偷運了些天津義大利租界發行的天主教報紙《益世報》進來，賣了很高的價錢，但賣這些報紙的人也因此被捕。傀儡報紙只刊登日本同盟通信社發佈的新聞、來自東京的電文，以及和「亞洲新秩序」相關的社論。北平和中國其他地區的聯繫完全被切斷，收音機只有富裕家庭才有，他們焦急地收聽著南京方面的新聞廣播。

警察找不到謀殺犯的蹤跡。懷瑜又怕又怒，把眼光轉向了姚家花園。

第二天，一群警察來到花園，仔細詢問裡面住了哪些人，把每個人的名字都記了下來。現在住在這兒的是馮舅爺、阿非、襟亞和博雅這幾家人。馮舅爺夫妻和寶芬的父母都已經年邁。幸運的是，立夫、環兒、陳三現在已經不住在這兒了。警察確認了花園裡所有的住戶就是這些人之後，檢查了一下房子便很有禮貌地離開了，沒有多做打擾。

阿非聽說了謀殺案，心裡暗暗懷疑陳三和環兒與這件事有牽扯，但幸好他們已經離開了。他也懷疑警察之所以來，多半和謀殺案有關，那些人很可能是懷瑜派來的。後來他得知警察也去過黛雲家，但黛雲的母親告訴他們女兒去了天津，沒有回來。

在這種情況下，阿非斷定自己和花園都有危險：首先是因為懷瑜回來了，其次是他身為禁煙局主管，樹敵甚多，而且也可能被視為中國政府的官員。他請了寶芬的美國朋友多納修小姐住到花園裡來，還立了契約把花園轉讓給她，並且要她在花園大門口升起美國國旗。他知道她為人正直，不會利用這件事佔他便宜，立契約不過是種形式，碰上麻煩事可以擋擋警察。無論如何，有個外國白人在，對於數量眾多的日本掠奪者、士兵和浪人總是有點約束作用。

但是當警察來做調查報告時，他們的報告裡也沒有曼娘和阿宣這家人的名字；因為蘆溝橋事件發生之後，曼娘害怕日本人會洗劫這座城市，決定搬到鄉下去。她想到姚家在玉泉山的別墅，但阿宣的妻子堅持說，她親戚在北平北方的家更安全，因為那裡離北平更遠。曼娘的母親孫老太太去年冬天已過世，於是阿宣帶著母親曼娘、妻子和他五歲的孩子一起去了他妻子的老家。

這個村子離當地的火車站約有三里，他們搭火車，在北平陷落前三天順利到達。阿宣的妻子來自一個姓朱的家庭，這個村稱為朱家莊。這裡只是個丘陵地帶的小集鎮，全村都屬於同一個家族。曼娘一家的到來在村子裡是件大事。女士們出行時穿的樸素衣服，對村民來說已經是難以置信的奢侈品了，村裡的婦女們都趕來看從故都貝勒花園來的城裡人。

他們住的是阿宣岳父妹妹的屋子。村裡的房子都是泥砌的，說多簡單就有多簡單，但這屋子不同，不但前面有個圍起來的小院，後面還有一大片打穀場，牆的下半部是用山上的石頭砌的。

村裡的姑媽把自己的房子讓給姪女住，自己搬到後屋去，還為這地方的簡陋不停地道歉。因為沒有多餘的房間給曼娘住，於是阿宣說他睡在外頭客廳裡，讓母親和他的妻兒睡在同一座炕上。

從北平的騷亂來到鄉下，這樣的變化還是很令人愉快的。小村寧靜地座落在山坡上，在涼爽的夜晚，阿宣會和他時髦的妻子帶著孩子走到附近的一條小溪邊。七八天來，一切似乎都很平靜。接著，走到鐵路附近的村民看見火車滿載著日本兵，一車車駛向長城南口。村子裡還是沒出什麼事。

又過了五天，日軍開始向全國各地進軍，主要是沿著鐵路線走。他們開始看見農民帶著家人和豬、雞及其他家畜逃離鐵路線附近的村莊，還有些是從北平近郊逃離的。這不過是中國北方農村生活被連根拔起的最初跡象，在情況最嚴重的地區，連一人一畜，甚至一棵樹都沒有留下。逃難的女人們向村裡的婦女低聲訴說她們受辱的故事，有個男人因爲想救妻子逃離日本兵的魔爪，被棍棒打得頭破血流。這些人描述了部隊駐紮在他們家裡的情況，所有的雞和豬都被殺了，門窗也打碎了，家具都被拿去當柴燒。因爲華北地區缺乏燃料，經過的軍隊首先就把所有木製的東西全都拆了。

奇怪的是，這時朱家莊卻倖免於難。它和鐵路線隔著一條小溪，又位在陡坡上，不在日軍經過的路上。有消息說在南口附近爆發了一場大戰，但由於距離太遠，他們聽不到槍砲聲，只能看見成千上萬的日本兵和坦克一起沿著鐵路在全國各地行進。到了晚上，有時他們可以看見遠處熊熊的篝火，也知道那燒的都是農民的家具、織布機和門柱。然而，朱家莊卻在敵人的眼皮底下，酣然安睡著。

這時，新的難民潮開始從北邊的反方向湧來。帶來了整村被燒毀、以及數百名婦女逃入礦井的故事，她們在礦井裡躲了好幾天，什麼都沒得吃。接下來，一夥又一夥的土匪便開始在鄉下四處遊蕩。

一天，因爲沒看見士兵，阿宣便冒險越過小溪，來到一個位於日軍行進路線上的廢棄村莊。他穿過死氣沉沉的村莊街道，那裡到處都是掠奪的痕跡。他在一面牆上看見一張用通順的中文寫成的日軍佈告，內容是：

大日本軍佈告

第一號爲佈告事

大日本軍司令官香月，茲特鄭重諭告中華各界民眾，惟本軍奉行大日本帝國之使命，夙欲確立東亞和平，增進中華民眾福祉，以資實現日華兩國唇齒相依、共享福慶之宏願，除此而外，本軍毫無他意矣。此次中國軍隊對於本軍暴慢非理、逆施倒行、無所不至。本軍司令官爲東亞大局、華北穩安之計起見，堅持不擴大方針，一再容忍，以謀善後。然而華軍終不覺悟，接續而來，挑釁不已。華軍此種行爲，不但侮辱大日本帝國之尊嚴，使東亞和平陷於危殆，而外貽萬劫不復之慘禍。本軍職是之故，上順天心，下應民意，茲決定對於如此不仁不義、頑妄兇暴之徒加以膺懲，而昭我天討。但凡不敵對我方之一般民眾，始終爲我等之親朋，本軍對於順良民眾，不但決不侵犯，必即設法保障其永久福利。各界民眾能平心靜氣認清正邪，了解本軍眞意沉著，切勿擾亂各自安生，理以待樂土實現爲安。若有乘機冒害地方，助逆謀不軌之輩，從嚴究辦，懲處不貸，特此佈告。

昭和十二年七月　日

大日本軍司令官　香月清司

阿宣在一家舖子旁邊的牆上看到這張佈告，舖子裡的貨架空空如也，地板上散落著碎玻璃和翻倒的桌子，一根扭折的門杜斜斜地靠在門檻上。

讀完佈告，阿宣對後來幾天從北方逃難來的人那兒聽來的故事有了更深的瞭解。某村倖存的兩兄弟說，他們村子裡有人把日軍佈告裡的「大」字加了一個點。「大日本軍」便成了「犬日本軍」，佈告中其它的「大」字也雨露均霑地全被改了。一支四五十人的日軍部隊經過，有人提醒了指揮官牆上的字。指揮官派人把村長找來，村長跪在地上懇求，說他什麼都不知道，但他會負責，會在佈告前面跪一整天當成贖罪。指揮官堅持要他找出是誰幹的，但村長還是辯稱他不知情。「起來！」指揮官喊道：「你去找出來。我給你十分鐘。」但十分鐘還沒到，日本兵就拿著煤油罐在街上到處跑，放火燒房子。

村民想逃，卻發現村莊四周已經被日軍佈下的警戒線團團圍住，誰想逃就向誰開槍。整個村莊和村民都葬身火海。兄弟倆在一座廢墟底下躲了一天一夜之後，才敢冒險逃跑，得以活著講出這個故事。

這時他們也開始看見一批批輕傷的士兵從南口回來。據說日本集結了兩萬五千名士兵猛攻南口關，這場戰鬥極爲血腥。顯然，鐵路已經承擔不了所有的運輸，光是彈藥、重型火砲和補給品就運不完了。

情勢越來越險惡。一群群疲憊不堪的日本人開始沿著附近所有的路線回來。有些人直接穿過村子，婦女們開始害怕起來。戰爭不管在哪裡都是戰爭，但日本人對婦女的態度，或者關於日本人性生活的整個主題，依然是有待專家們深入研究的一個章節。

阿宣很擔心，堅持要離日本兵行進的路線遠一點。他聽說在幾里外的一個偏僻山谷裡有個位置極好的村莊，某天便動身去那裡看看，並且安排住處。他出了相當高的價錢，總算找到一戶人家願意收留他們。

他黃昏時才回來，竟在路上遇到了從自己村子來的難民，他們哭著說日本人來了。家家戶戶，父親背著年邁的祖父，丈夫背著受傷的女人，訴說著難以用言語表達的悲傷故事。「我的家人呢？」阿宣問道。「誰知道啊？每個人都忙著逃命呢，」人人都這麼說。阿宣徑直跑回家去。日本人已經走了，只有幾條狗在荒無人煙的街道上徘徊。

他進了自己家。外間的桌子被掀翻了。他進了臥室，他妻子赤身裸體躺在炕上，肚子被刺了一刀，已經氣絕。他背脊上打了個異樣的寒顫。他看見自己的孩子匍匐在地，趕緊過去把他抱起來。他已經成了一團冰冷無力的死肉，脖子和肩膀之間被砍出兩道交叉的對角線，手法熟練。阿宣把兒子抱在懷裡，然後抬起頭，看著妻子流著血的裸屍，忘乎所以地放開了孩子，孩子的屍身軟綿綿的落在地上。他有種奇怪的感覺，覺得自己是在地獄裡遭到了永生永世的詛咒。他並不覺得自己逃脫了，反而覺得是一種被巨大的惡魔控制了，整個人完全沒有力氣的感覺。他沒有哭。他身體裡所有的循環系統彷彿整個倒轉。口水往外淌，所有的淚水和汗水都往內流，他的眼睛乾得出奇，皮膚像是從外頭泡在某種冰冷的液體裡似地冒出雞皮疙瘩來。

裡間傳來一聲呻吟，把他從恍惚中驚醒。

他衝進裡間，看見母親曼娘的屍體掛在窗邊的繩索上，是半裸的。他嚇得閉上了眼睛。

這時又是一聲呻吟，他嚇得毛髮直豎。「把她的身子解下來，給她穿上衣服。」那聲音非常虛弱。他睜開眼睛，朝床的方向望去。遮著床帘的黑暗角落似乎有動靜。阿宣走到床邊，他妻子的老姑媽無力地抓著墊子。「您受傷了嗎？」阿宣問道。「把她解下來。」那聲音又虛弱地說。他又看了曼娘那可怕的樣子一眼。她的身子從來沒有被任何一個男人看過，如今卻半裸著掛在那兒。阿宣移開視線，鼓起勇氣走上前，先給她穿上褲子，再把母親解下來。這一刻，一碰觸到她那猶有餘溫的身體，他忍不住哭了起來；像是再次和人世有了聯繫。他看著母親的臉，即使死了，也依然那樣平靜而美麗，他摸著她無力垂著的手臂，那是從他童年起就一直撫摸他、擁抱他、撫養他的手臂；他的淚水從靈魂最深處湧了出來，洶湧澎湃，無法克制。

他不知道自己在曼娘屍身旁邊嗚咽了多久。當他的眼淚都快流乾的時候，他又想起了老姑媽，於是他站起來，再次走到床邊。「點個燈吧。」那聲音說。阿宣瘋狂地四處找火柴。他又進了妻子和孩子陳屍的房間，卻突然感覺到一股恐懼，他跑到院子裡，深深吸了一口氣。這時才想起自己是去找火柴的，於是他走進廚房拿了一盒火柴，回到黑暗的房間裡。一走進那個房間，他的眼淚又湧了出來——曼娘的屍體依然擁有催他淚下的魔力。

他劃了一支火柴點亮小小的油燈。點亮燈的那一刻，世界彷彿變了。火柴、油燈、他自己的手，都失去了意義。燈是什麼？火是什麼？人的手是什麼？他那彎曲的指關節又是什麼？他從恍惚中慢慢恢復了知覺。是的，他在那兒。而他的妻，他的兒，他的母親，都死了。只剩下他孤單一個人，和一個老姑媽待在那棟房子裡，離北平好幾里遠。他的腦子突然苦澀地意識到，他在這世界上已經是徹底孤單的一個人了。

他突然有股衝動，想把這房子整個燒了，和家人一起死在那兒。但床上的聲音又說話了。「給我點水喝。」那聲音把他帶回了這世界。他去了廚房，端了一碗水回來，走到老姑媽跟前，他把燈移到床邊，看見她額頭上青腫了一塊。他輕輕把她扶起來，讓她喝水。「躺好，我幫你洗洗傷口。」他說。他取了一盆水來，拿手帕蘸了水把她鬢邊凝結的血塊洗掉。老婦人尖叫起來，但他看得出來那只是皮肉傷。「告訴我，發生了什麼事？」他說。「我一個五十多歲的女人，這種事簡直太丟人了，」她呻吟著說：「他們爲什麼不乾脆殺了我？」「沒的事，這不丟人，」他回答。「你千萬別跟村裡的人說。」「村裡已經沒有人可以說了。」「他們去哪兒了？」「所有人都逃了。這村子已經空了。告訴我發生了什麼事。」

接著她用盡全身力氣，把事情經過告訴了他。「日本矮鬼子來了。天曉得他們是什麼時候來的，怎麼來的？他們破門闖進屋子。你太太在前院跟孩子玩兒呢，一個好兇、好可怕的日本兵就進了院子。你太太拖著孩子跑進屋，日本人在後頭追她。她門上了門，但是那個兵把門硬是打開了。曼娘和我跑進了裡間，我們聽到有人尖叫，然後又聽見銅鐵碰撞的聲音，孩子的叫聲突然就停了。過了會兒，傳來你太太的尖叫聲。我爬到床底下去，但你娘就這麼上吊了。日本鬼子進來，把我從床底下拖出來。那個人很生氣，一直打我，把我扔到床上。那之後我就昏過去了。我醒來的時候，屋裡一點聲音也沒有。我看見你娘的屍體掛在那兒。你看看，連一個女人死了，他也還要拿她取樂。你太太和孩子都死了？」

阿宣默默地點了點頭。他不敢走進他妻子所在的那個房間。坐在那裡，看著地板上母親的屍體。說也奇怪，每次他看著她，他都能得到一點新的力量。她看上去甚至不可憐，她只是死了，在他看來，她還是美麗如昔。他終於鼓起所有的勇氣，走進前屋，把他的孩子放在母親身邊，然後蓋住了他們的身體。「想吃點東西嗎？」姑媽問。「不，我吃不下，」他說。「到櫃子那邊去，把右邊抽屜裡的人蔘拿出來，給我熬一碗蔘湯。我需要一點力氣。」他照做了。那切、煮，準備蔘湯的動作讓他平靜，卻也讓他感到自己處境的陌生。他的家人都死了，躺在那兒，他卻在平靜地熬蔘湯。每件事似乎都很奇怪；每一個看似普通的小細節似乎都不該是這樣。他看著劈啪作響的爐火，陷入了沉思。慢慢地，靜靜地，他心裡出現了一個決定。

他走回去，又看了看母親的屍體。「娘，我會替您報仇的，」他幾乎大聲對她說出來。「我要殺，殺，殺。」

如今他對死亡再無恐懼，也不再擔心自己。他突然覺得很輕鬆，和他今早感覺到的壓迫感完全不同。他準備好了，準備遇上一個日本人，準備隨時赴死。他自由了。

他走出屋外，看看附近的房子。放眼望去，沒有一個活物。到處都是屍體，但他並不害怕。他走得更遠了些，聽見一陣奔跑的腳步聲。這兒還有人活著。他覺得自己像個走在死靈之地的健康活人。他走進那棟黑暗的屋子，大聲咳了幾聲。

四周一片死寂，他反倒有點被自己嚇著了。「我是中國人，」他喊著。「有人在嗎？」他對著黑暗的空中一次又一次地問。「別怕。矮鬼子都走了。」他聽見腳步聲，和布料沙沙作響的聲音，他只能隱約看見有兩個人影在往前移動。「你是誰？」一個女人的聲音問。「我姓曾，是從北平來的。我三個家人都死了。」一個女人去點燈。「你們是怎麼逃過的？」他問。「我們婆媳兩個躲在廚房大灶後頭的角落裡。」「你們最好明天就去投靠山裡的親戚。日本人可能還會再來。」他這麼跟她們說，接著便回了自己家，躺在地板上，在母親身邊睡了一夜。第二天，他幫著她姑媽和那兩個女人去了山裡，接著又回到他死了的家人身邊。這整個村子裡就只剩他一個人了。他拿了鋤頭和鐵鍬，把屍體埋在後院裡，一直弄到夜裡才完成。

然後他覺得餓了。他走進廚房，給自己做了一頓粗劣的飯菜。接著他又走出去，坐在他母親、妻子和孩子的墳前。

隔天，他還是捨不得離開他們，於是又多待了兩天——他是那個鬼村裡唯一的生靈。

第三天早晨，他又在墳前按照禮俗痛哭了一場，然後便走了。

他的兩隻小指上各戴著母親和妻子的一枚戒指，然後把母親、妻子和孩子的三撮頭髮放進了自己的錢包。

他想辦法到了游擊隊紮營的地方，加入了他們。從那之後，每逢戰鬥，他總是在最前線，然而卻從未受過傷。他彷彿有神力護體；他的同志們一直不明白，爲什麼他打起仗來會有那樣魔鬼般的精力和勇氣。他沒有告訴他們的是，他的母親、妻子和孩子都跟他在一起，給他勇氣。他們不明白，他是孤身一人，卻又不是孤身一人。

***

北平那邊自然不可能知道曼娘一家的消息。自從警察來過，多納修小姐搬進來之後，花園表面上很平靜。但阿非和寶芬還是決定要離開北平，因爲情勢很明顯，他身爲政府官員，隨時都可能被懷瑜和親日官員逮捕。襟亞和暗香也認爲遠離懷瑜的掌控，應該會更安全一點。

但是，撇開這些個人原因不談，北平現在實際上已經是一個淪陷的城市，被割裂在中國之外，籠罩在混亂、無法無天和血腥氣氛中。日本人並沒有公開接管北平市政府，但底下的傀儡們準備成立一個地方治安維持會，協助日本人維持地方秩序，盡一切努力與他們合作。東亞文化協會開始出現，鼓勵大家學日語。學校的教科書也準備修改。過去一年中逐漸減少的毒窟現在又再度猖獗起來。大批日本商人開始湧進這座城市。大部份日本婦女要不穿著洋裝，要不就穿中式旗袍。穿旗袍的原因是因爲「旗」字代表「滿洲」，穿旗袍就是「鞏固與滿洲國的友誼」。但值得注意的是，這種風尙的改變，是在有三百個日本人被殺的通州事件之後發生的，而不是之前。對中國人來說，無論從哪方面看，北平都已經「亡了」。因「西原大借款」出了名的安福系老政客王克敏已經和同僚積極籌劃，打算建立傀儡政府。

阿非和襟亞討論了和家人一起去上海要做什麼準備。博雅的毒癮已經戒除，他決定和太太留下。馮老先生夫婦和寶芬的父母說他們沒有離開的必要，會留下來和多納修小姐一起照看花園。

這時，上海也爆發了戰爭，但外國船隻依然定期往返於天津和上海。要是這幾家人能順利上船，安全地離開天津，就不會再有任何人身危險。他們知道，要是搭火車離開北平會遭到搜查，但頭等車廂的乘客不會受到太多騷擾。最有可能被仔細檢查和逮捕的，是學生和介於二十到四十歲之間的年輕人，因爲他們不管怎麼看都像當兵的。商人階級一般來說很容易被放過。襟亞已經快五十歲了，應該沒問題。阿非將近四十歲，但他很當心地把自己打扮得像個商人，戴著老式眼鏡，拿著水煙筒，留著鬍子，盡量讓自己看上去老一點。他們還要從藥鋪和古玩店拿一點商業文件。

暗香要扮商人太太輕而易舉。寶芬看起來很時髦，又太年輕，但是和一個有錢的老闆一起坐在頭等車廂，應該可以和丈夫孩子一起過關。另外，多納修小姐願意和他們一起去，送他們去天津上船，因爲她知道，有個美國女人在，會提醒日本人要表現得像個「文明」人的樣子。

於是，八月中旬，他們告別了古老的帝都北平。車子駛過崇文門大街，看到那些熟悉的店鋪時，阿非和寶芬克制住激動的心情，緊握著彼此的手。經過東單牌樓，阿非吩咐司機向西轉往東長安街，這樣他們就可以再看一眼皇宮的金色屋頂。「感謝上帝，皇宮還是安然無恙。對我來說，它永遠代表北京。」多納修小姐用英文說。他們一大早就到了車站。火車預定八點半出發。老老少少一大群人在車站前面轉來轉去，黃包車、汽車，還有堆滿了行李的馬車，全都亂成一團。

乘客進了車站，不分年齡性別都要接受檢查，外頭的人被耽擱了很長時間。通過這次檢查之後還有一次，他們必須在月台上打開衣箱和行李。阿非一家沒碰上什麼困難就進了頭等車廂的預定房間。可是這時已經十點了，火車似乎還沒有要開的樣子。

阿非等得不耐煩，便下了車，在月台上走來走去，叫暗香和寶芬把孩子們都留在車上。他看到其他乘客還在搜身，行李也還在檢查。

一個中國警衛對輪到的乘客大喊：「把箱子打開！」接著又低聲說：「有問題的書和文章快扔了。」兩三個日本憲兵拿著刺刀，只是看著。

阿非繼續走到三等車廂，看到乘客們都在排隊等候，他們必須逐個搜身之後才准上車。他們解開上衣鈕扣，站在那兒等著。

有個女學生因爲上衣裡頭沒有口袋，便沒有解開鈕扣。

一個日本憲兵走上前，指著那個女孩，對一個中國警衛說了些什麼。「這種時候最好還是讓一步。」一個約莫五十歲，商人模樣的同車乘客說。女孩紅著臉開始解上衣扣子。衣服下襬內面寫著幾個字。

日本憲兵指著那幾個字，問是什麼。「是學校洗衣房的號碼。」女學生解釋。幸運的是，那個來自滿洲國的中國翻譯好心地爲她說話，日本人走開了。

火車開動時已經將近十一點半。但它幾乎每站都停，甚至在離開北京城門前也停了一次；兩個日本兵在中國警衛陪同下再次上火車重新檢查了行李。但頭等車廂只是草草地翻了一遍。

離開這座城市時，他們看到一群日本飛機，約有十到十二架，在他們頭頂上向西北方飛去。南口附近和其他地方正在大戰，日本人忙著運輸軍需品，因此火車在每個站都得停，讓往西的火車先過，車上裝滿了火砲零件、彈藥，有時還有一車一車的馬，散發出一股臭味。鐵路沿線發生過激烈戰鬥，小城鎮滿目瘡痍。日本兵東一群西一群，略顯凌亂地蹲在地上。一路上，中國村莊的屋頂上都飄著紅色的太陽旗。路邊的樹木都被砍了，顯然是爲了給日軍建防禦工事用的，但除非他們防衛森嚴，否則似乎反爲中國人提供了絕佳的伏擊機會。

他們直到七點半才到達天津，足足走了八個小時，而在承平時期，這段路程只需要兩個半小時。乘客通過天津站是最艱難的一段。「過了天橋，走在路中間，不要急！」警衛提醒他們。有那位美國女子陪同，他們順利地走出了車站。正當他們彼此說著能通過有多幸運的時候，幾個警衛走了過來，說：「排到左邊去。」他們看見人們三三兩兩地站著，緩慢地移動。四五個日本兵站在左邊，把乘客一個個挑出來進行更仔細的詢問。商人、學生、男人和女人、富人和窮人，似乎都有被挑出來的。他們必須離開隊伍，另站一排。

輪到他們的時候，那個日本兵突然抓住襟亞十七歲的兒子，把他拉出了隊伍。多納修小姐站出來干涉，和那個日本人說話，但那人只是看著她，示意男孩站到一邊去。暗香嚇得發抖。他父親扔給他一只裝著商務文件的小手提箱，那日本人看見了，但沒說什麼。

當一行人焦急地等著男孩回來的時候，他和其他人一起被趕到附近的一棟辦公樓。他父親曾經提醒過他不要匆忙，也不要表現出害怕的樣子，要直接回答問題。他知道有些人立刻被釋放，也有人被拘留了一兩天甚至三天的，而那些有跡象表明曾經當過兵的人則一律槍斃。任何離開檢查地點時慌慌張張的人都會被送回去再次審問。

襟亞的孩子個性謹慎。他提著箱子，耐心等著輪到自己，絲毫沒有擔心的樣子。輪到他的時候，他被帶進一個小房間，三個日本人坐在三張桌子前，表情極爲嚴肅。他們向他提出了一連串的問題。「你反日嗎？」「你是國民黨嗎？」「你是『藍衣社①』的人嗎？」「你是共產黨嗎？」「你是英美派的嗎？」「你讀過三民主義嗎？」「你相信孫逸仙嗎？」「你相信蔣介石嗎？」「你對滿洲國的看法如何？」「你相信日支滿合作嗎？」「中國挑唆一國去打另一國，公平嗎？」「你什麼時候出生的？你有幾個姊妹？她們幾歲？叫什麼名字？上過哪些學校？」他們以毫無幽默感的態度一個接一個提出冗長的問題，得到的答案則是極其認眞、盡職地飛快記下。日本軍官非常嚴肅，不許自己露出一絲笑容，好像眞有人會在這種情況下給第一題答「是」似的。「你提的是什麼東西？」男孩打開手提箱讓他們檢查。那軍官花了半小時仔細檢查那些文件之後，示意他從某扇門出去。

他知道自己被釋放了，慢慢走下樓梯，走到外面的空地，發現家人都焦急地在門口等，看到他人好好地回來非常高興。暗香抱著他，彷彿他死而復生。

他們去了英國租界，在一家外國飯店租了幾個房間。船要三天後才有。多納修小姐堅持留下，要親眼看到他們安全上駁船，駁船會把他們帶到塘沽的英國輪船上。但寶芬向她保證他們現在已經完全沒事了。她催她回去，並且深深感謝她在這艱困時期展現的堅定友誼。

多納修小姐在他們啓航前一天回了北平，因爲她不在這段時間，她也有點擔心花園的人。經過五天航行，停靠了不同的港口之後，阿非和襟亞在河兩岸震耳欲聾的砲聲中抵達了上海。一艘日本軍艦停在港口砲轟中國城市，大火熊熊，滾滾濃煙遮蔽了天空。

他們的船在國際租界靠了岸，他們住進了那裡的一家飯店，然後發了電報，把他們抵達的消息告訴了木蘭和莫愁。

①三民主義力行社，又稱三民主義革命同志力行社，簡稱力行社，是中華民族復興社的核心組織，以其別稱「藍衣社」聞名一時。

# 第四十五章　永恆

戰爭爆發時，木蘭正和家人在長江山區的一個度假勝地牯嶺避暑。

阿梅如今已經十七歲，是南京教會學院的學生。阿通畢業後在上海附近的眞如廣播電台爲中國政府電報局工作，這座國際電台可以將強大的訊號跨越太平洋發送的舊金山。他請了六個星期的假，到牯嶺和家人團聚。

杭州現在是龐大的高速公路系統中心，政府一直在加速興建這個幾乎連接了中國所有地區的系統。在這座城市後面的大河上，一座鐵公路兩用的巨大鋼橋剛剛完工，對村民來說，這簡直是現代工程的奇蹟。一條新鐵路把杭州、南京和江西省會南昌連接起來，南昌離牯嶺只有短短一段路。這條新鐵路通過山區，但這樣浩大的工程只花了一年半就完成了。這個國家重建計畫的步伐實際上也是引發戰爭的重要原因：因爲對日本來說，它意識到必須現在立刻發動戰爭，否則就永遠沒有機會了；而對中國來說，則是由此誕生了一種新的民族自信精神，因而產生了對日本侵犯主權的抵抗。

這時，蔣介石和夫人正在牯嶺，這裡已經成了政府官員的避暑勝地。木蘭的房子就在他們的正上方。雖然蔣的房子位於大院前方，和後牆隔著五十碼的荒山，但木蘭還是能瞥見房子裡僕人們的動靜。房子的正門在一條路的起點，那裡被一條往下走的山溝擋住了。這條路沿著山溝延伸了一百尺左右才和山溝交會，從這裡開始，這條路變成了一條比較開闊的公路。在有崗哨的十字路口或者山溝的另一邊，可以望見房子周圍活動頻頻。各省的高級將領和南京的重要官員不斷進出，有的步行，有的乘轎。因爲這房子裡正準備決定中國未來的命運，看是要讓它不可挽回地淪爲日本的保護國，還是爲建立一個自由、統一、獨立的國家而投入戰鬥。

七月十七日做出了重大決定。蔣介石向全國宣布了抗戰到底的方針。然而，他也警告全國人民，要做出巨大的犧牲，而且不可能中途停止，否則中國的處境將比目前尋求和解方案更加糟糕。「那個人是我見過最冷靜、最固執的人，」蓀亞說：「他做了諸葛亮做不到的事情。他完成了這個世界上最艱難的任務，就是統一了中國。現在任務完成，他又面對一個更大的挑戰，要帶領中國去對抗日本。他就像一隻飛翔在海上的海燕，在風暴中也能找到安身之道，也許還能樂在其中。不論是誰都會這樣認爲，他會在這場戰爭中堅持到最後。我已經觀察他十年了。他那麼瘦，瘦得見骨，可是看看他的嘴！他那張臉既頑強又狡猾，這種奇怪的組合是我從來沒見過的。」「如果蔣介石是諸葛亮，我願意爲他當三國時代那個小艄公。」阿通說。「你說什麼？」木蘭喊出來。她的臉色突然變了。「媽，怎麼了？你不恨日本嗎？」木蘭靜靜地看著蓀亞，蓀亞也不說話。「你不答應？中國需要每一個人。」阿通回答。但木蘭走開了，她始終沒應聲。接下來一小時一句話也沒說。她失去了冷靜，突然像每個當母親的人一樣感覺到戰爭即將來臨，因爲戰爭已經來到她家門口了。她爲什麼沒想到這一點呢？中國向她提出了需求，要的是她唯一的兒子。

她和丈夫討論了這件事，一小時後，她和蓀亞把兒子叫來，想和他談談。「你已經決定要從軍了嗎？」她問。「要是我不去，我受這麼多教育爲的是什麼？」他回答。「爲什麼，媽，我眞搞不懂你！」「不，你不能……我只是問問你是不是決定了而已。」「我決定了，媽。」阿通說。木蘭心裡正在激烈拉扯，痛得她眼中含淚。「喔，阿通，你是我唯一的兒子啊。」說著她哭了出來。這時蓀亞說：「兒子，你年紀還小，還不知道當父母的心情……」「我寧願自己死也不想看你死。我受不了。」木蘭叫道。「阿通，聽著，」父親又說：「你媽和我已經談過了。要是國家需要你，那你自然得去。但你要知道，我們的犧牲比你更大。一個愛國青年光榮愉快地死在戰場上——當然他也有自己的朋友——但在家裡忍受痛苦的是他年邁的父母。我們不是要妨礙你，但你也該稍微考慮一下家庭。」「要是一個人的國家亡了，他的家庭又有什麼用？」阿通答道。

「這我都知道，」父親耐心地說：「要是我還跟你一樣年紀，我也可能自己跑去打仗。但你是獨子，我們已經把一個女兒，也就是你姐姐，獻給這個國家了。你媽和我都老了，不可能再有兒子了。從個人和國家的角度看，你是該去。但從曾家人的角度來看，如果沒有特殊理由，你是不能輕易犧牲生命的。你的情況很特殊。想想如果曾家絕後了會怎麼樣。日本人想消滅我們，但家庭是我們的第一道防線。想想你爺爺奶奶。這麼多年來，曾家總共生了幾個孫子？三代人辛勤工作生活，只有你和襟亞伯父的兩個兒子。阿宣並不眞的是曾家血脈，我們也不知道他人在哪裡。曾家的血脈必須永遠傳下去。你可能覺得這太牽強了，也許你不能理解。但這就是中國四千年來的生存之道。就算是實行徵兵制度的國家，除非必要，他們也不會徵召一個家裡的獨子……」「爸，媽，」阿通雙手緊張地握著椅子的扶手，「我知道這很難……不過我得走了。」木蘭抬起頭望著他，淚流滿面，說：「好，你走！我命該受這苦。」「告訴我，你打算怎麼做？」蓀亞說：「你要從軍嗎？」「我會從軍，他們要我做什麼，我就做什麼。我得做點事。」「爲什麼不繼續在無線電台工作呢？」父親說：「那同樣是在爲國家服務啊，儘管沒有上前線。」木蘭抓住了這個主意。「你說你想當艄公，」她說：「橫跨太平洋的無線電就像一艘渡輪。你爲什麼不做那個呢？」「好吧，這我能做，」阿通慢慢地說。「要是這對國家很重要的話。」

這似乎是父母和兒子之間的折衷結果。但事實上，無線電台位在江灣附近，就在戰事的正中心。

* * *

阿梅沒有姐姐那麼聰明。她沒那麼活潑，但有一種禮貌文雅的氣質，這是她無意中從母親那裡潛移默化來的。她也很欣賞曼娘，在端莊和膽怯方面也和她有幾分相似。在一群新派女學生中，她立刻被歸入了家教良好的那一類。

這時在金陵女子學院當老師的幾個女傳教士也在牯嶺避暑。阿梅很受老師們疼愛，其中一位康寧漢小姐對她特別感興趣。這些老師都去過木蘭在牯嶺的家，木蘭一家人也受邀去過她們家。當八月十三日戰爭在上海爆發，當下的問題是秋天時大學能不能復課。如果學校重新開學，阿梅是連一學期也不想錯過的。而因爲阿通的假期快結束了，木蘭說想回杭州，在阿通回去工作之前再跟他一起待幾天。康寧漢小姐建議阿梅和她同行，一起回南京去。如果大學不開學，阿梅搭火車回杭州也方便。康寧漢小姐是新英格蘭人，親切甜美，木蘭很喜歡她，便同意阿梅和她待在一起。

回杭州前一天，木蘭說：「阿通，阿梅，你們兄妹倆要分開一段時間了。我不知道這場戰爭會打多久，不過我會在你們身邊的，另外，阿梅，要是有了什麼麻煩，馬上給我打電報，然後回家。不要在意唸書的事。如果戰爭能很快結束，明年我就給阿通找個兒媳婦。你看，鄉下多安寧，多祥和。我們可以買個幾百畝農莊，我要讓阿通和我兒媳婦在農莊定居下來，給我生孫子孫女兒。」雖然她用的是半開玩笑的口氣，但孩子們都明白。「戰爭很快就會結束。我們已經在打虹口了，馬上就會把日本人趕下河去。」阿通說。隔天，蓀亞和木蘭帶著兒子從徽州附近的一個小鎮搭上一艘舒適的大船直下杭州。這段航程是最美的一段，特別是著名的七里瀧段。河岸一側有兩塊巨石，人稱「嚴子陵釣台」，嚴子陵是兩千年前一位有名的隱士，雖然他和皇帝是同窗，但他拒絕了做官的邀請。這些大石如今高出水面至少有六十尺，當他們的船在附近停泊過夜時，木蘭很納悶那位嚴老先生是怎麼在這樣高的石台上釣魚的。大夥兒都在猜測，從兩千年前開始，究竟是陸地上升了，還是水面下降了，想像這一切讓他們心醉神馳。在船上的夜，月亮掛在山上，清風從河上吹來，景色美得難以形容，蓀亞和木蘭喝著他們最愛的小酒，也忍不住多喝了好幾杯。

在家裡和父母待了兩天之後，阿通回到他在上海的辦公室。不久，他的父母收到一封信，信中說，他們的無線電台以及高聳的天線塔，連同圖書館、博物館、體育館，以及新建的江灣市民中心體育場，都成了日本人炸毀的第一批建築。他們保存了所有能保存的設備，並且設法從國際租界發射無線電。

國軍向吳淞地區派遣了大量的增援部隊，以上海為中心的長江三角洲地區也展開了大規模的壕溝戰，戰爭已成常態，而且很可能會往更廣泛的地區擴大。滬寧鐵路沿線空襲頻繁，坐火車旅行變得很危險。杭州本地也已經遭到好幾次轟炸。

許多上海和杭州居民往不同的方向逃離，杭州人為了安全逃往上海租界，上海人則為了躲避不斷擴大的戰區逃往內陸。

這時木蘭收到了阿非的電報，說他們已經抵達上海，和襟亞一家住在滄州飯店，但沒有提到曼娘和阿宣。他們為什麼沒來？木蘭很擔心，想著要去看看阿非、寶芬和暗香，順便打聽更詳細的消息。

到了九月一日，情勢已經非常危急，蓀亞和木蘭決定，一定要在情況進一步惡化之前把阿梅帶回杭州。儘管有一定的風險和必然的延誤，搭火車還是行得通，這條路無論如何都會開放。為了不讓女兒的安全受到威脅，蓀亞和木蘭決定讓她父親去把女兒接回家。木蘭說她也想去上海，因為她很想知道曼娘的消息。說不定曼娘也跟他們一起來了呢。一想到這種可能她就非常興奮。

出發前一天，她收到阿通來的信，信上說：

親愛的爸媽：

我從軍了。要是沒了國，一個家能有多好呢？每個兒子對他的父母來說都是最親愛的，如果人人都不上戰場，中國要怎麼打日本呢？請不要擔心。我們不把矮鬼子打下河去，我就不回來。

你們的兒子　阿通

木蘭呆掉了。她兒子從軍去了，但他是什麼時候去的？人在哪個單位？為什麼他不跟他們說呢？她更急著要去上海了，因為阿通就在那兒的某個地方戰鬥。然而在交通狀況惡化之前讓女兒離開南京也同樣重要。這是個明智之舉，因為如果阿梅留在南京的大學，可能就會成為暴行的受害者，那樣的暴行是文明人難以想像的，也必然會降低世界對日本人民及日本軍隊的尊重。

他們去了上海，在一家舒適的老式家庭飯店找到了寶芬、暗香和她們的家人，這家飯店曾經是外國人所有，但現在由中國人管理。木蘭發現曼娘沒和他們同行，大失所望，他們也不知道她這位結拜姐姐和家人發生了什麼事。木蘭變得更憂心了。

木蘭和他們在一起，蓀亞則去南京接女兒。從上海搭火車到南京只要七個半小時，但因爲要運輸部隊，所以會有延誤。莫愁到上海來看望大家，之後便回去了，她也非常擔心，因爲如果國軍後撤，蘇州就在下一條戰線上。搬到上海可能會安全點，但立夫是政府官員，搬家對他來說就是一種不該有的態度，而且他要回家也越來越困難。木蘭要丈夫在蘇州停留一下，去看看她妹妹和立夫，想辦法說服他們再次來上海。

蓀亞走了之後，木蘭才有時間瞭解了一些親戚的消息。素雲的死讓她很受感動，也聽說了黛雲和陳三的冒險經歷，以及他們在西北參加游擊隊的經過。但他們誰也說不出曼娘和阿宣究竟發生了什麼事，擔心他們可能遇上了麻煩，因爲很多難民都跟他們說了北方農村遭到破壞，婦女被不人道對待的可怕故事。

木蘭的親戚屬於上流社會，已經是到目前爲止受戰爭打擊最輕的一群人了。但在上海那段日子遠稱不上平靜。轟炸機每天在他們頭頂飛過，高射砲的砲彈經常落在屋子和街道上，日夜都聽得到爆炸聲。人們聚集在江邊看日本砲艇和中國軍隊在浦東對轟，在屋頂上看閘北和江灣上空烈焰燒紅的天空。最糟的是，從閘北逃難來的男女老幼就在街頭可憐地遊蕩。然而，令這些北平來的人吃驚的是，他們看到有錢的男女依然在劇院和舞廳裡盡情玩樂，彷彿置身於一個完全不同的國家。北京人很隨和、很順從，也很被動，但至少現在他們的臉是陰沉的，頭是低低的，內心充滿了鬱積的怨恨。相對的，富裕的通商口岸中國人甚至不知道現在正在戰爭，這從他們的行爲看得出來。許多人積極在難民營工作，到醫院看望傷者，爲軍需品不足的士兵提供救濟和撫慰。但整個城市呈現出兩個明顯的階級，一個享受著正常的生活，愉快地接受外國勢力的保護；另一個是普通人民、爲國家而戰的士兵，以及承受最大痛苦的可憐難民。

木蘭現在對於戰爭的關切已經不僅是因爲個人利益，她無時無刻不記著她兒子身處於外頭轟鳴的槍砲聲中。她又收到了他的第二封信，是從家裡轉寄過來的，信中說他在楊行前線的無線電部門工作，希望在休假時可以見到父母，或者她也可以親自到現場看他。

第三天，蓀亞帶著女兒平安回來，立夫和莫愁也帶著全家人一起來了。

立夫的長子肖夫也要求父母同意他從軍。當蓀亞告訴他們，他的獨子阿通已經從軍，肖夫這方從軍的事也就成了定局，因爲立夫有三個兒子，只能同意。立夫和莫愁決定帶著兒子和弟弟們一起來，看看表兄弟兩個可不可能派到同一個軍團工作，這樣也許能讓雙方母親的焦慮稍微減輕一點兒。肖夫剛從南京中央大學畢業，是個寫作速度很快的作家。他有點近視，戴著眼鏡，但在工作人員撰寫報告和通訊內容的時候很有用。

肖夫馬上要去前線，這件事立時沖淡了原本親戚見面會有的愉快氣氛。雖然沒有人當著兩姊妹的面提這件事，氣氛卻很緊繃。暗香的兒子說他也想去，但他叔叔蓀亞說：「給曾家留個後吧。再說你年紀也太小。」

現在的問題是該怎麼把肖夫送到他表弟所在的那個軍團去。立夫花了一整天時間安排這件事。晚上回到飯店，他跟親戚們說：「眞幸運，我發現那個團長是我好多年前在北京教過的學生。他太太住在法租界，我去見了她，她幫我打電話聯繫了他丈夫。」「他答應會特別照顧我們的兒子嗎？」莫愁問。「是的。他還說會盡量讓這對表兄弟在一起。」「他知道阿通進了他的軍團嗎？」木蘭問。「他說他馬上就會知道的。」這時莫愁突然哭出來，因為她兒子入伍的事已經無可轉圜了。「我會親自帶他到前線去。」立夫說。「你到前線去？」蓀亞問。「是的，如果你們想見阿通，最好跟我一起去。我們明天晚上就得出發。」「為什麼要晚上出發？」蓀亞問。「因為這是唯一安全的時間。上校會派車來接我們。楊行比較遠，一般車不准開到前線去。會有一位副官隨車過來指導我們。」

木蘭茫然地坐著。「立夫，」她突然說：「女人也能去嗎？」「我想上校會讓你去，不過女人在那裡一般不受歡迎。」「我聽說救災協會的女士們會帶東西去前線。」「那不一樣，她們是自己承擔風險的。」「你最好別去。犯不著拿生命冒險。」蓀亞說。「要是我兒子在那裡一住幾星期都不害怕，我只去一晚又為什麼要怕呢？去那裡要多久？」「來回大概要花整整一個晚上，」立夫回答：「當然所有的燈都得調暗，車也會開得很慢。」「危險嗎？」木蘭又問了一次。「你跟你妹妹留在這裡，」立夫說：「想想你還有別人的命要顧。」木蘭不再應聲。家裡惶惶不安。第二天，莫愁一直和兒子待在房裡，靜靜地掉眼淚。木蘭叫蓀亞訂了四箱橘子，給士兵們帶去。

他們沉默地吃了晚飯。每個人都在早報上讀到了那讓人難以平靜的新聞，但誰也不敢提。前線的戰鬥幾乎是開戰以來最血腥的。日本宣稱佔領了寶山，但中國方面的報導說，吳淞附近的沿海城市有一個營還在堅守，儘管他們的對外聯繫已經被完全切斷。兩天之後，唯一的一個倖存者回來報告說，那個營戰到最後一人，所有的彈藥都用盡了。

十點鐘，一個年輕人走進飯店，身上的軍服髒兮兮的，但戴著鋼盔看起來卻很神氣。他說車已經備好，要把他們送到上校所在的司令部去。不可避免的場景隨之而來。木蘭和莫愁一邊流著淚，一邊對肖夫說著母親的殷殷叮嚀，話雖簡單，作兒子的卻永難忘懷。他們一遍又一遍地說再見，彷彿怎麼說也不夠。

最後，立夫叫兒子上車，他們跟在他後面上了車。莫愁往車裡看了看，肖夫最後一次伸手握住媽媽的手，車子開動了，扯開了他們。

副官和司機坐在前座。他們一出租界，進入偏僻的郊區，司機就把車燈關了。今天沒有月亮，但這樣很好，因爲這樣他們就不會遭受夜間轟炸。「你這樣怎麼看得見？」蓀亞問。「這整條路我們熟得很。我們的眼睛已經習慣了。我們喜歡這樣。前線的夜色很美的。」副官是個聰明開朗的年輕人，他開始給他們講各式各樣的故事。「你不害怕嗎？」「害怕？」他大聲說。「我們等這個和另一邊的朋友見面的機會已經等了很多年了。現在怎麼能害怕呢？說起來，一開始我們這邊的人也太莽撞，老是迫不及待地往壕溝頂上衝，聽到命令也不撤退。這種事兒就跟傳染病一樣。我們以前從來沒有這種機會。一個人英勇的行爲會讓其他人感到羞愧。有個十九歲的鄉下小伙子，他母親剛給他討了個鄉下姑娘，他撇下新娘子就到前線來了。他總是說：『日本人的槍可以打兩千米，我們的槍只能打一千五百米。所以我們得往前跑五百米，這樣射程才能相等。』他還真的就這麼幹了，結果死了。」

「口令！」黑暗中傳來一個聲音喊道。副官答出口令。手電筒的光直直照進車裡和他們的臉上，接著便熄了。一切又回到沉寂和古怪的黑暗中。「我們要怎麼走？」「我們很快就要到大場了，」副官回答：「過了劉行你就能聽見機關槍的聲音，楊行之後聽見的就是大砲的聲音。再往後就是無人區了，他們已經在那裡戰鬥了一整天。」過了大場之後，他們看見日本砲艦的探照燈在空中往四面八方掃。除了汽車引擎發出的低沉聲響，他們只聽到蟋蟀在田裡安詳地鳴叫。「我聽說也有一些是滿洲國來的軍隊，是我們中國人，不過是敵對方。」蓀亞說。「是的，」副官回答：「不過並不多。前幾天還發生了一場近距離戰鬥。我們的士兵走到離敵人大約四五十尺的地方，聽見對面有人用中文喊：『都是中國人，你們別過來！』那些是滿洲國的人，他們喊：『你們不許再往前，否則我們要開槍了，』我們的人回答：『哈！想嚐嚐我們的槍子兒嗎？』對面一個高個子喊回來：『我們的槍比你們的好得多了。』我們看見他開槍了，不過是對空鳴槍。接著，一個日本人從後頭過來，在他背上捅了一刀。我們的士兵扣下扳機，立刻要了那個小日本的命，爲我們的同胞報了仇。這對滿洲人來說眞的很艱難。明明是中國人，卻被日本人逼著去殺自己人。」

這時他們開始聽見機關槍的噠噠聲，越來越響。每隔一分鐘，就會看見遠處的地平線突然閃出一道光芒，大約十秒鐘後便傳來轟隆聲，彷彿遠方的悶雷。一串光突然照亮夜空，伴隨著有點像音樂的哨聲，然後是一聲巨響。一聲尖利的哀鳴從他們身邊掠過。「那是什麼？」肖夫問。「只是顆槍子兒罷了，」副官笑著說。「你會怕嗎？」立夫問兒子。「不怕。」肖夫說，但口氣不怎麼有自信。「你還可以回去。」「我不回去。」「等我們到了楊行，你會看得更清楚。」司機說。這時，路開始變得彎彎曲曲，前方都是一堆堆難以辨認、黑乎乎的東西，司機車開得跟蝸牛一樣慢。「口令！」副官又答了一次，黑暗中又是一支手電筒照著他們。「通過！」他們聽見沉重的腳步聲。「士兵們正往戰壕去。」「在這麼暗的時候？」「夜裡是最好的時間。」在寂靜的黑暗中，他們聽見了沉重的腳步聲，但哪兒也聽不見說話的聲音。

肖夫帶了一支手電筒，他忍不住開了燈往移動的行列照。這真是太奇妙了。士兵們頭戴鋼盔，身穿制服，肩上扛著步槍，在黑暗中闃然無聲地前進——一群嚴肅、堅決的人正走向戰場。

他還沒來得及多看，只聽見一個聲音大吼：「關掉！」接著是一聲咒罵：「操你媽的！」

肖夫立刻把手電筒關了。「你不應該這樣，」副官嚴厲地說。「看，有個漂亮的東西！」司機說。他們朝他手指的方向望去，看見高空中有兩盞燈，一紅一黃。副官解釋說，那是給砲兵的信號。

現在砲彈爆炸的位置越來越近了，每一顆都先發出嘶嘶聲，然後轟隆一聲落地。地面像在地震，他們的車也跟著震。

車子開始轉彎，幾個彎之後，他們很快就到了司令部。

副官領著他們進去，蓀亞、立夫和肖夫站在門口。

那是村莊裡一棟小小的民宅。電話旁邊放著一張行軍床，床邊桌子底下擺著一盞燈，窗戶都是關著的。

上校正在講電話。「什麼？全團陣亡？我們會再派一團人去。不……是，指揮官。」劉上校啪一聲掛上電話，起身迎接客人。「孔先生，我一直在等您，」他說：「老師，請坐。」立夫介紹了自己的兒子和蓀亞。「來加入我們嗎？」上校說，對肖夫笑了笑。接著便派副官到無線電部門去找阿通。「我們人手不足，他已經不眠不休工作了二十四小時，」劉上校說：「寶山恐怕是保不住了。我方的人一直發援軍的無線電訊息給他們，但那邊的通訊完全斷了。有個營已經在城裡頭堅守了三天，但是救援一直到不了那裡。我們的援軍已經第三次全數陣亡了。我相信那個營一定會孤軍奮戰到最後一個人。」他似乎莫名地動了感情，幾乎忘了面前這群人是訪客。

沒多久阿通就進來了，向上校敬了禮。穿上軍服之後，他整個人看起來都不一樣了。他的上衣和褲子都很髒，臉上卻是一種嚴肅中帶著歡喜的表情，邁得大大的步伐中流露出從未見過的成人莊重感。「你的工作怎麼樣？喜歡嗎？」蓀亞問。「無線電部門只有兩個人輪流上陣，」他兒子說：「實在沒有時間去想喜不喜歡這種事，它太重要了。」「我可以去一趟洗手間嗎？」肖夫突然說。阿通笑了，說：「我們剛來的時候都是這樣的。」肖夫被帶到外面去了，阿通向上校打過招呼後，問：「可以給我一杯水嗎？」上校親自從熱水瓶裡倒了小半杯水遞給阿通，他慢慢地喝到一滴不剩。「在這裡，水很珍貴。」上校說。

「有沒有什麼我們能幫忙的？」眼前的一切讓立夫非常感動。「我們帶了幾箱橘子來。」「橘子好。我們的士兵渴起來比餓更受罪。這裡的村民幫了我們很大的忙。但傷員的情況我實在看不下去，什麼都缺。傷亡太慘重了，請跟大家說，給我們送繃帶、紗布、藥品和香菸來。」與此同時，蓀亞正在一邊和兒子說話。肖夫回來之後走到阿通旁邊，立夫也到他們身邊去。「你們兩個，不管生病還是健康，都要互相照應。」蓀亞說：「還有，別忘了給我們寫信。要是太忙，就一個人替另一個人寫。」「我也能學著去無線電部門工作嗎？」肖夫問。立夫轉向上校。「帶他過去吧，」上校對阿通說：「要是你們當中有人太累，或者睡著了，至少他可以幫點忙。」「我會教他，他學得很快的，」阿通說：「也不很難。喬治太胖，老打瞌睡。」「那是誰？」「我搭檔。今年剛上大學。」「你運氣真好，」立夫對兒子說：「好好跟阿通學，好好工作，彼此要跟兄弟一樣互相幫助……和你們倆的母親一樣相親相愛……」

即使是立夫，現在也有點破防，他說不下去了，掏出一條手帕。「我得走了，」阿通說：「我的十五分鐘已經到了。今晚很忙，要是我不回去，喬治會睡著的。」這時，兩個父親都彎下腰，吻了兒子的額頭。「帶六個橘子去吧，給你們兩個——還有喬治，」上校說。「據我所知，這是你媽媽訂的。」阿通聽了眼睛一亮。電話又響了，上校立刻走過去：「反攻——五點半。是，司令！」蓀亞和立夫和兒子說了再見，告訴他們要是休假就到飯店來，之後便走了，走時兩人各有各的心事。金鈴子和紡織娘在路邊嘰嘰喳喳，唱著牠們安詳永恆的和平之歌。聽到牠們的歌聲，蓀亞突然想起自己和哥哥平亞、襟亞鬥蟋蟀的往事，又奇怪地覺得自己年輕起來。他們抵達大場時，天空開始亮了。這是一個他倆都永難忘懷的夜晚。

他們在凌晨四點半左右到達飯店。木蘭和莫愁兩人徹夜未眠，坐了一整夜等著他們回來。這時木蘭在沙發上打盹，莫愁和衣躺在床上。

立夫和蓀亞踮著腳尖走進房間。莫愁一如往常，第一個聽見他們的腳步聲，坐了起來。木蘭還在睡。他們放低了聲音說話。他們聽見木蘭在沙發上翻騰，突然她尖叫一聲：「阿通！」

蓀亞跑過去搖醒她，她已經滿面淚痕。她在夢裡已經哭了一場。現在她抬起頭，茫然地望著蓀亞。

「噢！」她喘著氣說：「你回來了。我夢到——我看見阿通死了，滾在泥裡，然後——肖夫背著他。」

他們忙著安慰她，蓀亞看了看錶，現在差十分鐘五點。他們點了咖啡喝，蓀亞和立夫把這次去司令部的情況說給妻子聽。但木蘭只是聽，一句話也沒說。她心裡很不安。

立夫叫飯店服務生把所有的早報都拿來，然後他讀上頭的新聞給大家聽，木蘭昏昏欲睡地聽著。「寶山反攻。我方收復部份失地。孤軍發誓要戰到最後一人。浦東軍和日本軍艦通宵砲戰。黃浦江兩岸戰鬥不斷。這是自八一三以來戰鬥最激烈的一天。根據一份來自華盛頓的電報……羅斯福總統警告所有美國人撤離中國……。華北戰線從天津一直延伸到山西東北部，長達兩百里。據說日本人現在在河北有二十萬人……八月十四日至九月一日，中國軍機在浙江、江蘇和安徽擊落日機共六十一架。」那一整天，木蘭都提心吊膽，非常緊張，只盼著阿通能給她來個消息，告訴她那夢不是眞的。她要蓀亞透過中國婦女戰爭救援協會再送十箱橘子去，寶芬就在那裡工作。

莫愁說她和她家人必須盡快回去，因爲立夫的老母親一個人在家，而蘇州又不安全。白天她和寶芬聊天。莫愁的小兒子和寶芬的小女兒同齡，都是十一歲。寶芬沒有兒子，她看中了莫愁的小兒子，建議互相交換收養，但莫愁說：「也沒必要換。他們本來就是姑表兄弟姊妹。就當我們這方提親了，把你女兒給我們家當媳婦兒吧。」寶芬笑著答應了。說這話的時候，雙方的丈夫阿非和立夫都在場。

＊＊＊

隔天，木蘭也打算帶著丈夫和阿梅回杭州。莫愁和立夫要在眞如再過去的一個地方搭火車回蘇州，姊妹和連襟彼此道別。他們不知道，接下來他們有很長一段時間不會再見到面。木蘭也向寶芬暗香道別，但她相信，當阿通休假的時候，她就會回到上海來看他。

民國二十六年九月八日早上七點半，木蘭帶著蓀亞、阿梅到梵皇渡站搭火車。這是個霧濛濛的日子，他們心裡也是烏雲密佈。木蘭沒有阿通的消息。車站密密麻麻的人已經帶著一大堆行李等在那裡了。據說有些逃難的人前一天就到車站，露天睡一夜，就爲了等一個上車的機會。孩子們躺在皮箱和行李上，有些則躺在通往月台的路旁。中國和國際租界的警察聯手維持秩序。

還好蓀亞和木蘭的行李不多，阿梅也只從南京帶來兩只小箱子，因爲火車實在太擠了。蓀亞給了一個搬運工兩塊錢小費，搬運工答應至少給他們弄到兩個座位。

人群推推搡搡，但他們最後還是上了一節二等車廂，三人共用兩個座位。車裡甚至連站的位置都沒有。他們對面坐著一個穿著白色嗶嘰西服的有錢中國人，和一個十三歲的男孩。那父親約莫三十五；中分的頭髮梳得油亮，戴著眼鏡，不停地用鼻孔噴氣，以顯示自己不同尋常的文雅、克制和自我滿足。那個喊他「父親」的男孩也穿著西式外套和短褲。

一個油膩膩、生意人模樣的老人站在附近的走道上。火車開動了，留在月台上的人群看上去一點也沒有變少。當火車停靠在龍華站時，猛地一震，老人身子一晃，便撞在那個穿西服的男孩身上。「你沒長眼睛嗎？」那男人吼道。老人道了歉。火車開動時又猛震一下，老人又一晃，但總算穩住了。他膽怯地坐在孩子身邊的扶手上，好像不希望被注意到。那個穿西服的人看著他，掏出手帕，厭惡地摀著鼻子。然後老人說話了。「拜託了，兄弟，可以借我一個座位嗎？我是個老人家。」「爲什麼你不早點來？中國人就是不懂禮貌。要是有個外國人看到你坐在扶手上，回到國外一定會說中國人又髒又不守規矩。」木蘭的火氣上來了。「都這種時候了，」她說，顯然是說給那個年輕男人聽的，「將就些吧。」木蘭因爲眼睛腫著，戴著墨鏡，年輕人也看不出她是不是在看自己。他拿出一份英文晨報，立刻神遊到一片安全、遠離惡臭人類的樂土去了。

看來想有個愉快旅伴的希望可能要破滅了。木蘭又不說話了。現在看來，這個老人也許眞的不怎麼講理——看你怎麼看這件事了。他帶著一個五六歲的孫兒，一直在抱怨站著腳酸，他便把他推去和那個穿西服的小男孩擠著坐。「你這又怎麼說？」戴眼鏡的年輕人說：「你看不懂規定嗎？每排座位限乘兩人。」「拜託，」老人懇求：「他沒辦法全程都站著。」年輕男子的兒子並沒有眞的表示反對，但他爹還是把他往自己這邊拉近了點，這樣他就不會被玷污了。「這算什麼？」木蘭說：「阿梅，你讓一下，讓那個小男孩坐到我們這邊來。」年輕男人驚訝地抬起頭來。「Thank you.」他用英語說。阿梅換了位置，坐在男孩和老人之間的座位上。她向母親做了個暗號，表示那老人身上有味道。老人的孩子又換了位置，坐在裡側的蓀亞旁邊。

這時，天空開始變暗，下起小雨。窗外依然是綠色和黃色的田野，綿延好幾里的油菜花靜靜地躺在霧濛濛的九月天裡。

火車開進松江站時，雨停了。車外再次湧現人潮。

這時火車頭卸了下來，改由車尾推動火車，因爲再往前就沒辦法掉頭了。

穿西服的年輕男人正在吃一個包裝得乾乾淨淨的三明治。他告訴他兒子那包裝紙是消毒過的。蓀亞從架上拿下一包蘋果和蛋糕打開。

他看到旁邊那個孩子一副很餓的樣子，就給了他一個蘋果。這時聽到有人喊：「飛機！」

年輕男人正在咬三明治，一聽見喊聲，三明治從他手裡掉了下來。周圍頓時一片混亂，每個人都想從停著的火車裡衝出來，也不在乎行李了。有些人還從窗戶跳了出去。孩子們的哭聲夾雜著女人的尖叫聲和男人的吼聲。

飛機的嗡嗡聲更響了。年輕男子一把抓起兒子，從座位往外衝，他臉色慘白，嘴裡用英語邊咒罵邊吼：「My God!」。老人和他孫子早已不知哪裡去了。轉瞬間，車廂裡幾乎空了，除了木蘭一家之外，只剩下五六個人。

木蘭天生動作快，蓀亞卻是天生的慢郎中。「我們該怎麼辦？」木蘭喊道。她不知哪裡來的力氣，拉上了右邊的百葉窗。「過來這兒，」她對阿梅喊道：「蹲下！」阿梅蹲在車廂的地板上。她話聲未落，就聽見「嘶……砰！」的聲音，車廂差點脫軌。玻璃、燈、各種碎片和電風扇到處亂飛。機關槍在空中發出可怕的噠噠聲。車廂外的難民瘋狂哀嚎，車廂另一頭有個男人大喊了一聲，原來已經被炸死了。

飛機的嗡嗡聲越來越微弱，機關槍聲也停了。只能聽見外面人們的哭聲。

空襲稍停。幸運的是，木蘭一家沒有人受傷。「把其他的百葉窗都拉上！」木蘭說：「我們不管是死在這兒，或是死在外頭——都一樣是死。」蓀亞把百葉窗一扇扇拉上，開始把箱子堆在座位的左右兩邊。「躲在底下，等空襲結束，」他說。「要是炸彈從上頭直接掉在我們頭上，我們就會一起死。如果砲彈破片和子彈從外頭來，那我們還有機會。」沒過多久，外面哭聲又起，接著便聽見飛機嗡嗡聲又回來了。

蒸亞蹲在中間走道的一頭，阿梅和木蘭蜷伏在座位底下，幾乎趴平；阿梅害怕得哭了。她們把頭上的行李箱搬開。突然聽到一聲爆炸巨響，整列火車都在搖晃，顯然是前一節或後一節車廂被砲彈打中了。緊接著就是可怕的機槍聲從空中傳來。外面的難民像豬群一樣被大肆屠殺。

又一枚炸彈落下。蓀亞看見一條殘缺的人腿從窗外飛進來，掉在走道上。不知怎麼的，它竟直立著斜靠在椅子上，鮮血直淌到地板。他閉上眼睛，感到一陣噁心。

又是另一次爆炸，夾雜著金屬的鏗鏘聲，好像是附近的水箱被擊中了。

之後嗡嗡聲漸漸消失，他們聽到外面的人說飛機走了。

這種奇蹟般的幸運，讓蓀亞有種奇特的感覺，他對木蘭說：「他們走了。你躺下。我四處看看。」

他站起來。一個腿被炸飛的女人坐在車廂另一頭，哭喊著：「大慈大悲救苦救難觀世音菩薩啊！」

他往窗外看了看。車站、田裡屍橫遍野，輕傷的人茫茫然到處走，想找到自己的家人，撿回行李。

「現在沒事了。我們安全了。」他說，搬開了剛才保護他們的手提箱。木蘭和阿梅站起來。木蘭右邊的褲腿上一片大大的水印子，是阿梅剛才頭靠著的地方，已經完全濕了。阿梅這會兒還在發抖。「最糟的時候已經過去了，我們很幸運。」蓀亞說。他們離開了車廂，行李一件不缺。「好心人，救救我吧！」那女人的聲音又傳過來。「觀世音菩薩會保佑你們的。」蓀亞和受傷的女人說了幾句話，答應會找人來幫她。

到了車外，車站看起來就像一座露天屠宰場。和這個場面相比，民國十五年那場學生大屠殺就顯得小巫見大巫了——根據後來的報紙報導，約有四百人死亡，三百人受傷，全都是逃離上海的難民。毫髮無傷逃脫的僅有五十人。襲擊難民的飛機有十一架，總共投下了十七枚炸彈。

現在終於來了一部救護車——遠遠不足以應付這場駭人聽聞的災難。火車尾端有兩節車廂正在燃燒，升起的煙柱慵懶地掛在九月灰灰的天空裡。蓀亞把車裡那個受傷的女人扶出來，把她抬上救護車。但對於其他受傷的人，能做的實在不多。

他們在車站外的鄉間小路上看見了那個穿西裝的年輕男人，他趴在地上，半個身子泡在池塘裡，白嗶嘰西服上濺滿了水、血和泥。

幾經周折，他們終於抵達嘉興，在那兒過了一夜。隔天租了一部汽車去杭州。

＊＊＊

木蘭越回想他們經歷的危險，就越驚訝他們居然能這樣神奇地逃脫。她簡直不敢相信他們活下來了，而且還平平安安地回到家。回來的第二天，他們收到了阿通的信，這封信大大緩解了她的夢所引起的焦慮。從那之後，阿通幾乎天天都有信來，她幾乎就是爲了這些信才活下來的。

這趟搭火車的經歷讓未來的計畫爲之一變，她可能再也不能去看兒子了，即使他休假回上海，也不可能回到杭州來。

她不知道前面還會發生什麼。杭州目前似乎還算安全。雖然有過幾次空襲，但這只是爲了製造一種效果。當許多居民開始往內陸遷移時，城裡生活一如往常。蒸亞要曹忠父子在他們後頭的建築底下挖了一個地下防空洞。

十月初，阿非轉寄了一封阿宣來的長信給她，描述了發生在曼娘和他家人身上的災難。那封信是同時寫給阿非和木蘭的。當她讀到曼娘和她家人死去的那段文字，她停下來大哭，接著又讀，讀了又哭，就這樣一直讀到最後一行，信都被她的眼淚浸濕了。她往椅背上一靠，人呆呆的，信從她手裡落到地上。襟亞進來，看見了她。「怎麼啦，奇想夫人，發生了什麼事？」他叫出來，被她的樣子嚇著了。木蘭指著地上的信，她說不出話來，只是站起身，拖著沉重的腳步走進臥房，撲在床上，絕望地哭了起來，像是被打敗了。她整個下午都躺在那裡，雖然蓀亞不斷安慰她，卻一點用也沒有。

那天晚上，她半夜醒來，點了一盞燈，走到化妝箱前，取出她結拜姐姐給她的小玉桃。她把玉桃貼胸掛著，又回去睡。隔天早上，她在頭髮上多別了一個藍色的毛線結子緬懷曼娘，表示哀悼。接下來好幾天她一直很沉默，只有不得不開口的時候才說上一句。

十月二十七日，以血肉之軀對抗高射砲和飛機，英勇抵抗了七十六天之後，國軍開始撤退，前線的弟兄們帶著所有人員向北進發。

莫愁舉家遷往南京，這樣離她丈夫近一點。密集的轟炸已經讓蘇州無法居住，這個城位於新的防線上，必定會遭受更嚴重的轟炸和砲擊。十一月二十日，中央政府決定遷都到長江上游，通令所有和國防無關的官員全家遷往重慶、漢口和長沙。全國人民開始疏散。一大批人藉著各種可以想像的交通工具逆流而上，逃離即將到來的日本人，即使是最嚴重的瘟疫，他們也從未這樣逃亡過。在世界歷史上，從來沒有哪一次人民逃避軍隊入侵像中國人逃離日本人規模那樣大，這是世界史上最大遷徙行動之一的開端。

二十三日，木蘭收到妹妹的信，說她和立夫以及孩子們將在一週內離開南京前往重慶。木蘭意識到，她要有很長一段時間都見不到他們了，他們遷往內陸地區的消息讓她開始思考。杭州會怎麼樣呢？她在前線的兒子依然給她來信，雖然途徑很迂迴。阿梅透過特殊的外國郵遞系統和康寧漢小姐一直保持通信，於是，阿通的某些信件便寄給康寧漢小姐，由她轉交給杭州聯合女子學校的斯卡蘭頓小姐。就這樣，阿梅也開始和斯卡蘭頓小姐交上了朋友。

只要信一來，木蘭就下不了逃往內陸的決心。杭州為逃往內陸各地提供了方便的逃生路線，而且，這時日軍的眞面目還沒有完全顯露出來，阿梅的外國傳教士朋友們對日軍的紀律仍然充滿信心，並且對華北地區日軍暴行的傳聞表示懷疑。

木蘭日復一日靠著等待兒子的來信活著。據她所知，在戰爭結束之前，或者在他被轉移到內地之前，她是不可能見到他的。她覺得自己已經是個喪子的母親了，現在她終於開始理解陳媽等待兒子回家的心情，這種盼望似乎是為人母親生活中永遠的一部份。

她想到陳媽，也想到了陳媽的兒子陳三。在她看來，人生從一開始就是這樣的，她試著想從父親的道家哲學中得到某種安慰。

現在，她看到自己正處於人生的秋天，而她的兒子還在春天。在沙沙的秋葉之歌中，已經包含了即將到來的春天搖籃曲和之後夏天的完整旋律。道的盛衰雙重力量也是如此，在向上和向下的循環交替中交互纏繞。從眞正的意義上說，夏天並不是從春分開始，而是從冬至開始的，這時白晝開始變長，陰的力量開始消退；冬天從夏至開始，這時白晝開始變短，陽氣開始逐漸被陰氣取代。人的生命也是在青春、成熟和衰敗的循環中運行。陳媽過世了，但陳三已經成了一個成熟的男子漢。曼娘走了，但阿宣還在繼續奮鬥。當木蘭感覺到自己的人生進入秋天時，她也眞切地感覺到了阿通的盎然生機和青春氣息。

而當她回顧自己將近五十年的人生時，她覺得其實中國也是這樣，老葉一片片落下，新芽又冒出來，朝氣蓬勃，充滿希望。

這些思考讓木蘭更有耐心，也更順從天意，幾個月過去，她的勇氣又回來了。她丈夫發現她的面貌變了，看起來更慈眉善目，但也更悲傷、更蒼老。她不再害怕死亡，也不再害怕任何可能發生在自己身上的事情。

***

十二月十三日，日本人進入南京，給自己掛上了爲全世界良知所不齒的臭名。當日本人肆意放蕩到無法繼續前進時，他們停下來喘了口氣，這一停就是幾個月。

杭州灣以北的上海南部地區，十月底以來就一直在他們的佔領之下。由於杭州位於浙江省的北端，戰略性地控制著一個汽車高速公路網和一條通往內陸南部、西部和西南部的鐵路，大軍進入杭州似乎既合乎邏輯又輕而易舉。當國軍即將撤離杭州的謠言迅速傳開時，木蘭依然處在一種漠不關心和逆來順受的心態中，對發生的事情不太在意。直到十二月二十二日，杭州引以爲傲的錢塘江大橋和發電廠被炸毀了，人們才明白謠言的可信度。撤退的國軍遵循「焦土政策」，不留任何物資給敵人利用。撤退行動非常出色，整個城所有的道路和橋樑全部都炸毀了。

但杭州，這個湖畔之城，再次像北京一樣受到上天厚待。這裡的破壞與蘇州、無錫和南京發生的完全不同。沒有人爲搶奪這個城打過仗，也沒理由認爲日軍佔領後會有什麼大破壞，因爲它早就沒有任何防禦了。

十二月二十四日，日本人來了！部隊疲憊不堪，充滿了厭戰情緒，沒有任何軍事命令或預防措施，三三兩兩散亂地走在街頭，因爲他們知道城裡已經沒有中國士兵了。一連行軍了好幾天，他們看起來又髒又餓，漫無目的地四處遊蕩，尋找食物。

這正是日軍展現紀律和保護無辜百姓的能力，讓人民在他們的統治下過正常生活的大好機會。

一開始，人們並不怎麼害怕佔領部隊。聖誕節那天早上，木蘭在她位於城隍山的家裡，還可以聽到羅馬天主教修道院的歌聲。

然後，邪惡的事情發生了。受到驚嚇的婦女開始往外國學校、醫院和女修道院跑，尋求庇護。其中最大的兩個修道院本來打算接納最多一千名難民婦女和兒童，現在卻被迫各收了兩千五百人。走廊、露台、樓梯間，每一個能坐人的地方都擠得滿滿的。

日軍佔領五週後，一位美國住院醫生忍不住寫道：「我懷疑，是不是不管哪裡，都沒有一家商店或一間房子是沒受到侵擾的。……恐怖在這片土地上無所不在，對於在日本佔領前，我們向中國朋友們說的故事，我們只能悲傷地承認，並沒有完全描繪出實際經歷有多恐怖……佔領五週後的今天，這座城市無論哪裡都能看到士兵公然搶劫，而當局顯然毫無干預的打算，即使是現在，也幾乎沒有哪個地方對婦女來說是安全的。」

那是個關於貪婪和慾望的故事，千篇一律卻令人震驚。木蘭說得對：日本人的「沒福相」是改不了的。

木蘭家所在的小山丘是個可以俯瞰湖和河的高點，有幾個日本哨兵一直站在附近，讓木蘭很不舒服。阿梅雖然認識斯卡蘭頓小姐，但她們的學校裡這裡有好一段距離。但另一方面，天主教修道院就在山丘上他們自己的社區裡。斯卡蘭頓小姐給修道院院長寫了一封信，請她收留木蘭母女和錦羅。

於是，十二月二十六日，木蘭帶著阿梅和錦羅進了修道院。這裡男人是不准進去了，離別不好受，但蓀亞卻鬆了一口大氣，他自己這方沒什麼好擔心的，他和曹忠、小糕兒一起回家了。

十二月二十七日早上，阿梅早飯後到修道院花園散步，她母親在小教堂裡看晨禱。那天早上陽光明媚，她越走越遠，沒有意識到危險。

突然，她看見大約十五尺外的一棵樹上，有顆頭正越過圍牆往院子裡望。顯然是個日本兵，因爲那顆頭戴著軍帽。

阿梅尖叫跑開。那個日本兵從牆頭一躍而下，開始追她。這條路拐來拐去，她沿著路跑，士兵從另一邊繞了出來，離她只有幾尺了。

阿梅用盡吃奶的力氣跑上台階，繞過灌木叢。日本人在台階上絆了一下，但又再次追了上來。「救命！救命啊！」她喊著。但日本兵已經抓住她了，開始強吻她。他們現在在高層的院子裡，離修女們做晨禱的小教堂不遠。木蘭一面觀察著那些不熟悉的儀式和修道院院長的動作，一邊努力把家裡最近突來的不和諧變化整合起來，想把它們理出某種有關連的秩序。她的成長過程中沒有接觸過佛教崇拜和世俗的佛教信仰，這是她自己的母親和大多數婦女都有的。但現在，這種極具異國情調的洋神崇拜讓她印象深刻，這種崇拜與中國人的崇拜如此不同，卻又如此相似。過去幾個月發生的悲劇讓她更接近那個偉大的未知，也就是她父親所謂的「不可名狀之道」，但她自己卻只把這看做是「命運」。和以前一樣，每當她想到「道」，就會想起父親。修女們特有的吟唱和她們純潔白皙的臉奇異地打動了她。她的眼睛濕了，覺得自己置身於永恆之中。

突然，阿梅的呼救聲把她從深深的沉思中驚醒，她自己也尖叫起來。院長中斷了儀式，命令幾位修女出去看看發生了什麼事，然後又繼續晨禱。

木蘭立刻衝了出去，四五個修女跟在後面。她們看見阿梅被日本人抓住，她拚命扯他的頭髮，徒勞地打他。木蘭撲向士兵，在那隻還抱著她女兒的手臂上狠狠咬了一口。士兵放開那個女孩，轉身一拳打在木蘭頭上。木蘭被打得踉蹌了幾步。阿梅還在尖叫，試圖反擊。日本人看到外國白人出現，馬上若無其事地快步走開，留下母女兩人抱頭痛哭，兩個人頭髮都凌亂不堪。

修女們走到她們跟前想安慰她們，用法語低聲說著輕柔甜美的音節，只是她們聽不懂。木蘭這一輩子從來沒這樣被攻擊過，不管是男人、女人還是畜生。她對女兒和自己受到的傷害又氣又怕又屈辱，邊哭邊咒罵：「你們這些三島矮鬼子！不得好死！」阿梅拚命地擦著臉上被吻的地方，像是要把那塊肉擦掉似的。

這時晨禱已經匆匆結束，修女們都來到院子裡，院長又把所有人都領進小教堂。修道院院長是個身材嬌小、聲音響亮的女人，在溫柔的舉止之下，她擁有強大的內在力量。她被激怒了。她把阿梅抱在懷裡，用中文安慰她。儘管危險已經過去了，阿梅依然嗚咽著，整個人抖得更厲害，嘴唇也在發顫，就像曼娘以前一樣。一位中國修女走了過來，用中文和她們母女說話，阿梅的哭泣終於慢慢止住了。

不到十分鐘，那個日本人又帶著另外四個人回來了，要求見修道院院長。「你們想幹什麼？」院長朝他們喊道。「我們得在這裡搜捕共產黨和抗日的女人。這地方到處都是這種人。」一個人說。「你們不能進來。」院長堅定地說。小教堂裡有三四十個女人，一看到日本人，都急忙跑進內室去。吻了阿梅的日本人這時看見了她和木蘭，便說：「她們在那裡——反日的共產黨！」他捲起袖子，說：「那個女人咬了我。這是對大日本天皇陛下的侮辱。她必須受到懲罰。」「你們不能帶她走！」院長說著，在胸前畫了個十字，開始喃喃祈禱。日本人扇了她一巴掌。修道院院長見善了無望，便走開了，不再白費力氣，她用法語叫來修女們，把中國婦女從小教堂後門帶出來，她自己從前門走，出來之後從外頭上鎖。於是，日本兵還沒意識到情況不對，就被鎖在小教堂裡了。

院長打了電話到美國教會醫院。沒幾分鐘，一位美國醫生就帶著一個碰巧到醫院來的日本軍官過來。院長給他們講了這件事，然後帶他們進了小教堂，後面跟著幾個修女。那位軍官問士兵緣由，第一個日本人再次捲起袖子給他看被咬的地方。令她們吃驚的是，軍官一句話也沒說就打了士兵一巴掌，然後他轉向修道院院長。「那個女人和她女兒在哪裡？」他用蹩腳的中文說：「我想見見她們。」院長走了進去，把木蘭和阿梅帶出來見那位軍官。他被她們的美貌打動了，轉頭用嚴厲的目光看著那個誣告的士兵，那個兵顯然告訴他，他們在搜捕共產黨。

阿梅和修道院長繼續用還過得去的英語和美國醫生交談，美國醫生又把話用英語重講一遍給那個日本軍官聽。那個軍官看上去是個好人，也理解是怎麼回事，但他還是想維護日本軍隊的尊嚴，於是他問了一個問題。「這位軍官問，你是不是反日的共產黨？」美國醫生說。「我討厭他們！」阿梅說道，但木蘭接下去說：「我們不是共產黨，但我們反日，因爲那個兵侮辱我女兒。」「你很生氣。」那軍官直接對木蘭說。木蘭聽懂了那個英文單字「angry」，雖然日本人把它發成了「angli」。這時她對那位完全聽得懂中文的美國醫生說：「你能不能跟這位軍官解釋一下，叫他別妄想了？他指責我生氣，我是生氣沒錯。叫他別跟無鹽一樣。」「無鹽是誰？」那個美國人問。「她是中國古時候一個醜到極點的女人。這個無鹽去見皇上，要求皇上不但要娶她爲妻，還要愛她，她應該更有自知之明才是。」美國人笑了笑，覺得把這段比喻翻譯過去似乎不很得體。但日本軍官聽到英語裡的「無鹽」兩字，就問那個美國人她說了什麼，美國人只說：「她說『無鹽很可憐。她太醜了，沒人愛她。』」

美國人笑了，那軍官也笑了，表示他很欣賞這樣的引經據典，儘管他完全沒抓住意思。他還以爲她的意思是醜女人不會受到騷擾，他還在自己的手心寫下「No Salt」兩個字給木蘭看。她對他冷冷一笑。那軍官也咧開嘴，還她一笑。修女們覺得很奇怪，這個日本軍官居然會對一個中國女人和善地微笑。「這次你算是當場逮住了他們，」美國醫生對日本人說：「你說過不相信有這種事的。」「我們盡最大的努力維持紀律和秩序，」軍官回答：「我們在這裡的紀律眞的已經很令人敬佩了。你應該去看看南京、蘇州和嘉興！」這位軍官顯然正在盡最大的努力，但依然無法阻止超過自己控制範圍的暴力行爲。他轉向士兵，用日語命令他們出去，他們便從小教堂大門出去了。「你們最好疏散這些女人，把她們轉移到別的地方去。這裡太偏僻，我們很難看住我們的人，」軍官離開的時候說。這件事發生之後，美國醫生和修道院院長商議，因爲所在位置的關係，決定放棄修道院。院內的婦女被救護車送到天主教醫院，當天所有難民都被疏散了。

木蘭帶著女兒和錦羅在中午之前就回到了附近的家，蓀亞和曹忠大吃一驚。木蘭被打的額頭還是腫的。他們把發生的事情告訴蓀亞，他們說：「這樣我們在杭州要怎麼待下去呢？」於是他們同意逃到內地去。

＊＊＊

他們開始爲深入內地漫長而艱難的旅程作準備。他們目前所有的財產大約值十萬元，但蓀亞所有的店鋪都和這座城裡其他的店鋪遭受了相同的命運，被日軍破門而入，搶劫一空，所有的伙計都逃了，他無能爲力。一個月前，他弄到了大約兩萬元的鈔票，這些錢可以隨身帶著。蓀亞拿出一萬元，分別放在自己和妻女身上；他們把錢裝在小布袋裡，縫在貼身上衣裡。因爲錦羅一家會跟他們一起走，每個人也得到一百元，照著縫好藏妥。其餘的錢被木蘭縫在棉被裡。木蘭再次和她的老父親當年一樣，把更好的古玩珍品和畫作收進盒子，藏在之前挖的那個地下防空洞裡，她還把一些玉和珍珠藏在袋子和褥子、以及她自己和女兒身上。他們知道這趟行程中有些地方非靠徒步不可，不知道租不租得到車，所以也沒有多帶毛毯和衣物，這些東西除了錦羅的丈夫和兒子小糕兒之外沒人搬得了，小糕兒和阿通同齡，現在已經是個強壯的年輕人了。

他們和斯卡蘭頓小姐商量好請她轉發郵件的事。木蘭給阿通寫了一封信，告訴他妹妹的遭遇。她憤怒地寫道：「以你曼娘伯母和你妹妹的名義戰鬥，直到把那些小日本都趕下海去爲止！」

由於耗資數百萬元的新鋼橋被炸毀了，他們決定先向東逃，然後向南渡江，抵達通往南昌的鐵路線。一般情況下，他們應該會向西逃，搭火車到城市附近，但西部和西南部都爆發了戰事，從那邊穿越鄉村變得很危險。每個中國難民的錢和貴重物品都被日本哨兵奪走，理由是這些物品是搶來的，必須歸還給合法主人。

於是，十二月二十九日早上，木蘭一家拋棄了自己的家園，加入了數百萬湧入中國內地的難民大軍。他們有三男三女，都是成年人。曹忠和小糕兒扛著比較大件的行李，錦羅拿著一個布包，蓀亞拿著一個小皮包，裡頭裝著重要文件和貴重物品。如今木蘭那雙沒有裹的大腳可幫上了大忙，阿梅雖瘦，但也很能走。錦羅雖是個婦道人家，但一點也不虛弱，木蘭和女兒都很依賴她。事實上，他們誰也不知道這次出行會是什麼樣子，因爲情勢總是瞬息萬變。

沒走多久，他們來到一條二十尺寬的小溪邊，那兒的橋炸毀了。雖然溪水只有一兩尺深，但錦羅說要背木蘭和阿梅過去，這樣她們就不會弄濕腳了，她丈夫說沒有必要，小糕兒會背她過去。於是錦羅伏在兒子背上過了溪，接著曹忠和小糕兒再回來背木蘭和阿梅。奇怪的是，主僕之間的差距已經完全消失了，只有實力、智慧和共同的忠誠才是重要的。木蘭趴在曹忠背上，對著小溪對面的錦羅喊道：「錦羅，我眞該謝謝你！」「幹嘛謝我？」「謝你嫁了個這麼強壯的丈夫啊！」已經站在對岸的蓀亞說：「奇想夫人，這會兒你還有辦法開玩笑？」「怎麼沒辦法？胖子。」她開心地喊回去。他們興致盎然地繼續前進。那天天氣晴朗，冬日的陽光正適合走路，只是她們穿得太多了，很快木蘭和阿梅就不得不脫了外套拿在手裡。遠方是美麗的鄉村，有看上去很富裕的農莊和高大的竹林。當中他們休息的那片竹林，竹子甚至長到四五十尺高。

一會兒之後，他們來到一個村子，再過去有個渡口。船夫告訴他們，離渡口兩里的地方有個小鎮，如果幸運，他們說不定可以在那兒找到某種交通工具。他們繼續往前走，很快就開始看見從東部和東北部湧來的難民。這座小鎮，不管出多高的價碼都弄不到交通工具。人力車、汽車、轎子、馱畜，不是被士兵徵用，就是被早來的人捷足先登了。但蓀亞還是抱著一絲希望，認爲只要他們抵達通往天台山的高速公路主幹道，也許就能找到。

因此，他們稍事休息之後，便再度出發，加入了日益增多的難民大潮，儘管並不順利，但他們都很有耐心，也很愉快。路上不時會看見載著老母親或生病女人的人力車。有兩兄弟用扁擔扛著一塊門板，他們的老母親就躺在門板上。兒子把母親背在背上，父親把孩子放在籃子裡，扁擔另一頭掛著被褥和鍋碗瓢盆。還有個病人被綁在一頭水牛背上。

成千上萬人步履艱難地逃離可怕的入侵者。然而，這些人臉上的神情卻是平靜而堅定的。很少有人提起過去；未來是一片空白；如今他們只想著眼前的需要——肩膀累不累，離下一個鎮還有多少里，今晚天氣好不好。一群無喜無悲、步履蹣跚的人，一群背井離鄉的人，即將以不屈不撓的勇氣，在中國內地建造新的家園。

木蘭一家被人流帶著往同一個方向前進。蓀亞說，只要他們一到汽車主幹道，不管要花再高的價錢，他都會考慮買輛車。但目前他們必須繼續徒步。他們和幾百人一起在野外露天過夜，身上只蓋著幾條毯子和外套。

第二天，他們到了一個小鎮，曹忠幸運地在一戶人家後院看到了一輛獨輪手推車。蓀亞進屋去問，得知那位農夫剛從天台回來，他設法說服他再去一趟。這麼一來，曹忠就減輕了負擔，阿梅和母親也可以輪流坐在手推車的側座上了。

一年前，甚至一個月前，在木蘭眼裡，坐獨輪手推車還是件很有詩意的事，但現在她覺得，這與其說是一種詩意的表達，不如說是對她疲憊雙腿真正的撫慰和放鬆。

他們現在快要到高速公路了。下午他們在路邊看到一個約莫周歲大的嬰兒坐在母親的屍體旁哭，那女人顯然死於飢餓和曝曬。蓀亞和木蘭幾乎二話不說，便兩人一起走到嬰兒身邊，把她抱上了手推車，阿梅坐在她身邊，生怕她摔下去。

那天晚上，他們在一戶農家找到了棲身之所。

第三天，十二月三十一日，他們抵達了高速公路。他們現在在天台山脈的起點附近，公路經過的平原到處聳立著垂直的花崗岩山峰。這裡的公路又寬又直，難民隊伍在寬闊的平原上延伸開來，沿著高速公路行進，就像一座移動的人類長城，隨著公路越過山坡，消失在地平線上，幾乎望不到盡頭。

他們在公路上沒走多遠，就來到一個兩邊各有一座巨大懸崖的地方，像是巨人族建造的大門廢墟。然後，他們聽見前方遠處傳來悶雷似的隆隆響聲。一開始，聲音聽起來像遠洋的咆哮，接著變得像大水沖過破裂的堤壩，喧囂聲如波濤起伏，在山谷中迴盪。當它越來越近，就化成了人聲，像是巨幅的絲帛在空中撕裂。他們又驚又怕，覺得這聲音聽起來像一場遠古的戰役，或者一支叛軍。一列難民離開了公路，因爲遠處有一排黑色物體不斷向他們靠近。然後他們發現那是軍用卡車，上頭裝滿了國軍，他們像歡呼的難民舉起了手。巨浪般的吼聲滾滾而來，在懸崖上撞出回聲。這些都是去杭州前線的部隊。

軍用卡車駛近了，士兵們戴著鋼盔自豪地站起來，向人們揮手；在眾人的歡迎下，他們唱起了軍歌，副歌部份是：

上戰場，

爲家爲國上前方！

山河不重光，

誓不還家鄉！

木蘭開始掉眼淚，她身邊的每個人都在拚命拍手，掌聲震耳欲聾。歌聲漸漸消失在遠處，隱入後方公路兩旁人們漸行漸遠的吼聲中。木蘭周圍的難民站在那裡回頭望，好多人還在歡呼，有些人在抹眼淚。

一小時後，大約五十部軍用卡車經過時，這一幕又重演了一遍。這一次還多了幾架國軍飛機越過他們的頭頂，向北飛去。人群中再次爆出瘋狂的歡呼，聲音在山谷中迴盪。天台的花崗岩山峰似乎也加入了他們的行列，從內部發出共鳴，以近乎人類的聲音附和著士兵們合唱的副歌：

山河不重光，

誓不還家鄉！

這就是群山的心聲。

木蘭突然感到一種釋放，那樣的深沉、無法言說。大約三十年前的那個中秋，當她發現自己愛上了立夫時，她也曾經感受到這樣的釋放。但在第一次釋放時，她是找到了自我，找到了她個人的個性，這次釋放卻是讓她放掉了自我。因爲這全新的釋放，她開始在繼續前行的路上做許多事。

接近一點鐘，他們碰到了兩個孤兒，一個十四歲的女孩和九歲的弟弟在乞討食物。木蘭立刻想起自己小時候走散那時的情景。「你們的爸媽呢？」木蘭問。「都死了，」女孩回答。「你們打哪兒來的？」「從松江。所有的屋子和街道不是被炸掉就是被放火燒了。我們也不想離開。但是整個鎮只剩下五個老人家和幾條狗，他們也幫不了我們。求求你了，好阿姨，我弟弟餓了。」「你們是從松江一路走過來的嗎？」「是的，我們一路討飯。」年紀小些的孩子顯然很健壯，但現在看起來茫然無助，似乎完全依賴姐姐。

「我們帶著他們走吧！」木蘭說。「我們怎麼帶？」蓀亞問。「用獨輪車帶。」木蘭說。「好阿姨，」那女孩說，「我們可以走路；至少我能走。但請給我們一點吃的。」「來，上推車吧！」蓀亞說。姊弟倆很驚訝，但馬上上了車和那個寶寶坐在一起。「太太，」獨輪車伕說：「您眞是個好心人哪。不過您繼續這麼下去，您自己可就完全沒法兒坐了。」「沒關係，」木蘭說：「我們就撿到這兩個爲止。我們大人可以全程用走的。」「夫人，」那車伕說：「我想我也跟你們到內地去，給您幹活兒好了。」松江來的那個女孩眞的累壞了，而且和她弟弟兩人看上去都很餓。錦羅拿出幾個麵餅給他們，那是他們在上一個村子買的，姊弟兩個什麼話也不說了，只顧著狼吞虎嚥。

接近日落時分，他們來到一條小溪邊，過橋時看見有個女人躺在河岸上，她丈夫和四五個孩子圍著她。「停車！」木蘭喊。「這回又是什麼啊，奇想夫人？」蓀亞問。「那女人要生了！」她回頭跑向河岸，獨輪車伕吃驚地停住了。「你這會兒又有什麼怪念頭？再收一個？」蓀亞在她身後喊著。木蘭一邊跑下河岸，一邊答道：「我知道分寸的。」那女人躺在光禿禿的地上，剛出生的嬰兒放在她身邊的一塊藍布上。丈夫正努力用一條舊毛巾擦去嬰兒身上的血跡，但臍帶還沒有剪。那農婦就是自己的接生婆，她對丈夫說：「先把他包起來，把胎盤和臍帶留在外頭。我只需要休息一下，待會兒我會把他處理好的。」

木蘭和錦羅已經走到旁邊，蓀亞和阿梅站在不遠處。那個丈夫抬起頭，茫然地看著她們。「讓我幫你們的忙。」木蘭說。「這怎麼好勞駕您呢？」那丈夫回答。女人睜開眼睛，看見身穿昂貴西式大衣的木蘭，說：「好阿姨，我很快就沒事兒了。我們怎麼能讓您來做這種髒活兒呢。但是如果您能給孩子幾件衣服，我會很感謝您的。我們一點準備都沒有。」錦羅太清楚她家太太會怎麼想了，所以一聽見這話，便立刻跑上河岸，找出一件乾淨的襯衣，把孩子裹了起來。「拿把剪刀來。」木蘭對她說。「別用剪刀，」產婦說：「對孩子不好。給我一只碗。」丈夫拿出一個飯碗。「把它打破。」那女人說。丈夫依言打破了那只碗。木蘭不太明白用意，問：「是做什麼的？」「我要用這新破片來割臍帶。」「我幫你弄，」木蘭說：「你躺著休息。」木蘭挑了一塊邊緣乾淨銳利的破瓷片，彎下腰，替新生嬰兒斷了臍，把剩下的部份打了結，用錦羅拿來的一條手巾包好。產婦的丈夫把胎盤扔進溪裡，木蘭也到溪邊去洗手，那男人站在旁邊，不知道該怎麼謝這位陌生的善心夫人才好。

但這時那母親說話了。「太太，您是個好心人。如果您願意，我就把這孩子送您了。我們有太多張嘴要養活，眼下又正在逃難。您看，是個男孩呢。」錦羅看著木蘭，木蘭也看著錦羅；接著兩人同時低頭看著那個寶寶。「帶他走吧，」錦羅說：「我可以照顧他。」木蘭轉頭對那個母親說：「你當眞嗎？是個很漂亮的孩子呢。」女人努力坐起來，想抱她的孩子，木蘭把孩子遞到她懷裡，她接過寶寶，緊緊地抱了一會兒。接著抬起頭，眼神堅定地看著木蘭，說：「好阿姨，要是您願意收養我這個兒子，我知道這是他的福份。您一定很有錢。要是讓我帶著他，我還不知道他能不能活下來呢。我們連這一路上吃的東西都不夠。」

一直在旁邊看著的蓀亞看見木蘭跪在地上，伸出雙手準備接過孩子。母親把他貼在自己的臉頰上，然後含淚把他交給木蘭，臉上帶著微笑。父親什麼也沒說，寶寶的兄弟姊妹都來看這個很快就被有錢夫人收養了的新弟弟。

木蘭站起來，解開大衣扣子，把寶寶抱在自己胸前保暖，然後走上河岸。蓀亞下了河岸，問了那對父母幾個問題，像是他們從哪兒來的。「把我們的地址告訴他們，」木蘭在上頭喊著。「什麼地址？」「我們杭州茶行的地址，」他妻子說：「跟他們說抗戰一結束，我們就會回去。」接著她讓錦羅拿十元下去給河岸上那家人，之後他們便繼續上路。獨輪車伕越發覺得有趣，說：「這會兒不過兩天時間，您已經撿四個了。照這個速度，很快就要撿到一百個了。」「這鐵定是最後一個了，」木蘭回答。「如果全中國都跟您一樣，」車伕說：「小日本對我們肯定無計可施。我上回跑那一趟，就看到三個出生在路邊的孩子。他們可以殺一百萬人，那我們還有四億四千九百萬人，而且每天都有更多嬰兒出生！」錦羅和阿梅輪流抱著寶寶，有時坐車，但通常是走路，因爲獨輪車已經載著周歲和九歲的兩個男孩以及行李。木蘭想了想車伕的話，對蓀亞說：「你還記得我們跟阿通說的話嗎？不管是我們還是其他家族，中國人的血脈都要傳承下去！」

寶寶在哭。木蘭有一只急救箱，她拿了些乾淨的棉花出來，調了些糖水，用棉花沾了讓寶寶吸。

那天晚上是跨年夜，他們來到天台山山腳下的一座廟。這裡的鄉村是浙江最美的其中之一，在高速公路開通之前很少有遊客有緣得見。他們看見在遙遠的地平線上，嶙峋的花崗岩山峰拔地而起，高聳入雲。

廟裡幾乎被難民擠滿了。然而住持一聽說他們來自杭州知名的茶行，便說他認識他們的父親姚老先生；住持非常熱情，說這兒太擁擠了，便在自己內院給他們準備了一個房間。

木蘭要了些蜂蜜，說要給寶寶吃。住持給了她三瓶，因爲蜂蜜正是當地特產。錦羅說要帶寶寶過夜，但木蘭突然有種奇特的感覺，便說：「不，今晚讓我帶吧。你和小傢伙一起睡吧，順便照顧那兩姊弟。」「奇想夫人，你今晚需要好好睡一覺，」蓀亞說：「明兒個還有一段路要走呢。」「就當是我最後一次心血來潮吧，」木蘭回答：「今晚之後，就讓錦羅跟他睡。」到了夜裡，寶寶哭了，木蘭便用一塊棉花沾上蜂蜜，塗在自己的乳房上，然後把寶寶放在胸前，寶寶一吸住乳房，便安穩睡了。木蘭非常快樂，覺得即使是哺育這個孩子，她也不是爲了個人，而是爲了中國的永恆，爲了延續中華民族的生命。如今對她來說，這個寶寶是民族不朽的象徵，比她的玉石和琥珀小動物更重要。

＊＊＊

那是民國二十七年的元旦早晨。蓀亞提議他們今兒個可以稍微休息一天，老和尚也力勸他們留下。於是他們便在廟裡度過了安寧的上午。

木蘭又想起她小時候因為義和團和八國聯軍逃難的情景，也回想了她至今的一生。從那時到現在，發生了多少事情啊！她的親人離散在各地：立夫和莫愁在她們前頭一千里，現在人在遙遠的西部四川；陳三、環兒和黛雲在山西；她弟弟阿非和弟妹寶芬，襟亞和暗香在上海。還有已經過世的曼娘——儘管不知道為什麼，在這場戰爭中，她還是覺得曼娘的靈魂一直和她同在。她多麼希望能和他們所有人再從頭生活一次，不計任何代價！最重要的是，她想起了她兒子，和堂兄肖夫一起在部隊服役的阿通，她想像著，他們就像她在經過的卡車上看見的那些帶著笑的勇敢士兵一樣，即將獻出自己的生命，讓他們的子子孫孫成為自由的男男女女。中國人民正經歷著史詩般的故事，而她也是其中之一！

這一天，當她們在廟裡休息的時候，她開始給阿梅說她第一次逃難的故事，然後是迪人和銀屏、紅玉、阿巒、素雲和曼娘的故事，這些人現在都已作古。在這當中，阿梅最喜歡聽木蘭說她祖父姚老先生的事，他的精神，似乎至今仍在指引並塑造著他們的生活。

在錦羅偶爾的協助和修正之下，藉由述說這個故事，蓀亞、木蘭和阿梅得到了一種奇特的時間感，就像一條永不停歇、不可改變的滔滔大河。在他們眼中，自己經歷的一切不過是古老永恆北京的一瞬，是時間親手寫下的一個故事。

約莫中午時分，他們聽見廟外再度傳來雷鳴似的的人聲，朝他們滾滾而來。木蘭跳了起來。「來吧，我們跟他們去！」她喊道。「我們得跟他們一起走。你還行嗎，胖子？」「我的腿還疼，奇想夫人，不過我們就去吧，」蓀亞說：「我們得盡快到鐵路線上才行。」「還有多遠？」木蘭問。「四五天吧，」她丈夫回答：「我想要弄到車怕是不容易。但就算我們弄到了車又有什麼用？你很快又會在車裡塞滿孤兒的！」他笑著起身，叫那個九歲男孩和他一起走。錦羅背著那個一歲孩子，阿梅抱著用她的衣服裹著的新生嬰兒，十四歲的女孩跟著他們走。他們去和老和尚道別，對他表示衷心的感謝，老和尚和他們一起走到山門口。

「新年第一天，何必走得這麼早？」他熱誠地問。「我們得想辦法盡快到鐵路線去。」蓀亞回答。「你們要到內地哪兒？」老和尚又問。「還不知道。也許是重慶——去看我妹妹，」木蘭答道，想到在重慶也能見到立夫，心中一暖。然後她又繼續對老和尚說：「也說不定會從那裡一塊兒繼續往前走。」老和尚站在山門目送他們走下山坡。那兒離公路不遠，雷聲似的嘈雜聲越來越近了。「快來加入大家！」老和尚聽見木蘭的喊聲，看見她從女兒手裡接過寶寶，快步往下走。那個晴朗的新年上午，在寺廟下方，有成千上萬的男女老幼正在橫越這個美麗的國家，當軍車經過時，他們歡呼雀躍。士兵們的歌聲再度響起：

山河不重光，

誓不還家鄉！

木蘭走近他們，一種全新的、奇異的情緒抓住了她。那是一種幸福感，一種榮耀感，她是這麼認為的。她從來沒有這麼激動過，只有當一個人完全沉浸在偉大的運動中，才能感受到這樣的激動。她記得，當年她看著孫中山先生的葬禮時，也有過這樣的內心激動，只是沒有這麼強，不到這種身體和靈魂都受到震撼的程度。不只是因爲那些士兵，也因爲她置身其中這支偉大的行進隊伍。自己的國家在她的感受中從來沒有這麼鮮明過，這是一支由共同的忠誠團結起來的民族，一支雖然正在逃離共同敵人，卻依然像萬里長城一樣堅忍不拔，也必將如長城一般永恆的民族。她聽說過華北和華中的所有人口全數逃亡的事，也知道在這場世界歷史上最大規模的遷徙中，她的四千萬兄弟姊妹是如何從「同一個子宮」向西推進，好在中國廣大的腹地上建立現代化的新國家。她感覺到，這四千萬人都以同一種基本的節奏行動。在逃難的極度貧困和苦難中，她沒聽到有人反對過政府的抗日政策。她見到的每個人，都寧要戰爭，不願爲奴，就和曼娘一樣，儘管戰爭摧毀了他們的家園，殺害了他們的親人，除了飯碗筷子這種最低限度的個人財產之外什麼也沒有留給他們。這就是人類精神的勝利。再大的災難，精神都能克服，能超越極限，把它化爲某種偉大，某種光榮。

隨著眼前場景的改變，木蘭內心的某些東西也變了。她失去了所有的空間感和方向感，甚至連自我認同感也消失了，覺得自己成了一個偉大的普通百姓。她曾經好幾次希望自己能成爲普通百姓，如今她眞的成爲當中的一員了。她父親純粹靠冥想達成的自我征服，如今她透過和這群男女老幼的人際接觸達成了。她在杭州城隍廟山頂上爲自己創建的美學式歸隱，現在對她來說彷彿毫無意義，無法令人滿意，也不眞實。在這一大批前進中的難民裡，如今既沒有富人，也沒有窮人。戰爭和掠奪已經剷平了所有階級。她曾經看見一位闊太太想把自己的毛皮大衣用幾塊錢的價格賣掉，好拿錢去買吃的。她突然想起松江火車上那個穿西裝的年輕男人，她知道，這股人潮越往內地流，中國的抵抗精神就越強大。因爲眞正的中國人扎根在他們熱愛的土地上。她走進了這道人流，找到了屬於她的位置。

天台上雲霧繚繞的山峰聳立在遙遠的地平線上。在道家的神話中，天台山是神聖的山，也是姚老先生靈魂所屬之地。老和尚依然站在寺廟的山門前。有一小段時間，他還能分辨出木蘭、蓀亞和他們女兒，以及他們身邊孩子的身影。接下來，他們漸漸和其他人難以區分，沒入了塵土飛揚的人群中，朝著聖山和聖山之後的廣闊內地繼續前進。

（全書完）

譯後記

# 誠惶誠恐

譯者
魏婉琪

剛接到這本書的翻譯邀約時，並沒有太多想法。畢竟翻譯是這樣的，不管翻誰的東西心情都是一樣的戒愼恐懼，但相對的，又不能太把作者看得至高無上，未下手先膽怯，那就什麼也做不成了。

當時唯一的疑問是：爲什麼好讀出版會覺得我行呢？

我知道我的中文所背景和大部份譯者不太一樣，但這並不是我疑問的重點。做不做得來和哪個系所出身沒有絕對關係，我只是很好奇好讀不知道哪來的勇氣，敢把這本五十五萬字、到目前爲止沒多少人翻過的書交給我。

我對這本書是一片空白。林語堂先生的作品我只讀過雜文，改編戲劇也沒看過，只約略知道故事年代是清末到民國，當年華視播出的京華煙雲女主角是趙雅芝。就這樣我也敢接下來，說起來膽識不比好讀差。

接書之後的第一步自然是背景調查。這本書的寫作時間是一九三八年八月至一九三九年八月，抗戰尚未打完。書中年代自光緒二十六年（一九〇〇）寫起，至民國二十七年（一九三八）結束。而林語堂選擇以英文寫作的理由也有所解釋：

「……所以轉請達夫譯中文。一則本人忙於英文創作，無暇於此，又京話未敢自信；二則達夫英文精，中文熟，老於此道；三，達夫文字無現行假摩登之歐化句子，免我讀時頭痛；四，我曾把原書簽注三千餘條寄交達夫參考。如此辦法，當然可望有一完善譯本問世。……」

——〈談鄭譯《瞬息京華》〉

「京話未敢自信」想來是林先生選擇不直接以中文寫作的主因。他身為北大英文系系主任，實際待過北京，況且如此。我這樣一個土生土長的台灣人，即便有外省背景，要抓到「一口漂亮的京片子」的精髓，根本是難上加難。

研究所時我的研究主題是京劇，雖說戲劇源自生活，不過那畢竟是舞台上的語言。還好以前對唐魯孫、夏元瑜兩位老北京的作品看得算熟，他倆除了以京腔寫作之外，也不時提到一些京片子的特色。忘了哪位曾經說過，雖然一般人對京片子的直接印象就是捲舌的「兒」字尾音和句子中的「吞音」，也就是不把每個字咬清楚，省字，聽上去囫圇個兒的彷彿大舌頭，然而這當中是有階層存在的。說話越捲越稀里糊塗，階層越低，越是世家大族，尤其是貴族官家，咬字越是清楚。末代皇帝溥儀東京大審判時的影片現在依然能在網上看到，他的口音就是四平八穩的貴族口音。

書中人物的口吻，少爺小姐和僕人丫鬟之間的差異，大致以此定調。而兩位老作家所提的老北京掌故，對書中的北京描寫也幫助不小。

在人物譯名方面，過去不同的譯本和戲劇改編都略有出入。但林先生在給郁達夫的一封信裡早已將譯名一一確定下來，沒有什麼疑義：

「……至故事自身以姚木蘭、姚莫愁二姐妹爲主人翁。木蘭嫁入曾家，曾家三媳婦，曼娘古，木蘭新，素雲迷醉租界繁華，適成今日中國社會之斷片。重要人物約八九十，丫頭亦十來個。大約以紅樓人物擬之，木蘭似湘雲（而加入陳芸之雅素），莫愁似寶釵，紅玉似黛玉，桂姐似鳳姐而無鳳姐之貪辣，迪人似薛蟠，珊瑚似李紈，寶芬似寶琴，雪蕊似鴛鴦，紫薇似紫鵑，暗香似香菱，喜兒似傻大姐，李媽似趙姨娘，阿非則遠勝寶玉。孫曼娘爲特出人物，不可比擬。……」

——〈關於《京華煙雲》〉（一九四〇年林語堂致郁達夫信件）

這封信除了解決譯名問題，也帶出了《京華煙雲》和《紅樓夢》的關連。他自己也說：「我不自譯此書則已，自譯此書，必先把《紅樓夢》一書精讀三遍，揣摩其白話文法，然後著手。」雖然過去對於《京華煙雲》究竟是「抄襲」還是「致敬」了《紅樓夢》始終看法不一，不過這並不是歸譯者探討的問題。只是很顯然，林先生希望的譯文風格，是以《紅樓夢》爲標準的。所以當書中年代還在清末時，盡可能讓文字風格往《紅樓》貼近，民國之後漸轉現代。但這也只能是大致如此，無論如何，總要以讀起來自然不突兀爲第一要務，譯成張愛玲的《摩登紅樓夢》那是萬萬不可。

可能以前蒙中文系所的教授們用力鞭策的效力還在，加上雜書看了不少，翻譯過程中居然沒碰上什麼解決不了的困難。甚至平亞病的那段，《本草》、《湯頭歌訣》，脈診舌診都是碰巧讀過的，雖然當初也只是當閒書看，沒想到竟然在意外的地方派上了用場。還有木蘭結婚，嫁妝中有一片瓦，夾在成堆珠寶中十分顯眼，但前人譯本都沒有對這片瓦多加解釋。而我總覺得對「銅雀台瓦」四字有印象，也不知道是哪兒看來的，一查果然！雖然最後這只是一條小小的註，但能把這片瓦爲何能珍貴到和金銀珠寶並列的原因寫出來，是眞的很高興，樂了一整天。

解決瓦片這件事比較像是靈光一閃，沒花什麼力氣，後面這段就是努力出來的了。在第四十一章，姚老先生臥病在床時，對立夫、莫愁和木蘭等人說了一段話，原文是這樣的：

「Think of the dialogues between Ether and Infinite, between Light and Nothing, between Cloud and Nebula, between the River Spirit and North Sea.」

一九七七年張振玉版本（目前較通行的版本），是這樣翻的：

「你想想他那『乙太』和『無限』之間的對話，『光』和『無』之間的對話，『雲』和『星霧』之間的對話，『河伯』和『海若』之間的對話。」

一九九一年郁飛（郁達夫之子）的譯法是這樣：

「想想那以太與無限、光與聲、雲和星辰、河伯與海若之間的談話。」

後者省去了很多贅詞，但顯然還是有問題。因爲這一整段說的都是《莊子》，而且「河伯」與「北海若」（不懂爲什麼原文明明是「North Sea」，兩人卻不約而同地略去「北」字不譯）這兩個書中有名的人物都出現了，前面三個只能是《莊子》中的原文，而不可能是現代的「乙太（或以太）」之類的名詞。

修課過了幾十年，腦子裡早已了無痕跡，要找出正確答案，唯有搬出《莊子集釋》，從頭開始翻。《莊子》三十三篇，總計不過七萬多字。本來以爲應該不會花太多時間。誰知翻完一輪，除了河伯外的三組對話居然只找出一組，也不知道那天眼睛到底出了什麼問題。這時已經花掉一上午。午飯之後開始第二輪翻書，一字字細看，終於又找出一組。

耗去一早上加半個下午，當天翻譯進度是零。眼看不得不翻第三輪書，心裡開始出現惡魔的聲音：「你就照現代用詞譯嘛，反正兩位前輩都是這麼做的。一本書五十幾萬字，誰會注意到這一句啊！」最後一組終於在晚餐前找出來。如果前面的「銅雀台瓦」算是得來全不費功夫，這段查找就是卯上了。誰會注意不干我的事，我心裡過不去就是不行。

「想想泰清與無窮、光曜與無有、雲將與鴻蒙、河伯與北海若之間的對話。」①

查了一天書，成果就這樣，連註解加起來不過一百字左右。對讀者來說可能只是一閃而過，說不定還覺得掉書袋掉得很無聊。可是那天最後舒了一大口氣的感覺眞是太好了。我想這應該也是大部份譯者的日常。

① 泰清問無窮，光曜問無有，出自《莊子・知北遊第二十二》。雲將問鴻蒙，出自《莊子・在宥第十一》。河伯問北海若，出自《莊子・秋水第十七》。

《京華煙雲》翻下來，對於這本書爲什麼譯本少也有了答案。因爲這本書涉及國學的部份多，對於中文的要求比英文更高。一段英文原文出來，作者說這段是四六駢文你就得寫駢文，說是四言詩就得寫四言詩，對對子題匾額寫古詩都要照規矩來，限制很多。譯這本書碰到的多半不是英文問題（看不看得懂），而是中文問題（譯出來的字句是不是原作者要的）。而且有很多地方，林語堂先生甚至會直接在英文中設限制，明白要求非用某些字句不可。比如在第二十章，姚夫人派人去搶孫子，銀屏和羅同扭打起來，原文是這樣的：

「Silverscreen began to fight and shriek with all her mother's milk energy.」

這裡林先生要的是「使出吃奶的力氣」，中文母語的人很容易就心領神會，反而英文母語的人很可能根本看不懂。

或者像在第三十四章，說到寶芬家道中落時，爲了清楚傳達他要的詞，他用的方式是加括號：

「but the family was struggling to preserve a false front (“outside strong, inside dry”), and Paofen knew it.」

「外強中乾」直翻到這個地步，不管哪個譯者都不能說看不懂了吧。

原文裡這樣的例子還很多。在譯這本書的過程中，一直覺得這書不是寫給外國人看的，也不是寫給中國人看的，而是一本對象非常明確，寫給譯者看的書。原文本身很多地方算是半成品，那些詩詞歌賦都等待著他心目中的完美譯者郁達夫補足，可惜最終未能如願。

其實幾位前輩的翻譯，在我看來都已經非常不容易。他們翻譯當時，所有知識如果不是原本就知道，便唯有到圖書館實地翻書一途，查閱資料份量之繁雜，難以想像他們是怎麼做到的。而我生活在網路時代，絕大部分資料都只要坐在家裡動動滑鼠就行，要是該查證的還偷懶不查，就太說不過去了。

但即使如此，我也清楚自己知道的東西都是紙面知識。和那些本身就是北京人，或者眞的在北京住過的人是完全無法相比的。空間限制之外還有時代限制，比如說，我對於所謂的「民國」口吻，頂多只能想像到民國六十五年前後的連續劇，和實際的民初京片子一定有差距。所以我並不敢妄想自己的翻譯能進得了林語堂先生的眼，尤其在看過他對譯者抒發不滿的文章之後更是誠惶誠恐。要是林先生今日還健在，我應該已經繃緊皮等著他來罵了吧。只希望他看在我還算認眞努力，又多解了幾個謎題的份上，下手輕點兒。

國家圖書館出版品預行編目資料

京華煙雲（下）：煙雲／林語堂著；王聖棻、魏婉琪譯
——初版——臺中市：好讀出版有限公司，2023.04
面；　公分——（典藏經典；141）

譯自：Moment in Peking

ISBN 978-986-178-640-7（第三冊：平裝）

857.7　　111017225

好讀出版

典藏經典 141

京華煙雲（下）：煙雲

原　著／林語堂
翻　譯／王聖棻、魏婉琪
總 編 輯／鄧茵茵
文字編輯／鄧茵茵、簡綺淇
美術編輯／鄭年亨、鄧語葶、王廷芬
行銷企劃／劉恩綺

填寫線上讀者回函
請 掃 描 QRCODE

發行所／好讀出版有限公司
407 台中市西屯區工業區 30 路 1 號
407 台中市西屯區大有街 13 號（編輯部）
TEL:04-23157795　FAX:04-23144188　http://howdo.morningstar.com.tw
（如對本書編輯或內容有意見，請來電或上網告訴我們）
法律顧問／陳思成律師

總經銷／知己圖書股份有限公司
106 台北市大安區辛亥路一段 30 號 9 樓
TEL：02-23672044　02-23672047　FAX：02-23635741
407 台中市西屯區工業 30 路 1 號
TEL：04-23595819 FAX：04-23595493

電子信箱／ service@morningstar.com.tw
網路書店／ http://www.morningstar.com.tw
讀者專線／ 04-23595819 # 212
郵政劃撥／ 15060393（戶名：知己圖書股份有限公司）

印刷／上好印刷股份有限公司
初版／西元 2023 年 4 月 15 日
定價／ 320 元
如有破損或裝訂錯誤，請寄回 407 台中市西屯區工業區 30 路 1 號更換（好讀倉儲部收）



Published by How Do Publishing Co., Ltd.
2023 Printed in Taiwan
ISBN 978-986-178-640-7